Fantastic Oriental Heroes

무림공적

지천우 新무협 판타지 소설

武林公敵

무림공적 5

지천우 新무협 판타지 소설

초판 1쇄 찍은 날 § 2006년 11월 20일
초판 1쇄 펴낸 날 § 2006년 11월 30일

지은이 § 지천우
펴낸이 § 서경석

편집장 § 문혜영
편집책임 § 최하나
편집 § 장상수

펴낸곳 § 도서출판 청어람
등록번호 § 제1081-1-89호
등록일자 § 1999. 5. 31
어람번호 § 제2-1065호

주소 § 경기도 부천시 원미구 심곡1동 350-1 남성B/D 3F (우) 420-011
전화 § 032-656-4452 팩스 § 032-656-4453
http://www.chungeoram.com
E-mail § eoram99@chollian.net

ⓒ 지천우, 2006

ISBN 89-251-0411-3 04810
ISBN 89-251-0131-9 (세트)

5
혈옥(血獄)

Fantastic Oriental Heroes

무림공적

지천우 新무협 판타지 소설

武林公敵

도서출판 청어람

목차

제1장
풍운강호(風雲江湖)

무림(武林).

무림은 쉽게 정의될 수 있다. 무(武)의 숲[林]. 무의 모임, 집합체 등으로, 힘을 좇는 무림인들이 모여 있는 곳을 무림이라고 한다. 무림은 여러 갈래로 나뉘고 그 갈래마다 차별화된다.

위치를 기준으로는 중원무림, 새외무림으로 나뉜다. 그리고 그 무림에서도 무림인의 성향에 따라 패권에는 전혀 관심이 없는 은거기인들이 이루는 무림이 있고, 일상적으로 떠올리는 문파들의 패권 다툼으로 이루어진 무림이 있다.

무림 안에 무림이 있고, 그 무림 안에 또 다른 무림이 있다.

　각 무인들은 하나같이 그 성격이 다르기 때문에, 역시나 속한 무림도 다르다. 예로, 유유자적(悠悠自適)한 삶을 추구하는 무인도 있고, 명예와 권력을 찾는 무인들도 있다.

　유유자적하고 그 어떤 것에도 얽매이기 싫어하는 무인들은 세상과 단절되고 자연과는 조금 더 가까운 곳을 찾아 그만의 무림을 형성하고, 명예와 권력을 찾는 무인들은 세상과 밀접한 환경에서 또 다른 무림을 형성한다.

　그런 의미로 이 현기마저 느껴지는 숲은 전자의 부류가 살기에 딱 좋은 환경이었다. 나무들은 그 어떤 것들보다 하늘을 깊이 찔렀지만, 따스한 햇볕을 가리지 않았다. 선선한 바람이 불면 절로 눈이 감길 정도로 편안하다. 또 사나운 맹수(猛獸)들도 하나 없어 동식물들이 한가운데 어우러져 평온한 분위기를 자아냈다.

　천하의 마두(魔頭)라고 해도 이곳에 들어서면 조금은 숙연해질 법도 했다.

　오랫동안 입었는지, 너덜너덜해진 승복을 입은 노승이 길을 걷고 있었다. 너덜너덜한 승복이었지만, 절대로 더러워 보이지 않았고, 왜소한 노인이 입었지만 그 행색이 초라해 보이지도 않았다. 노인의 인자한 표정은 이 현기 어린 장소와 딱 들어맞았다. 마치 자신의 집에 와 있는 듯한 편안한 표정. 그리고 어딘지 모르게 위압감이 느껴지는 풍모. 노인은 여러모로 범상치 않았다.

노인은 느긋하게 숲에 놓인 길을 따라 걸었다. 누군가가 인
위적으로 풀을 깎은 것도 아닐 텐데, 걷는 데 지장이 없었다.
바스락바스락.
오히려 풀을 밟는 소리와 느낌이 좋았다.
영원히 그 자연을 음미할 것만 같던 노인이 천천히 입을 열
었다.

나는 평화를 바라네.
비가 와도 눈이 와도,
나는 평화를 바라네.

비가 오고 눈이 오면,
손을 들어 가려야겠지.
나는 평화를 바라네.

그때 또 하나의 음성이 들려왔다.

나는 평화를 바라네.
비가 와도 눈이 와도,
나는 평화를 바라네.

비가 오고 눈이 오면,

언젠가는 그치겠지.
평화는 저절로 오네.

허공에서 들린 음성에도 노인은 놀라지 않았다. 평범한 사람이 이런 현상을 겪었다면 기겁을 할 일이었지만, 오히려 노인은 웃었다. 마치 평생을 같이해 온 벗을 맞이하는 기꺼운 얼굴이었다.

사르륵.

비쩍 마른 왜소한 몸 때문인지 헐렁한 백포의(白袍衣)를 펄럭이며 노인 한 명이 하늘에서 내려오고 있었다. 머리를 깨끗하게 민 승복의 노인과는 달리 백발이 길어 어깨 밑까지 닿았다. 보통의 백발과도 달라 영롱한 빛을 내는 순백의 머리칼이었다.

그야말로 신선풍의 노인이었다.

신선풍 노인의 입에서 나오리라고는 생각지도 못할 말이 나왔다.

"아직도 죽지 않았나?"

신선의 음성이라고 하면 보통 위엄이 있고, 기품이 서려 있어 마치 혼을 뒤흔든다는 느낌을 받는다고 한다. 하지만 백발 노인의 음성은 마치 시정잡배의 것과 크게 다르지 않았다. 삼류 사기꾼의 목소리.

승복의 노인이 웃었다.

“오히려 그대가 아직 죽지 않았다는 게 놀라울 뿐이야. 허허.”

“흥, 마치 내가 죽기를 바란 듯이 말하는군.”

팔짱까지 끼며 고개를 확 돌려 버리는 신선풍 노인의 모습 그 어디에서도 진지함은 느껴지지 않았다. 그야말로 세월을 거꾸로 먹은 노인이라 할 수 있었다.

“허허, 벌써 그렇게 토라질 텐가.”

“애늙은이 같은 소리 하고는. 나를 그렇게 애처럼 대하면 좋은가?”

“내 나이가 몇인데 애늙은이인가. 허허, 오히려 칭찬으로 들리는군. 자네는 그렇게 나이가 먹고도 애처럼 행동하면 좋은가?”

“흥, 세월이 흐를수록 말발만 좋아지는군.”

“허허허.”

승복의 노인은 그냥 웃었다. 그 웃음소리는 작았지만, 그 기꺼움이 자신에게도 전이되는 느낌이었다. 실로 유쾌한 웃음소리였다.

“이렇게 숨어 지내면 몸이 근질거리지 않나?”

“글쎄올시다.”

신선풍의 노인이 고개를 돌렸다. 승복의 노인이 꺼내는 화두가 마음에 안 드는 모양이었다. 그의 옆모습은 사기꾼이 아닌 진정한 신선의 것과 비슷했다. 그에게서 풍겨오는 기운에 현기가 느껴졌다.

미묘한 분위기를 깬 것은 신선풍의 노인이었다.

"요즘은 그대를 신승(神僧)이라 칭한다지?"

비꼬는 어투는 아니었지만, 그렇다고 그를 찬(讚)하는 투도 아니었다. 오히려 씁쓸한 감성이 묻어 있었다.

신승.

이 성스러운 숲을 찾아온 노인은 바로 신승이었다. 현자(賢者)들이나 은거해 있을 것만 같은 숲에 오래된 벗을 찾으러 왔다. 백 수를 넘어선 신승에게 알려지지 않은 벗이 있는 것은 그다지 놀랍지 않았다.

신승은 고개를 살짝 흔들었다.

"그때를 기억하는가?"

신승이 고개를 들어 보였다.

"있잖은가, 그 세상에 나가자고 우기던 나를 자네가 박박 말리던 때가."

신승의 입가에 희미한 미소가 자리했다.

어찌 잊을 수 있겠는가. 비록 세월이 더해갈수록 희미해져가기는 한다지만, 잊혀지지는 않았다. 무엇보다도 청춘을 다시금 희망하는 노인이 되면 더욱 그렇다. 돌아갈 수는 없지만 다시 한번 겪어는 보고 싶다. 청춘의 일을 머리에 담아두는 것이다. 언제든 머릿속에서 꺼내어 달콤한 꿈에 젖을 수 있도록.

"세월을 이기는 장사가 없다 하던가……. 자네의 그 황소 심줄보다 질긴 신념이 꺾였으니, 허허허. 천지가 개벽했다는 사실보다 놀라워."

신승은 고개를 푹 숙였다.

태선(怠仙)에게 자신이 이런 소리를 들을 날이 올 줄이야 누가 알았겠는가. 지금은 만사에 개입하지 않는다고 하여 게으를 태(怠) 자를 쓰고는 있지만, 예전에는 이렇지 않았다. 억지로 자신을 이끌고 무림에 들어서자 했지, 이렇게 반대의 상황이 될 줄은 아무도 몰랐다.

실상 태선 그조차도 이 상황이 혼란스러웠다. 신승이 무림에 발을 디딘 오십 년 전에도 믿지 않았다. 그의 완강한 고집을 누가 꺾었단 말인가. 자신이 그렇게 꺾으려고 청춘을 보냈건만……. 오히려 자신이 설득당하지 않았던가.

"허어……. 세월이 참 많이도 흘렀구나!"

아득히 메아리치는 태선의 탄성.

그 탄성은 크지 않았지만, 신승의 마음을 울렸다.

"가자."

"싫어."

"가자!"

"……."

"아잉, 가자니까?"

“싫어.”

옥을 깎아 내린 듯한 미안(美顔)의 청년이 굳건한 의지가 느껴지는 평범한 얼굴의 승인 청년에게 앙탈(?)을 부리면서까지 가자고 우기고 있었다. 귀찮아서라도 조금은 들어주는 시늉을 할 법도 했지만, 생긴 것만큼이나 고집이 센지 청년 승은 확고부동(確固不動)했다.

“징하다, 정말.”

미안의 청년은 항상 이런 식이었다. 그리고 그런 미안의 청년의 행태에 대처하는 청년 승도 이런 식이었다. 미안의 청년은 얼굴이 다변했지만, 승의 표정은 항상 일괄적이었다. 답답하게 여겨질 정도로.

평소라면 이 정도로 제풀에 지칠 미안의 청년이었지만, 오늘은 정말 작정을 했는지 승을 놓지 않고 그의 승복을 마구마구 흔들었다.

“사부님이랑 똑같은 머리에, 똑같은 옷을 입었다고, 똑같이 행동할 필요는 없어!”

사부의 이야기가 나오면 승의 얼굴에도 변화가 깃든다.

“그러는 자네는 입불(入佛)하지 않을 텐가? 그러고도 사부님의 제자라고 할 수 있겠는가?”

“흥, 사부님이 나보고 뭐라 하시던? 그리고 자네가 뭐야, 자네가. 딱딱하게시리. 승이 되었다고 행동이나 말도 승처럼 할 필요는 없어.”

미안의 청년은 이렇게 자유로운 사고방식을 지녔고, 승은 그와 정반대의 가치관을 가지고 있었다. 둘은 모두 한 스승의 문하(門下)였지만, 그 성향은 천차만별(千差萬別)이란 단어가 부족하지 않았다. 미안의 청년은 스승의 가르침을 어떻게든 변형시켜 자신의 것으로 만들었고, 승은 그 가르침을 그대로 자신에게 적용하였다. 스승이 소림사의 고승이었으니, 그 뒤를 따라 입불하는 건 그에게 있어서 당연한 이치였다.

"사부님이 두문불출(杜門不出)하신 지 어언 이 년이 흘렀어. 우리가 청춘을 이 년이나 허비했다고! 시간은 금이라는 말 몰라?"

"허비했다니? 우린 나날이 무공을 연성하고 있네. 시간이 금이 아닌, 금 같은 시간을 보내고 있단 말일세."

"이 숲에 처박힌 지 어언 이십오 년. 이십오 년간 이 숲에서 정진해 왔으니, 나머지 이십오 년은 조금 다른 환경에서 수련하는 것도 나쁘지 않겠지? 이미 검을 더 휘두르고, 빠르게 휘둘러서 깊은 경지에 도달하는 때는 지났어. 환경이야 어떻든, 우리가 준비되어 있으면 어련히 더욱 높은 곳에 이를까!"

자기 딴에는 나름대로 괜찮은 논리였지만, 승에게는 어림 반 푼어치도 없었다. 오히려 그의 얼굴이 조금 더 굳은 듯했다.

"이 숲만큼이나 현묘하기 그지없는 곳이 없거늘, 무슨 새로운 환경인가. 게다가 자네가 말하는 그 새로운 환경은 무림이겠지?"

무림의 무 자만 들어도 눈이 초롱초롱거리는 청년은 고개를 열렬히 끄덕였다. 웃음이 나올 법도 했지만, 승은 한숨만을 쉬었다.

"무공의 정진에 있어서 가장 큰 해가 무엇인지 알지?"

"자만(自慢)!"

승은 고개를 저었다.

"사부님이 말씀하시기를 그것은 바로 욕심이라고 하셨지. 재물, 여자, 권력, 명예 등등 이 보는 게 욕심의 대상이지. 적당한 욕심은 좋지만, 애초에 인간이란 동물은 '적당히' 라는 게 존재할 수가 없지. 그러니 그 욕심이라는 게 눈덩이처럼 불어나 결국에는 집착이라는 속성을 띠게 돼. 이 집착이야말로 무공의 정진에 있어서 치명적인 독! 이 독의 대상은 공교롭게도 자네가 가고자 하는 길에 있네. 그 집착의 길 끝에는 무엇이 있을까? 남들은 한 걸음 앞서 가는데 자네는 점점 뒤처지는 그런 길의 끝에는 바로 파멸(破滅)밖에 없네."

승은 그런 특징이 있었다. 잘못된 것이 있으면 바로잡아 주는 그런 특징. 불의를 보면 참지 못하고, 절대로 편하게 살지 않는다. 그의 신념은 황소의 심줄보다도 질겨 절대로 끊어지지 않는다.

"어허이. 그대가 무엇인가를 착각하고 있는 모양이군. 집착이란 말이야. 마음의 것이네. 재물, 여자, 권력, 명예와 같은 것에 현혹되지만 않으면 집착할 필요는 없지 않은가? 천하의 내가 겨우 그것들에 현혹될 것 같은가?"

그제야 승의 입가에 미소가 희미하게 서렸다.

주체할 수 없는 웃음이었다.

　"잠이 오면 더 자고, 배고프면 더 먹고, 놀고 싶으면 수련은 그만두고, 귀찮으면 씻지도 않고, 내키지 않으면 아무것도 안 하는 인물이 있네. 그 인물을 정의하자면 본능에 충실하다고 할 수 있겠지? 그 본능에 충실한 인물이 재물, 여자, 권력, 명예처럼 성인군자도 무너뜨리는 것들을 보고 모른 척할 수 있을까?"

　조금만 틀어서 듣는다면 '넌 재물, 여자, 권력, 명예에 빠져 살 인물이니 웃기는 소리 하지 마라'와 크게 다르지 않으리라.

　"하아. 섭섭한 소리! 내가 겨우 그 정도로밖에 보이지 않는 사람인가!"

　승은 굳이 답하지 않았다.

　답하지 않는 것만으로도 그가 전하고자 하는 바는 충분히 그에게 닿았다.

　"그런데 말이야……."

　승이 청년을 바라봤다. 그의 가볍기만 한 목소리가 진중해졌고, 장난기 서린 미소도 싹 가셨다. 표정이 굳었다고 하기보다는 확고한 뜻을 가지고 있는 사람의 얼굴이었다.

　"그런 것들을 피한다고 해서 나아지는 게 있을까? 무작정 피하기만 하면 앞날은 보장되어 있는 거야? 피하는 것만이 최고의 방법이야?"

　승은 아무 말도 하지 않았다.

　"내 생각은 조금 달라. 고통을 통해 사람이 성장하지? 고통을 겪지 않고서도 성장을 할 수 있겠지만, 고통을 이겨내는 것만큼 빠르고, 확실하게 성숙해지는 방법은 없어. 고통을 피해서는 절대로 성장할 수 없어. 틀린 말이라고는 하지 않겠지?"

승이 잠시 생각에 빠졌다.

청년의 말에는 일리가 있었다.

고통을 직접 겪어 그 일을 항상 떠올리며 성장을 하는 게 인간이다. 무엇보다도 자신들의 스승이 그런 식의 방식으로 가르쳤고, 고통스러웠지만 빠른 성장을 체감할 수 있었다.

그때 승이 입을 열었다.

"사부님은 무림을 겪으신 분이야. 그분이 굳이 은거를 선택한 이유를 알고 있지?"

청년의 표정이 살짝 굳었다.

그렇지만 묵묵히 고개를 끄덕였다.

"그 세계에 속해 있어봤자, 이곳에서 무학을 파고드는 것만 못하기 때문에 이 삶을 선택하셨지. 지금은 바깥 세상이 달콤해 보이겠지. 하지만 달콤해 보이는 버섯일수록 독을 품고 있지. 아주 무서운 독을. 사부님이 그러셨지. 그 독의 무서움은 몸이 상하는 게 아닌, 몸을 물들이는 것이라고. 이겨내기는커녕 오히려 그 독을 닮게 된다고……."

미묘한 기류가 흘렀다.

청년도 그의 스승이 이 부분에 대해 언급했다는 사실을 잘 알고 있었다.

"경험해 보지 않은 이상, 어떻게 물든다는 것인지 알 수 없잖아? 그건 너도 모르고.”

승은 솔직하게 고개를 끄덕여 수긍했다.

“그렇지만 그런 독은 맞서야 하는 게 아니라, 피해야 한다는 것쯤은 알고 있지.”

승은 갈피를 잡지 못하고 있는 청년을 바라보며 쐐기를 박아주었다.

“바깥이 이 숲보다 아름다울 리가 없어. 무엇보다도 사람들이 모여 사는 곳은 추악하기 그지없어. 그런 곳이 무공 정진에 도움이 되겠어? 아니면 심성이 고와지겠어? 사람은 환경을 닮는다고 했지.”

인간이란 동물이 얼마나 추악한지는 그들의 어린 시절이 대변한다. 고통스런 기억들을 떠올리는 청년의 얼굴은 더 이상 밝지 않았다.

“그렇게 나는 한평생을 이곳에서 보냈지. 그리고 자네는 한 검객과 비무를 하는 듯싶더니, 나를 버리고 홀연히 사라졌지.”

그 검객은 주청학이었다. 우연히 이곳을 스친 주청학이 신승과 비무를 했다. 신승은 말로 표현하지는 않았지만, 자신의 무공이 또래에서는 상대가 없을 것이라 확신을 하고 있던 차였다. 외부인은 충분히 신승의 관심을 샀고, 주청학은 호기심이 많은 청년이었다.

신승은 그와 몇 합을 나누었고, 승패를 가리지 않은 채 주청학을 따라나섰다. 주청학이 속한 무림이라는 세계. 그 세계로 가보고 싶었다. 주청학 같은 걸출한 무인이 산재한 곳이라면 자신의 선입견이 틀렸을 것이라는 생각을 했다.

그렇게 주청학은 스쳐 지나가는 수많은 인연 중 하나가 아닌, 다시는 없을…… 그런 벗이 되었다.

당시 태선은 폐관수련에 있었다. 오 년 만에 다시 나온 숲은 예전의 그 숲이 아니었다. 유일한 벗이 사라진 그런 숲이었다. 왠지 모르게 배신감을 느끼는 가운데, 태선은 숲을 지켰다. 태선은 무림에 정신이 팔려 있지 않았다. 폐관수련을 마친 이후에도 무학의 세계에 빠져 있었다. 평생을 살아온 숲이었지만, 그 모든 게 색달라 보였다. 하나하나가 새롭게 다가왔다. 태선은 점점 그런 무학의 바다를 헤매게 되었고, 세월의 흐름을 잊게 되었다.

"마음을 잡은 나를 유일하게 흔든 게 무엇인지 알고 있나?"

신승의 입가에 씁쓸한 미소가 자리잡았다.

"자네의 그 의지를 바꾼 게 무엇인지 알고 싶었어. 무엇보다도 다시는 이곳에 돌아오지 않았던 이유, 그리고 이렇듯 오십여 년이 흐른 후에야 찾아오는 이유를……."

시간이 없었다. 일이 너무 바빴다라고 해도 크게 다르지 않았다. 하지만 듣는 이에게 있어서는 변명 거리에 지나지 않는다. 신승은 변명을 하지 않았다. 자신이 이곳을 들를 생각을 전혀 하지 않았다는 것 역시 사실이었으니까.

"처음에는 걸출한 무인이 속한 세계가 과연 어떤 곳인지 궁금해서, 그 다음에는 그 세계가 하나같이 신기해서, 그 세계에도 아름다움이 있어서, 또 드리우는 추악함을 내가 떨쳐 내 보이고 싶어서, 선을 행하기 위해서, 사회라는 것도 나쁘지 않아서, 명성, 권력도 달콤해서, 결국에는 그 세계에 물들어 버려서……."

어딘지 모르게 신승의 어조는 서글펐다. 하늘을 우러러 부끄럼이 없다고 생각을 했는데, 역시나 상황에 따라 다른 것이었다. 완벽한 사람이 없는데, 어떻게 털어 먼지 하나 안 나겠는가.

"정말로 물드는 독이 있었던 모양이야……."

신승은 희미하게 미소를 지으며 고개를 끄덕였다.

"그럼, 내가 옳은 선택을 하고 있었던 것이군. 허허, 그것 하난 잘했군."

과거의 일에 대한 미안함과 이제야 찾아온 것에 대한 미안함이 겹치는 무거운 분위기가 태선의 호쾌한 웃음소리와 함께 흩어지고 있었다.

"그래, 자네가 찾아온 이유는 무엇인가?"

태선의 인자한 눈이 신승에게 닿았다.

신승의 흔들리던 눈이 제자리를 찾았다. 신승은 이런 인물이었다. 신념과 의지가 흔들리지 않는다. 무엇보다도 굳건하게 마음을 잡는다. 자기를 가장 잘 절제할 줄 아는 이가 바로 신승이었다.

그의 눈에 이채가 서려 있었다.

"처음 무림맹을 이끌어날라는 부탁을 받았을 때, 이런 생각을 했다네. 누군가가 무림을 좌지우지할 영향력을 지니게 될 것이라면, 그 누군가가 내가 돼야 하지 않을까 하고 말이야."

신승은 탐욕스러운 성격이 아니었다.

"남에게 맡겨놓아 봐야 안심이 안 되지. 차라리 내가 그 자리에서 선한 쪽으로 일을 처리하면 이 무림도 추악함은 사라지고, 아름다운 세상이 되지 않을까."

신승은 잠시 말을 끊었다.

"하지만 세월이 흐를수록 어렴풋이 깨닫게 되었네. 이 세상은 인간이 존재함으로 인해 돌아가지만, 절대로 인간에 의해 돌아가지는 않지. 우습지 않은가? 오십 년이네. 오십 년간이나 세상을 바꿔보려고 발버둥 쳤지. 하지만 그 모든 게 허탕이었어. 부질없는 것이었다고."

애타는 목소리로 보건대, 신승은 이렇게 누군가에게 자신의 마음을 허심탄회하게 이야기하고 싶었는지도 모른다. 그의 가까운 벗 둘을 잃다시피 하여, 자신의 속마음을 털어놓을 곳이 없었으니…… 이해가 갔다.

"모든 걸 때려치우고 이곳에 와서 은거를 할까 생각한 것
도 최근이었네. 하지만 이내 깨달았지. 어차피 세상은 누군가
의 의지대로 돌아가지 않아. 그렇지만, 그 세상을 미묘하게
바꾸는 것은 가능하지 않은가."

휘인.

그를 떠올렸을 때 깨달았다. 개인이 일으킬 수 있는 파장도
상당히 컸다. 비록 모든 것을 바꿀 수는 없었지만, 그래도 파
장을 일으킬 수 있고, 강한 영향력을 발휘할 수 있었다.

"조금씩. 조금씩만 바꾸면 되는 거야. 어제보다는 오늘이
나은 세상이고, 오늘보다는 내일, 내일보다는 모레가 더 아름
다운 세상이 되겠지."

태선의 표정은 미묘해졌다.

동정인지, 아니면 긍정인지.

표현할 수 없었다.

"자네는 이미 빠져나올 수 없는 늪에 잠겨 있군."

신승이 피식 웃었다.

"어쩌면 자네가 끌어 올려줄 수도 있겠지."

태선은 대꾸하지 않았다.

모두가 안다.

무언이 곧 긍정이라는 것을…….

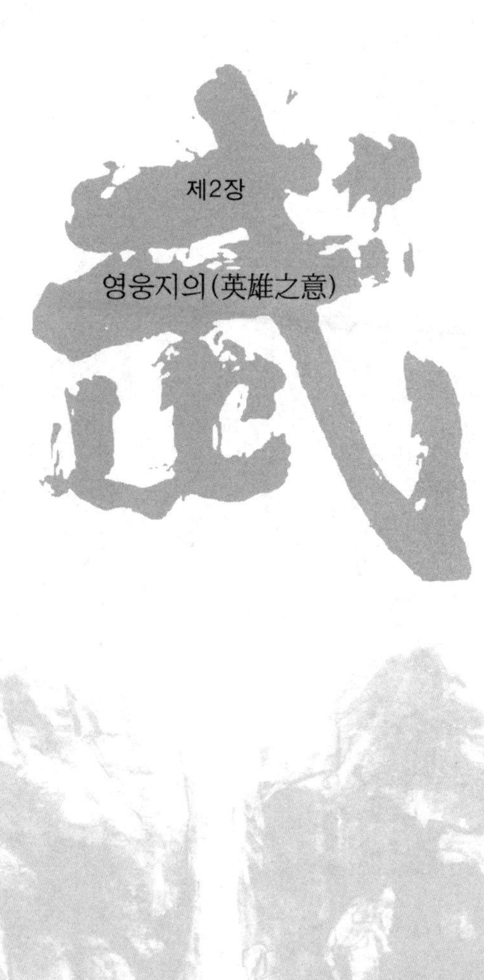

제2장

영웅지의(英雄之意)

　이 세상에 사람은 너무나 많다. 그 많은 세상 사람들에 속한 무림인은 상당히 적지만, 그 수만을 추려도 바다의 모래알을 이룬다. 아니 그 옆 바다의 모래알에다 그 옆의 바다 모래알을 다 합한 수보다도 많을지 모른다. 드러난 무림인이 그 정도인데, 모습을 드러내지 않는 무림인들의 수는 얼마나 많을까. 혹자는 드러난 무림보다는 숨겨진 무림인의 수가 많다고 한다.

　현실적으로 능력은 안 되고, 대신 상상하기를 좋아하는 호사가들은 특히 드러나지 않은 무림 고수들이 훨씬 많으며, 그들의 실력은 지금의 실세들과 견줘도 뒤지지 않는다고 말한

다. 심지어는 신승이나 마교 교주의 경지를 상회한다고도 한
다. 물론 소문들이 하나같이 허황되어 그 누구도 믿지 않았다.

아니, 어쩌면 그럴지도 모르지만, 그런 자들이 은거를 택했
으니, 평생 알게 되지도 않을 것이라고들 생각했다 그것이
상식임에도 불구하고, 은거절대고수다수론(隱居絶對高手多數
論)을 옹호하는 이들도 적지 않았다. 특히 음모론자들은 대다
수가 그 이론을 믿었다.

허풍객(虛風客) 기원(奇原)은 그런 음모론자 중 하나였다.
흉흉한 소문이 사방팔방에서 들리는 지금 그는 자신만의 음
모를 하나 세웠다. 무림맹, 새외무림, 마교의 삼파전이 도래
했음을 강조함은 물론, 숨겨진 영웅들이 하나둘씩 모습을 드
러내고 있다는 것을 그는 확신했다. 혼자서 그러한 망상들을
하면 문제가 없는데, 객잔을 전전긍긍하며 소문을 내니, 과연
그의 별호 허풍객은 허명이 아님을 알리게 되었다.

"북쪽에서는 그 차갑기 짝이 없는 북해빙궁 녀석들이 내려
오고 있고, 남쪽에는 그 숨 막히는 마기를 뿜어대는 마교 놈
들이 올라오고 있으니, 진정 이 무림은 바람 앞의 촛불보다
위태위태하구나!"

오늘도 그는 자신의 별호에 충실하고 있었다.

이렇게 운을 띄우면, 당연히 이야기하기를 좋아하는, 특히
허황되지만 흥미로운 이야기를 좋아하는 이들이 그를 돌아보
며 묻는다.

"허어, 그거 큰일이로다. 모 형은 그런 소문을 어디서 들었
소? 이 마(馬) 아무개는 귓구멍이 막혔는지 그 어디에서도 그
런 소문을 들은 적이 없소이다."

기원을 돌아본 이는 바로 마원범이었다. 기원이 원숭이를
닮았다면, 마원범은 그의 성과 마찬가지로 말을 닮았다.

"마 형이셨구려. 기원이라 하오. 진정 마 형은 귓구멍이 막
혔구려. 사방팔방에서 들려오는 난세의 소문들이 들리지 않
소이까? 공기에서 느껴지고, 하늘에서 보여지는데 어찌 마 형
은 모르시오."

객잔에서 기원의 말에 관심을 보이고 있던 객(客)들이 실소
를 머금었다. 하지만 싫어하거나 꺼려하는 기색은 없었다. 식
사를 할 때 이렇게 좋은 구경거리가 따로 없었다. 싸움 구경만
큼 흥분되지는 않지만, 하루의 노고를 잊고 웃기에는 좋았다.

허풍이라는 게 거짓이지만, 웃음을 줄 수 있는 거짓이 아닌
가.

"이 마 가가 우둔하니, 기 형이 깨우침을 내려주기 바라
오."

기원이 아주 어려운 깨달음을 내려주는 스승의 얼굴을 하
고는 입을 열었다.

"크흠. 좋소이다. 난세의 소문이 여기저기에서 들려오는
것을 알고 있소?"

"글쎄올시다. 어떤 소문이 과연 난세에 관한 소문인지 이

미천한 마 가가 어떻게 알겠소?"

"사방팔방에서 전운(戰運)이 감돌고 있고, 듣도 보도 못한 영웅들이 이 무림에 떠오르니 어찌 난세가 아니라고 할 수 있소."

마원범이 고개를 갸웃거렸다.

"새외무림이 시끄럽다는 이야기는 익히 들어왔소. 하지만 아직 확인된 바가 아니라고 하던데, 기 형은 확실한 소식통으로부터 확인했소이까?"

"인과응보(因果應報)라고, 원인을 알면 결과를 알 수 있고, 결과를 알면 원인을 알 수 있소이다. 꼭 그 두 가지를 모두 알아야 하는 것은 아니지 않소?"

주위의 객들이 무릎을 치며 탄성을 자아냈다.

허풍이 보통 허풍이 아니었다. 그나마 구색을 갖춘 허풍이었다.

마원범이 연신 고개를 끄덕이며 입을 열었다.

"그렇다면 떠오르는 영웅들에는 누가 있소이까?"

그 질문을 받은 기원의 얼굴이 진중해졌다. 마치 일급비밀을 누설하는 정보원의 얼굴이라 그 흥미를 돋우고 있었다.

"마성(魔星)이 진정한 영웅 중 하나라 할 수 있소."

기원의 말에 마원범이 입을 떡하니 벌렸다.

"마성이 어째서 영웅이란 말이오. 무림맹주를 죽인 천하의 악적을 어찌 영웅으로 표현한단 말이오!"

마원범은 무림맹주를 상당히 존경하고 있었는지, 그 한마디에 격분을 하고 있었다. 여차하면 검까지 뽑아 들 기세였다. 그런 그의 상태를 보고도 기원은 여유로운 미소를 짓고 있었다. 이야기를 할 때 상대방의 몰입도만큼 중요한 게 없었다. 상대를 마음대로 흥분시키기도 하고, 놀라게도 하고, 즐겁게도 하는 게 진정한 이야기꾼이 갖춰야 할 덕목이었다.

"영웅이 갖춰야 하는 덕목은 의협(義俠)이 아니오. 진정한 영웅은, 물러섬을 알지 못하며, 굽힘을 알지 못하오. 바람이 불어도, 비가 내려도, 폭풍이 불어닥쳐도 악착같이 전진을 하는 게 영웅이오. 그자의 뜻이 선(善)이든 악(惡)이든, 성(聖)이든 마(魔)이든 굽힐 줄 모르는 신념을 가지는 게 바로 영웅이오. 그런 의미에서 마성이야말로 지금 무림에서 볼 수 있는 최고의 영웅이오."

무엇인가를 반박하고 싶은 마원범이었지만, 반박 거리를 찾지 못했다. 받아들일 수는 없는 내용이었지만, 그렇다고 반박의 여지를 주는 것도 아니었다.

"허어, 그렇다면 마성을 제외한 영웅들 중에는 또 누가 있소이까?"

기원은 서슴지 않고 입을 열었다.

"그야 당연히, 마성의 일행이라 할 수 있소. 암천마수(暗天魔獸) 뇌운비가 그중 하나요, 붕천패력도(崩天敗力刀) 임홍이 둘이오, 섬혈룡(殲血龍) 곽소천이 마지막. 이들이야말로 하늘에서 뚝 떨어진 천고의 영웅들이오!"

도악을 꺾은 임홍은 그 모습에서 붕천패력도라는 별호가
붙게 되었다. 도악을 꺾는 그의 모습은 많은 무림인들의 뇌리
에 각인되었고, 그들에 관한 소문은 눈덩이처럼 불어나면서
급속도로 퍼졌다.

그들의 이름을 잠자코 듣던 마원범의 입은 다물어질 줄을
몰랐다. 주위의 객들이라고 다를 바가 없었다. 기원의 말은
그야말로 충격적이었다. 이름을 언급하기도 꺼려하는 마두
들을 영웅으로 추대하니…….

"혹시 기 형도 무림공적의 일행이 아니오? 지금껏 기 형의
말처럼 허황된 말은 들어본 적이 없소이다."

마원범의 의심의 눈초리는 당연했다.

무림공적의 일행으로 몰리는 가운데 기원은 특유의 여유
를 잃지 않았다. 그는 진정한 이야기꾼이었다. 남들의 감정을
손으로 주무르듯 하는 그런.

"허어, 마 형! 아직도 내 말을 믿지 않소? 마웅(魔雄)도 영웅
은 영웅이오! 다시는 없을 그러한 인물들에게 영웅이라는 말
이 과분하오? 아님 혹 마 형이 그들만큼이나 빼어난 인물들을
본 적이 있소이까?"

들려오는 바로 무림공적 일행은 전대 고수들도 우습게 여
긴다는 무서운 마두들이었다. 특히 그 마두들의 마두는 천하
제일고수라 칭해졌던 무림맹주를 죽인 마인이었다. 각 개인
도 뛰어나고, 그들을 이끄는 무림공적은 암암리에 천하제일

고수라 칭해지고 있었다. 그런 마두들만큼 뛰어난 자들을 마원범이 들어봤을 리가 없었다.

"흠흠, 그렇소이까? 그렇다면 무림공적과 붕천패력도는 그렇다고 칩시다. 암천마수와 섬혈룡은 진즉부터 무림에 그 이름을 날렸는데, 어찌 기 형은 그들을 하늘에서 뚝 떨어진 영웅이라 하오?"

마원범의 말대로 그들은 적어도 오 년 전부터 이름을 떨치기 시작했다. 무림공적과 붕천패력도처럼 하루아침에 무림을 들었다 놨다 하는 위치가 된 게 아니었다.

"이 세상의 누가 암천마수를 지금처럼 강하다고 생각했겠습니까. 지금은 그 이름이 많이 실추되었지만, 그래도 현경은 현경 아니오. 도악의 도를 피해 무당파 장문인에게 치명적인 일권을 찔러 넣은 게 바로 암천마수요. 기껏해 봐야 초절정고수로 생각하던 암천마수였소. 그런 자가 그렇게 무서운 일권을 지녔을 줄 누가 알았겠소. 섬혈룡은 또 말할 것도 없소. 후기지수들 중 가장 신비로운 인물. 후기지수들은 개인이 대문파의 장로급이라 하오. 어쩌면 경지를 숨기고 있을지도 모르고……. 특히 무림공적의 일행이라는 것을 떠올리면 절대로 알려진 게 다가 아닐 것이오."

마원범은 자신도 모르게 고개를 끄덕였다. 기원은 어딘지 모르게 터무니없는 이야기에 신빙성을 더하는 묘한 재주가 있는 자였다.

그런 자가 나름대로 그럴싸한 근거를 추리에 더하니 고개
가 끄덕여지는 것은 당연했다.

"허어, 어디서 이런 영웅들이 튀어나왔을꼬."

역사에 기록된 현경의 고수가 둘이었다. 비록 대문파의 대
선배들이 무림에 나시는 모습을 드러내지 않았고, 현경으로
추정되는 인물들이 상당히 많았다고는 하나, 정작 지금까지
기록된 이가 둘이었다. 당대의 검존, 도악, 신승은 그야말로
살아 있는 전설이었다. 당대에 현경의 고수가 셋이나 현존하
니, 그들과 같은 하늘에서 공기를 마시는 무림인들은 꿈에서
살고 있는 느낌이었다.

그런데 이제 그 급의 고수들이 무더기로 모습을 드러내고
있었다. 전대의 고수들은 더 이상 은거를 택하지 않았다. 그
것만으로도 참 이례적인 일이었는데, 후기지수 급에서 그러
한 인물들이 나오고 있었다.

이건 대이변이었다.

마원범의 의문은 당연한 것이었다.

기원은 그런 의문을 이미 예측하고 있었는지, 미소를 잃지
않은 채 입을 열었다.

"빙산의 일각이라는 말이 있소. 그 말을 무림에서도 적용
할 수 있다고 보오. 빙산의 일 할은 드러나 있고, 그 나머지는
보이는 부분을 아래에서 받치고 있소. 지금 드러난 무림은 겨
우 일 할에 불과하오. 지금의 무림은 그 일 할로 버텨온 게 아

니라, 그 뒤를 봐주고 있는 구 할 때문에 현존하는 것이라고 생각하오."

"어불성설이오."

마원범은 그의 말에 강력히 반박했다.

"구파일방에서부터 사벌이궁까지. 그리고 그 중심의 무림맹. 이 힘이 겨우 일 할에 불과하다고 생각하오? 그들이 뭉친다면 일개 국가를 함락하는 것도 문제가 아니오. 그런데 일 할이라니!"

"한 가지 간과하신 게 있구려. 구파일방에서 사벌이궁까지, 그 모든 세력들은 자신들의 저력을 숨기고 있소. 적어도 육 할을! 지금껏 중원을 도모하려 했던 세력이 얼마나 많았소이까! 그때마다 드러나는 대문파의 저력에 항상 놀랐던 우리를 기억하지 못하십니까!"

그 모든 때를 겪어보지는 않았지만, 전해지는 고사들은 아직도 뇌리에 남아 있었다. 끝이다, 라고 생각하면 항상 나타나는 영웅들. 어디에 숨어 있었는지, 적절한 시기에 적절한 파장을 일으키는 숨겨진 저력들! 기원이 지적하고 있는 부분이 바로 그것이었다.

"드러난 무림도 자신의 저력을 숨기고 있는 마당이오. 내 말이 거짓이 아니란 것을 알지 않소?"

마원범은 답하지 않았다.

무언의 긍정으로 받아들인 기원이 다시 입을 열었다.

"난세일수록 그 감춰진 부분이 다시 표면에 드러나게 되어 있다오. 그리고 현재 꽤 많은 진척이 이루어지고 있지 않소? 북이 상당히 시끄럽고, 남이라고 조용한 것만도 아니오. 네 말이 틀렸소?"

역시 마원범은 입을 열지 못했다.

일리가 있었다.

기원은 그 정도로 만족했다. 자신의 음모론 중 일부를 객잔에서 드러냈고, 그 반응도 그다지 나쁘지 않았다. 자신의 머리로만 쥐어짜내 형성한 음모론이 그럴싸한 것으로 그는 만족했고, 그 이상 마원범을 추궁하지 않았다.

그 둘에서 조금 떨어진 위치였다.

그 위치에서 한눈에 띄는 절세의 미녀와 꽤 밝은 인상의 청년이 앉아 식사를 하고 있었다.

"북으로 올라오면 올라올수록 흥미로운 소문이 나도는데?"

북상하면 할수록 소문들이 뚜렷한 형태를 지니게 된다. 새외무림이 남하하고 있다는 사실이 거의 헛소문처럼 여겨지는 사천 지역에 비해 그 윗부분에 속한 지역들은 조금은 신빙성 있는 소문처럼 퍼져 가고 있었다.

진천악의 말에 화린은 고개를 끄덕였다. 어딘지 모르게 화린의 얼굴은 멍했다. 마치 정신이 다른 곳에 팔려 있는 사람처럼.

진천악은 모른 척했다.

시간이 흐를수록 화린은 깊은 생각에 빠지기 시작했다. 그녀의 행동은 상당히 활발하고, 쾌활하다 못해 기이한데 그 이면에 그늘이 져 있다는 것쯤은 눈치 빠른 진천악이 모를 리 없었다.

그늘을 들추는 것보다 진천악은 다른 방법으로 그 분위기를 파했다.

"어우, 아가씨? 생각을 깊게 하면 할수록 눈가의 주름이 늘어난답니다. 지금만 해도 으윽스러운데, 더 생겨봐. 히유. 끔찍하구려."

화린은 어이가 없다는 듯이 웃었다.

"으윽스러워? 그런 말이 존재하기나 해? 그리고 주름은 어디에 주름이 있어! 네 개념이 가출이라도 했어? 아니면 개념이 사춘기를 겪고 있니?"

화린은 진천악만큼이나 독특한 사고방식을 지닌 존재였다.

"아하, 혹시 토끼의 간처럼 빼놓고 다니는 건가?"

"……."

…어쩌면 조금 더 진화된 존재일지도 모른다.

진천악은 그 정도로 만족했다. 잠시지만, 그래도 화린이 그녀 자신을 되찾지 않았던가.

그렇게 화기애애(?)하게 담소를 나누고 있는 둘 사이에 불청객이 끼어들었다. 대부분의 불청객들은 화린의 미모에 반하

여 어떻게든 수작을 부리려는 불한당이 많았지만, 이번 유형
은 조금 달랐다. '나 건달이오' 라고 쓰여 있는 특유의 상스러
운 얼굴이 아닌 툭 치면 부러질 듯 반듯한 집안의 여식이었다.

"혹시 화린 언니?"

화린은 자리에서 그녀를 올려다봤다.

자신의 얼굴이 꽤 유명한 편에 속했지만, 직접 보지 않은
인물들은 자신을 떠올리지 못했다. 널리 퍼진 초상화만으로
는 '닮았네?' 정도밖에 생각지 못한다. 무림맹주의 손녀가
섬서에서 남자 일행과 단 둘이서 여행을 하고 있다는 사실을
누가 감히 확신할까?

잠시 '누구?' 라는 기색이 스쳤다가, 상대가 면사를 벗자, 그
외모를 알아보고는 깜짝 놀랐다. 눈가에 주근깨가 많았지만,
그것마저도 깜찍해 보이는 여인이어서 놀란 것은 아니었다.

"소희?"

"알아보시네요? 히히."

진천악은 그녀를 보며 참으로 쾌활한 여자라고 생각했다. 특
히나 웃음소리가 유별났다. 그런 웃음소리에도 헤프다는 생각
이 들지 않는 게, 그녀가 좋은 사람이라는 것을 알 수 있었다.

감(感).

꼭 그 사람의 모든 것을 알 필요는 없다. 사람에게는 그만
의 냄새가 있는 법. 그녀의 삶이 그 냄새에서 배어 나온다.

"여긴 웬일이야?"

화린은 정말 놀랐다. 아무리 무림인이 많고, 그중에서 자신
이 아는 이들도 많다고는 하지만, 객잔은 수두룩했다. 무림인
보다는 범인이 많아, 객잔에서 무림인을 만날 확률은 꽤 드물
었다. 아니 간혹 있다고는 해도 안면이 있는 이를 다른 지역
에서 만나기란 불가능이라 할 수 있었다. 중원이 조금 넓은
것도 아니니.

한편으로는 반갑기도 했다.

자신이 아끼는 동생을 오랜만에 만났으니.

"그건 제가 언니에게 물어보고 싶은데요. 저야 선녀문(仙
女門)에서 하산하는 길이죠. 본가(本家)가 이쪽인 거 아시잖아
요. 그런데 언니는 이 근처에서 볼일이 없지 않나요? 새외무
림이 시끄러워 파견된 것도 아닐 테고."

화린은 잠시 머뭇거렸다.

미땅히 뭐라 답할 만한 게 없었다.

여기서, 그 누구보다도 눈치가 빠른 진천악이 개입했다.

"여기 아리따우신 소저가 누군지 소개해 줄 생각은 없어?"

그제야 소희가 진천악에게 눈을 주었다.

그리고는 작은 감탄.

"호오, 언니. 애인과의 밀월(蜜月)여행?"

화린은 어이가 없다는 듯이 소희를 한번 보고는, 진천악을
봤다.

'애인?

“푸핫.”

어이가 없다 못해 웃음이 터져 나온다.

‘천악과의 밀월여행?’

“호호호호.”

웃음을 침고자 했지만, 애인이라는 단어가 머리에서 지워지지 않았다. 진천악이 자신의 애인이라고 생각하니, 도저히 웃음을 참을 수 없었다.

좋은 친구임에는 틀림없었지만, 확실히 애인과는 거리가 있었다.

화린의 웃음에 진천악은 미소를 지어 보였다.

평소와 다름없는 천진난만하고 밝은 미소로 보였지만, 내재되어 있는 감정은 달랐다.

‘역시, 아직인가.’

어딘가 쓸쓸함이 담겨져 있었다.

“밀월여행은 무슨. 그냥 친구지, 친구.”

그 말에 소희가 의미심장한 미소를 지으며 말했다.

“밀월여행 중의 남녀가 들키지 않으려고 하는 변명들의 팔할이 바로 그 말인 거 알아요?”

“그런 게 아니라니깐!”

“어어? 화내니까 더 수상한데?”

“화난 거 아니야!”

“화난 게 아닌데 왜 이렇게 목소리가 크실까?”

"글쎄 네가 생각하는 것은 아니야!"

소희는 그제야 입을 다물었다. 물론 수긍하는 얼굴은 절대 아니었다.

화린은 이채가 도는 소희의 눈을 보며 한숨을 푹 쉬었다.

소희는 이런 여자였다.

언제나 장난기 많고 피곤한.

소희는 일단 진천악과 화린의 탁자에 합석했다. 진천악은 철저히 소외당한 채 화린과 소희는 담소를 나누었다. 대부분이 지난 이야기들이었지만, 그녀들에 대한 것이니 진천악에게도 흥미로웠다. 특히 화린의 과거 일들을 이야기할 때면 그의 눈이 반짝이기도 했다.

"화린 언니는 항상 무림맹 무사들의 바지 자락에 불을 붙이는 독특한 취미가 있었지. 그 허겁지겁 달아나는 모습을 즐기는 악취미는 정말. 쿡쿡."

"호오? 그러는 너는 재밌겠다며 따라 한다고 했지. 누군지 볼 것도 없이 붙이고 봤다가 네 아버진 줄 알고 얼마나 놀랬던지. 후후."

사악하게 웃는 화린의 모습에 진천악이 몸을 떨었다. 반면에 소희는 전혀 지지 않고 그녀를 마주 봤다. 둘의 모습을 보며 진천악은 혀를 내둘렀다.

"소저의 세가는 어디쯤에 위치하나요?"

사악한 눈빛은 어디로 가고 고분고분하고도 연약한 소녀

의 눈빛을 되찾은 소희가 다소곳하게 자세를 바꾸며 조심스
럽게 입을 열었다.

"저희 집이요? 유림에서 아버지가 진검문(眞劍門)이라는
작은 문파를 이끄십니다."

진검문은 중소문파로 분류되지만, 실상 그 힘은 그 이상이
라 할 수 있었다. 진검문주 소지현은 무림맹 내부의 많은 인
물들과 친분을 가지고 있어, 보이지 않게 배경이 되는 힘을
가지고 있다고 할 수 있었다. 개인의 무공 역시 심후하다 알
려졌고, 그의 제자들 역시 그 지역에서는 촉망받는 인재들이
어서 많은 잠재력이 내재되어 있는 곳이었다.

섬서에서는 꽤 이름을 알리고 있는 문파였다. 그래서인지
소희는 진천악이 자신의 문파를 알아주기를 바라는 것 같았
다. 하지만 진천악은 무림초출이었다. 섬서에 이제 발을 막
디딘 자가 구파일방이면 모를까, 중소문파의 이름을 알고 있
을 리가 없었다.

"유림이라면 우리가 가는 쪽이지?"

동행을 해야겠다는 말이었다.

화린은 묵묵히 고개를 끄덕였다.

어지간히도 머리가 아픈지 머리를 쥐어짜고 있는 모습이
었다.

제3장
인연지의(因緣之意)

　사람의 인연이라는 건 말로써는 표현하기 참 힘들다.

　의도해서 맺어지는 인연이 있기도 하지만, 구 할 이상의 경우에는 저절로 맺어진다. 그냥 모두가 자연의 이치이다. 첫인상을 조절할 수 없는 것처럼, 원한다고 해서 특정 사람과 맺어질 수도 없다. 반대로 전혀 예기치 못한 이들과 인연을 맺을 수도 있는 게 사람이 사는 사회이다.

　평생을 같이한 것처럼 친근함이 드는 친구를 하루아침에 만났을 수도 있다. 지나가는 행인이었을 수도 있다.

　또는 지금 옆을 지나가는 이도, 일단 알게 되면 좋은 사람이고, 친분을 나누게 되는 사이가 될 수도 있다.

아무나와 인연이 맺어질 수 있는 이 이치 속에서도 필시 작용하는 한 가지가 있었다. 유유상종(類類相從)이라고 자신과 비슷한 부류와 맺어지게 된다. 첫인상에 대한 호감은 여러 사람들에게서 느낄 수 있겠으나, 결국에 친분을 맺게 되는 이들은 정해져 있다. 상인이라면 대부분 상인과 친분을 맺게 되고, 명문자제라면 그런 부류와 가까워지게 되어 있다.

어쩔 수 없는 이치이다.

휘인에게도 이 이치는 작용되었다. 뇌운비나 임홍, 청운, 강희는 휘인과 비슷한 부류였다. 자연을 바라보는 눈이 꽤 깊은 그들에게 범인은 시선을 사로잡지 못한다. 행인이 지나가는 모습은 그야말로 '자연의 일부분'으로밖에 인식되지 않는다. 하지만 그 일부분이 자연 속에서도 특유의 기운을 갖는다? 아니, 자신과 동등한 혹은 그 이상의 이질적인 느낌을 가지고 있다? 그런 이는 단번에 관심을 산다.

휘인에게 그들은 그런 쪽에 속했고, 그들에게 휘인은 그런 쪽에 속했다.

그냥 지나가다 볼 수 있는 인물이 아닌 것이다.

어쩌다 보니 인연을 맺게 되었고, 그들 모두가 의도하지는 않았지만, 휘인을 중심으로 맺어지게 되었다. 거기에 대한 이유는 없었다. 바람이 부는 이유, 비가 내리는 이유, 하늘이 맑은 이유를 아는가? 그냥 그런 것이다. 태어나면서부터 세상이 그러했고, 앞으로도 그러할 것이다. 어떻게 뇌운비, 임홍,

청운, 강희와 같은 이들과 인연을 맺었는가? 그건 아무도 모른다.

사람의 인연이란 게 그냥 그렇다.

사람의 머리로는 도저히 풀 수 없는 것.

굳이 풀 필요도 없는 것이다.

"또 숨겨둔 졸개가 있는 건 아니지?"

뇌운비는 굳이 졸개라는 표현을 썼다. 임홍을 깎아내리려는 의도가 다분히 드러났다. 임홍이 반응을 보일 법도 하지만, 근래에 들어 괜히 조용한 그였다. 아마 그래서 뇌운비가 더욱 그를 도발하는지도 몰랐다.

"이외에도 만난 이들은 몇 있지만, 영혼(靈魂)이 교감(交感)한 이들은 모두 모였군."

이럴 때 보면 휘인은 참으로 평범했다. 아니 그 평범이라는 단어가 조금은 어색해 보였지만, 그래도 무난했다. 하지만 이들 모두가 알고 있었다. 그의 마음의 문은 굳게 닫혀 있었다. 이미 들어와 있는 이들은 안에서 안락하게 쉬고 있었지만, 그 밖에서 기다리고 있는 이들에게는 바깥의 싸늘한 한기뿐이었다.

뇌운비는 담담하게 대답하는 휘인을 보며 혀를 내둘렀다. 휘인은 도대체 어디서 이런 인물들을 만난 것일까? 가끔은 하늘이 선택한 자가 아닐까 라는 의문이 들기도 했다. 그리고 적어도 자신은 그와 같은 쪽에 서 있기에 마음이 편하기도 했다.

뇌운비는 일행을 둘러보았다.

얼굴을 제멋대로 바꾸는 괴물 같은 녀석과 눈앞에 있으면서도 느껴지지 않는, 얼굴을 봤는데도 기억이 잘 나지 않는 특성없는 귀신같은 여자는 없었지만, 참으로 이들은 기막힌 조합이었다. 그 어떤 인물노 성격이 비슷하지 않았고, 기도도 가지각색이었지만 단 하나가 비슷했다. 그들의 여유. 여유만은 모두가 가지고 있었다. 아니 굳이 또 하나를 찾자면 이들 전부가 휘인의 말 한마디에 모여들었다. 왜? 라고 물으면 그 누구도 대답할 수 없으리라. 그냥 휘인에게는 독특한 인력(引力)이 있었다. 그 누구도 거부할 수 없는.

보통 사람 허벅지의 팔뚝을 지닌 임홍, 적의를 즐겨 있는 광기 어린 눈의 소유자 곽소천, 어지간한 여성보다도 곱상한 얼굴의 뇌운비, 딱히 미남자는 아니었지만, 굳게 닫힌 입과 강렬한 눈빛에서 결의가 느껴지는 휘인. 그들은 객잔의 방 하나를 잡아 아무렇게나 모여 앉아 있었다.

일행과 가장 늦게 합류한 곽소천은 어딘지 모르게 어색해하는 모습이었다. 안하무인으로 유명한 곽소천인데, 이상하게도 휘인의 앞에서는 조금 긴장하는 모습이었다.

곽소천이 입을 열었다.

"한 가지를 묻고 싶소."

이야기를 하라는 듯 휘인이 시선을 주었다.

"그대의 목적이 무엇이오?"

휘인은 잠시 그 대답을 보류했다.

근래에 이런 질문을 몇 번이나 들었던가? 자신이 아는 모든 이들이 자신에게 한 번씩은 이런 질문을 했다. 그리고 그 대답은 항상 같았다.

"나를 겨누는 모든 검을 부수는 것."

무인으로서는 상당히 바람직한 자세라고 할 수 있었다. 가만히 앉아서 당하는 것보다는 맞서는 게 현명했다. 당연하기도 했다. 하지만 휘인의 입장은 그것보다 살짝 더 복잡했다.

휘인에게는 겨눠진 검이 한두 개가 아니었다.

그 검에 모두 맞선다?

자살 행위다.

누가 전 무림을 상대로 무사할 수 있겠는가. 그게 가능했다면 천라지망이 무슨 소용이란 말인가. 무림은 개인이 맞서기에는 너무도 거대한 사회였다. 무림맹은 그 무림 안에서도 막강한 영향력을 발휘하는 단체. 그들과 맞서는 것보다는 자살이 더 곱게 죽는 방법이었다.

"그게 가능하다고 생각하오?"

자신도 모르게 억양이 올라갔다.

도대체 휘인은 생각이 바로 잡혀 있는 자인가?

휘인의 대답은 의외였다.

"맞서는 것은 쉽다."

곽소천이 재차 묻기 전 휘인이 다시 말을 이었다.

"맞서 이겨내는 것은 어렵겠지."

'어려운 게 아니라 불가능하겠지!' 라고 말을 하려던 곽소천은 감정을 찍어 내렸다. 참으로 자신의 감정을 자신의 멋대로 주물럭거리는 휘인이었다.

묘한 정적이 흘렀다.

쌓인 감정을 한꺼번에 토해내고 싶은 곽소천이었지만 말할 때를 놓쳤는지라 입을 열기가 힘들었고, 휘인이야 말수가 항상 적었다. 쌓인 감정은 묵혀둘수록 깊어져만 가는 것. 곽소천은 그 정적을 참지 못하고는 다시 입을 열었다.

"지금 기분은 어떻소? 난 상당히 불안하고도 긴장이 되오. 살면서 지금껏 이 정도로 떨어본 적이 없는 것 같소. 아마 앞으로도 없을 게요. 그대는 비웃을지 모르겠지만, 그래도 난 지금껏 꽤 자신감에 차 있었소. 자만이었는지는 몰라도, 세상을 쉽게 보고 있었소. 그런 내가 이런 상황에 빠질 줄 누가 짐작이나 했겠소. 내 기분은 이렇게 장황하오. 지금 그대의 기분을 알고 싶소. 일이 잘 풀릴 것만 같은 확신이 드오? 아니면 될 대로 되라는 자포자기한 심정에 빠져 있소?"

곽소천의 눈동자가 심하게 흔들리고 있었다.

마음이 흔들리고 있었다.

"나의 선택을 후회하지 않는다. 후회는 그 결과만을 보고 하는 것이다."

반대로 일의 도중에는 후회를 하지 않는 게 바람직하다.

'어차피 할 후회라면 나중으로 미루는 게 최우선이 아니겠는가?' 라고 말하는 휘인이었다.

"넌 너의 선택을 후회하나?"

실제로 곽소천이 이 자리에 있는 건 오로지 자신의 선택에 의해서이다. 여기에 있는 그 어떤 인물도 곽소천을 초대하지 않았다. 그는 선택을 했고, 그 선택은 그들과의 합류였다. 그리고 아직 그 선택은 번복이 가능했다. 하지만 그는 번복할 생각이 없었다. 그러니 이런 식으로 따져드는 게 아닌가, 걱정되니까.

곽소천은 쉽게 대답하지 못했다.

인생을 살다 보면 항상 느끼게 된다. 과연 자신의 선택은 옳은 것일까? 아니면 그릇된 것일까? 차선책이 있었을까? 아무리 고민을 해봐도, 그 결과가 드러나기 전까지는 아무것도 알 수 없다. 고민을 할수록 나오는 결론은 머리만 무진장 아프다는 것이다.

그런 선택이 거듭될수록 깨닫게 되는 게 단 하나 있었다.

"나중에 후회한다해도, 지금은 후회하지 않소."

휘인이 앞서 했던 다짐과 다르지 않았다.

휘인은 그렇게 곽소천의 의문과 의심, 불안을 일축했다. 앞으로의 일은 아무도 감히 말할 수 없다. 결과를 모를 바에는 그냥 현실에 충실한다. 선택을 했으면 그 인과에 대해 책임을 진다. 그게 가장 현명한 방법이며, 효율적인 방법이다.

곽소천의 흔들리던 눈이 제자리를 잡았다.

그 특유의 자신감이 돌아왔다.

'될 대로 되라지.'

이전까지는 불확실한 미래를 밝히려고만 노력했었나. 불확실하다면 몸을 사리는 게 그의 철칙이었다. 하지만 요번만큼은 왠지 운에 인생을 맡기고 싶었다. 자신이 이 위험천만한 일행과 덥석 합류를 마음먹은 데에는 분명 이유가 있을 것이다.

곽소천은 자신을 믿었다.

휘인은 지붕에 편히 앉았다. 언제부턴가 지붕이 마음에 들기 시작한 그였다. 그나마 하늘과 가장 가깝다는 느낌에서였을까? 마음을 비우는 데 지붕만한 장소 이상을 찾을 수 없었다.

'나에게 편함은 주어지지 않는군.'

휘인은 항상 머리가 복잡했다. 이것저것 생각할 거리가 많았다. 마음이 원하는 대로 행동하기 시작했음에도 불구하고 이상하게도 생각할 게 많았다.

'모든 일에는 그것이 일어나는 이유가 있다.'

휘인은 그 이치를 믿었다. 인과가 있어야 응보가 있는 것이다. 아니 땐 굴뚝에 연기가 날 수 없고, 씨 없이 꽃이 필 수는 없는 것이다.

자신과 인연의 그물이 형성된 이들. 그들을 볼 때면 머리가 더 복잡해지고는 했다. 바라보기만 하고 있는데 가슴이 갑갑해진다. 그 이유를 알 수가 없으니 그 응어리가 쉽게 풀리지도 않는다.

분명 그들과 인연이 맺어진 데에는 이유가 있을 것이다. 하늘은 자신에게 무엇을 원하는 것일까? 자신을 위해서 무엇을 안배해 놓은 것일까?

하늘을 올려다보지만, 유일한 대답은 무언이었다.

"흐음."

휘인의 마음은 편치 못했다.

괜히 일이 잘 풀리지 않을 것 같고, 일이 꼬일 것만 같은 느낌. 그런 막연한 느낌이 드는 때가 간혹 있었다. 그리고 지금이 그때였다.

'무림의 난세. 그 어떤 때보다 지금의 무림은 심상치 않다. 그 무림에서 나는 어느 위치에 있는가.'

조심스럽게 묻는다.

아무런 답을 주지 않는 하늘을 올려다보며, 조심스럽게.

가파르지도 않고, 그렇다고 완만하지도 않은 매끈한 능선을 따라 가볍게 오르는 여인이 있었다. 누군가가 그 모습을 봤다면 입을 다물지 못할 것이다. 한 걸음에 일 장가량을 가볍게 뛰는 모습에도 전혀 어색함이 없으니, 그야말로 그냥 지나칠 일이 아니었다. 그뿐이 아니었다. 대부분의 무림인이 그렇듯 그 여인은 체형이 바로잡혀 있었다. 아름답다는 말이었다.

그녀의 외모도 아름다웠다. 절세미인까지는 아니더라노, 누구가 아름답나고 생각할 법했다. 흠이 있다면 그녀는 볼에 꽤 긴 검상이 있었다. 오래전에 생긴 듯한 흉터. 그녀는 소여락(嘯黎珞)이었다.

소여락은 마교의 부교주로, 마교에서는 천존(天尊)으로 통하는 여인이다. 천마 이후의 최고 고수라 칭해지는 교주만큼이나 신뢰를 받는 마인이었다. 천존같이 거창한 칭호가 아니더라도, 그녀의 한기가 풀풀 날리는 모습에 빙백마(氷白魔) 같은 별호도 있었다.

항상 그녀의 얼굴에는 싸늘함이 묻어 나왔지만, 지금은 그 정도가 더한 듯싶었다. 실제로 그녀는 기분이 살짝 틀어져 있었다.

자신의 머릿속에서 철저하게 설계한 계획이 틀어질 때면 종종 이랬다.

천라지망이 해체되었다. 정보통에 의하자면 새외무림이 시끄러워 북상했다고 한다. 이목이 북으로 쏠렸다는 건 분명히 좋은 일이었다. 마교에게 움직일 여력이 생긴 것이다. 무림맹은 지금 사 할이 무림공적에게, 사 할은 새외무림에 쏠려 있다. 겨우 이 할의 힘에 흔들릴 천년마교가 아니었다.

‘그래도 무림공적 일행에 합류하라고?’

이렇게 되면 자신이 무림에 나온 이유가 없어졌다. 무림공적에게 이목을 집중시켜 마교가 숨을 쉴 여력을 주려는 것이 자신의 목적이었다. 누구나 난세를 추측할 수 있는 지금이 기회라 생각해 억지로 원로원까지 개입시켰다.

그런데, 이미 목적이 이루어졌다.

그럼 귀환해야 하는 게 정석이었다.

그럼 돌아가면 되는데, 문제가 있었다.

교주가 무림공적 일행에 합류하라고 명령을 내린 것이다. 지금과 같은 시기에 자신이 다른 임무를 맡는다? 마도천하(魔道天下)가 이룩될지도 모르는 지금 다른 곳에 있는 자신. 자신은 여기가 아니라, 마도천하의 완성을 위해 최전방에서 검을 휘둘러야 했다.

‘견제?’

혹여나 교주가 자신을 견제하고 있는 것일지도 모른다. 마도천하가 이루어지면 각 개인이 세운 공에 따라 부여받는 권력이 커진다. 무엇보다도 이 기회를 잘 살린다면, 마인들의 확고부동한 지지를 받을 수 있을 것이다. 교주가 그런 일을 견제하고 있는 것일까?

소여락은 고개를 작게 저었다.

교주는 그렇게 그릇이 작은 인물이 아니었다. 시대를 잘못 타고난 것인지는 몰라도, 다른 시대였다면 홀로 충분히 천하를 도모할만 했다.

'또 다른 이유?'

다른 목적을 생각해 보자면, 무림공적 일행을 그렇게 높이 평가하고 있다는 정도? 자신이 잠복해 있으면 그만큼 늑이 된다고 판단하기 때문일 텐데 도대체 그 득이 어떤 것일지는 추측키 힘들었다.

그 득을 알기 위해서 자신이 할 수 있는 건 단 하나였다.

직접 경험한다.

그 결과를 그때는 알게 되겠지.

무황벌(武皇閥)은 사파의 최대 연합세력이며, 사파 전체를 은연중에 지배하는 세력이기도 했다. 당대의 무황벌주(武皇閥主) 파천도(破天刀) 여지명은 전 사파무림이 존경하는 고수로 화경의 극에 달해 있는 중년의 무림인이었다. 은연중에 정파에 열등감을 느끼는 사파에 있어 파천도는 사파의 하늘이라고 할 수 있었다.

파천도는 그에 걸맞은 풍모를 지녔다. 가만히 앉아만 있어도 하늘의 신장의 모습을 가졌다. 움직이지 않음에도 불구하고 기둥 같은 팔에서 느껴지는 역동성은 숨을 죽이게 했다.

"무황벌주님."

파천도가 굳게 감았던 눈을 떴다.

호랑이의 안광이 이렇게나 섬뜩할까.

“어떻게 하실 생각입니까?”

거두절미했지만 파천도는 귀군(鬼君)이 어떤 화두를 꺼냈는지 알고 있었다. 파천도가 지금껏 골머리를 썩인 데에는 바로 그 이유에서였다.

“자네의 생각은 어떤가?”

누가 뭐라고 해도 생각할 거리는 모두 모사의 몫이었다. 그러니 모사가 따로 있는 것이고, 벌주가 따로 있는 게 아니던가.

“호남연합세력(湖南聯合勢力)으로 마교에 맞서는 것은 자살 행위입니다. 그렇다고 순순히 마교에게 길을 내줄 수 있는 것도 아닙니다. 무림맹 전력의 대부분이 북상하고 있는 지금, 마교의 정예 세력을 막아낼 여력이란 그들에게 없습니다. 신승 역시 행방이 묘연한 지금 정말 마도천하가 이루어질지도 모릅니다.”

“왜 길을 내주면 안 되는 건가?”

마교에 맞서는 것은 당연히 자살 행위. 그런데 왜 마교에 길을 내주면 안 된다는 건가? 그들이 마도천하를 이룩하기 일보 직전이라서?

“원래 옆집이 땅을 사면 배가 아픈 겁니다. 빈집 털러 가는 도둑을 그냥 두 눈 뜨고 봐줘야 합니까?”

귀군이 이렇게 감정적으로 호소하는 것은 보기 드물다. 무슨 이유에서인지 파천도는 그 점을 당연하게 여겼다. 아니,

어쩌면 귀군을 잘 모르는 것일지도 모른다.

"어떻게 하자는 건가?"

진퇴양난(進退兩難).

그 어떤 길도 쉽게 선택할 수 없다.

"여러 가지를 선택할 수 있습니다. 일단은 마교의 북상 소식을 무림맹에 알려줄 수 있겠습니다. 하지만 별 효력이 없습니다. 신승이 없으니 그 어떤 조치도 효과가 없습니다. 마교의 수라마제를 막아설 수 있는 인물이 과연 무림맹에 누가 있겠습니까. 게다가 신승이 새외무림이 상당히 위험하다 판단하여 천라지망을 북상시켰으니 남겨진 힘이 얼마나 있겠습니까. 알려봐야 돌아오는 건 마교를 총력으로 막아내라는 지시 말고 또 있겠습니까?"

당연히 그런 지시를 받아들일 수는 없다. 무림맹의 입장에서 무황벌은 그들의 지시를 받는 수많은 세력 중 하나이다. 어떤 세력이건 일단 마교를 막아내는 게 급선무가 아니겠는가. 당연히 마교가 북상하고 있다는 소식에 가장 먼저 지시를 받을 세력은 자신들이었다. 괜히 마교와 맞섰다가는 증원이 도착하기도 전에 무황벌은 재기를 꿈꾸지도 못할 정도로 몰락하게 되리라.

"다른 선택은?"

"당연히 마교에 협조하는 것입니다. 마교에 협조하면 지난 세월 사파와 공존해 온 것을 고려해서라도 살길을 열어줄 것입니다."

"배가 아프다면서?"

"그냥 선택할 수 있다는 것을 알려 드리는 겁니다. 또 한 가지를 택하자면, 마교와 손을 잡는 척만 할 수도 있습니다. 일단 마교에게 협력을 한다고 하고는, 기회를 엿볼 수도 있으며, 신승이 귀환하는 경우, 내부에 잠복해 있음으로써 큰 도움이 될 수 있겠지요."

파천도는 묵묵히 고개를 끄덕였다.

"어차피 선택은 해야 합니다. 신승은 멀고, 마교는 가깝습니다. 후자를 선택하는 게 어떻겠습니까?"

"기한은?"

동문서답에 귀군이 고개를 갸웃했다.

"무슨 기한 말씀이십니까?"

"마교에게 답을 주어야 하는 기한. 그들이 이곳에 이르기까지는 어느 정도의 시간이 있지 않은가?"

현재 마교는 남쪽에서 은밀하게 중소문파를 공략하며 올라오고 있었다. 한 문파에서 다른 문파로, 점점 그 세력을 더해가고 있었다. 마교는 지역 단위가 아닌 일직선상으로 문파를 점령하고 있기에 그들의 진군 속도는 상상을 초월했다. 그들의 목표는 무림맹이었다. 무림맹이 점령되면 어차피 사파무림에 대한 장악력도 딸려 들어온다. 그들은 무림맹을 속일 심산으로 사파무림까지 속이며 은밀하게 진군해 오고 있었다.

아마 사파무림에서 마교의 북상 소식을 아는 이는 자신과 귀군뿐이라고 확신했다. 무황벌은 다른 세력들과는 달리 세밀한 연합세력을 구축하고 있어, 아무리 마교가 은밀하게 활동을 한다 해도 포착하게 되어 있다. 무황벌을 중심으로 뭉친 호남연합세력의 결속력을 마교가 깊히 부술 수는 없다.

그 점을 잘 알기에 마교가 일찍이 협조요청서(協助要請書)를 보내온 것이다.

"마교와 맞서기 위해서는 우리가 어느 정도의 힘을 가져야 하겠나?"

귀군이 의혹의 눈빛을 보냈다. 무황벌은 기껏해 봐야 오십 년 동안 부흥해 온 세력이었다. 아무리 마교가 이리 치이고 저리 치이고 하여 꾸준히 힘이 약화되었다지만, 그 잡초와 같은 생존력은 상상을 초월했다. 지난 고난의 세월은 오히려 그들에게 굳건한 결의를 다지게 해주었다. 그런 천년마교를 상대한다?

그러나 파천도가 화통하다지만, 멍청이는 아니었다.

"천마혈검대(天魔血劍隊)를 이끄는 수라마제가 선두에 있습니다. 그들을 막아낼 세력은 무림맹밖에 없습니다. 천마혈검대의 각 개인들은 마교 내에서 최강자로 꼽히고 있습니다. 거기에다 수라마제가 직접 이끄니 할 말 다 한 것 아니겠습니까. 고(故) 무림맹주를 죽인 수라마제를 당금 무림에서 누가 감히 맞설 수 있겠습니까."

파천도가 미소를 지었다.

“만약 있다면 한번 해볼 만한 싸움이 되지 않겠나?”

귀군은 무황벌에서 가장 높은 전각에서 떠오르는 태양을 지그시 바라보고 있었다. 문사나 다름없는 귀군의 옷차림과 자연에 취해 있는 그의 모습은 어딘지 모르게 조화를 이루었다.

귀군의 머리를 어지럽히는 게 하나 있었다.

‘파천도가 변했다.’

파천도는 항상 자신에게 하오체를 사용했다. 존대는 아니지만, 격식을 차렸다. 거의 대부분의 이들에게 반말을 툭툭 내뱉는 파천도의 행동거지를 고려해 보면 자신을 꽤 인정하고 있다는 사실을 알 수 있었다.

하지만 그랬던 그가 이제 자신에게 평대를 사용한다.

확실히 그의 기도가 조금 달라진 것 같기도 했다. 조금 더 강렬해졌다. 무림공적에게 혼쭐이 나면서 깨달음을 얻은 것일까? 그에게서 느껴지는 패도적인 기운이 한층 강렬해졌다.

‘마교를 상대로 맞선다?’

귀군은 머리가 지끈지끈 아파왔다.

무림공적에게도 혼쭐이 났으면서 어디서 마교를 상대할 생각을 하게 되었는지. 곧 폐허가 될 무황벌을 뛰쳐나가고 싶은 생각이 들었다.

귀군은 도망갈 생각 대신 계획을 짜기 시작했다. 마교의 움직임에는 한계가 있을 수밖에 없다. 전력적으로는 상대를 할 수 없지만, 전략적으로는 효과적인 대처를 할 수 있을 것이다. 만약 운이 좋다면 신승이 귀환하는 그날까지 버틸 수 있을지도 모른다. 비록 천마혈검대와 수라마제가 무섭다고는 하지만, 그 이외의 증원만 없다면 해볼 만했다. 신승이 먼저 귀환하느냐, 마교의 증원이 먼저 도착하느냐가 무황벌의 유지 여부를 결정한다.

운.

언제부터 귀군이 운에 연연했던가.

귀군은 자조적인 미소를 지었다.

어쨌든 자신이 할 일은 필요한 운을 최소로 줄이는 것이었다. 많은 운을 필요로 하면 그만큼 실패할 확률이 높다. 신승이 먼저 귀환할지, 마교의 증원이 먼저 도착할지는 순전히 운에 맡겨야 했지만, 어느 쪽이 먼저 오건 그때까지 버텨내는 것은 자신의 일이었다.

귀군은 갑자기 머리를 쥐어 쌌다.

역시나 골치 아픈 것은 아픈 것이다.

제4장

작심삼일(作心三日)

　진검문(眞劍門)은 비록 이름이 드높지는 않지만, 그래도 오랜 전통을 이어오고 있었다. 산기슭의 높은 나무들과 함께 자리한 진검문은 그 풍경과 조화를 이루었다. 실력있는 목수들이라고 해도 나무 사이에 인위적으로 건물들을 세우면서 주위와 어색함없게 만들기는 불가능에 가까웠다. 실제로 진검문도 그러했지만, 문파를 세운 지 오랜 시간이 흐른 지금에는 제법 그럴싸한 기색을 풍겼다.

　진검문은 넓지 않았다. 제자들이 묵는 곳과 수련장, 본 건물 이외에는 그리 큰 전각들이 없었다. 본 건물은 오층의 전각으로 이루어져 있었다. 가장 높은 건물의 최상층에는 문주실이 마련되어 있었다. 산기슭에서도 가장 높게 자리한 곳이라서 그런지 창밖으로 보이는 산의 능선, 그리고 태양이 멋지게 어우러졌다.

고목(古木)의 냄새가 풍기는 탁자 뒤에 정좌하고 있는 중년인이 있었디. 검은 수염을 멋들어지게 기른 그의 모습에는 근심이 서려 있었다. 하지만 그것도 잠시, 들려오는 여성의 목소리에 잠시 자리잡던 주름은 어디 가고 회춘을 하듯 확 펴졌다.

“아버지?”

“오냐. 다녀왔느냐?”

진검문의 문주 소지현은 흐뭇한 미소를 지었다. 소지현은 소문난 팔불출이었다. 그것도 그럴 것이, 소희는 무남독녀(無男獨女)였다. 아내를 잃고 나서는 더욱 그녀를 아꼈다. 산 구석에 박혀 놀기만 하던 자신의 딸이 선녀문에 들어갔을 때는 정말 아는 벗들을 모두 찾아가 술을 한잔씩 사며 하루 종일 자랑했던 것이다.

소희는 소지현에게 그런 딸이었다.

그 어떤 근심도 덜어내는.

“요즘 문도들이 별로 없네요?”

소지현은 정곡을 찌르는 말에도 미소를 거두지 않았다.

단지 눈이 살짝 굳을 뿐이었다.

“휴우, 불경기야 불경기. 우리 딸 시집가기 전까지는 돈을 왕창 벌어야 하는데, 이 아비가 무능하구나."

소희는 눈에 쌍심지를 켰다.

"그러게 말이에요. 아버지라면 돈을 왕창 벌어야 되는데 이렇게 빈둥빈둥 노니까. 휴우. 정말 못 믿겠어요. 아버지를 바꾸든가 해야지."

이마까지 짚으며 말하는 소희의 행동에 입이라도 떡하니 벌릴 법도 하지만, 소지현은 그런 딸을 한두 번 겪어보는 게 아니었다.

"어이쿠. 우리 딸 돈독이 단단히 올랐는데? 그래도 이 아비 는 네가 결혼할 때까지는 돈을 충분히 모을 것 같단다. 후후, 네가 결혼을 하려면 한참 남았잖니?"

"왜요?"

"후후, 제정신인 청년이 어찌 우리 딸과 결혼하겠니? 적어 도 네가 철이 들 때까지는 시간이 많이 남았으니, 걱정없단 다."

이렇게 되니 할 말이 없어진 건 당연히 소희 쪽이었다.

소희는 볼에 바람을 넣고는 뒤로 확 돌아서 버렸다.

삐졌다는 것을 명백히 드러냈다.

아직 소희는 소지현의 상대가 아니었다.

진천악과 화린은 따뜻한 물에 씻고는 문파에서 준 옷을 입 고 있었다. 통이 넓어 상당히 편해 보였다. 실제로 둘은 상당히 상기된 얼굴을 하고 있었다.

"나중에 늙으면 이런 데에서 쉬고 싶어."

마치 소녀가 꿈을 꾸는 듯한 모습의 화린이었다. 그런 화린을 보며 진천악이 슬쩍 물어봤다.

"내가 이런 데 찾아볼끼?"

화린이 그 말에 미소를 짓는다.

"풋, 그걸 왜 네가 찾아."

진천악은 애써 미소를 유지하며 입을 열었다.

"같이 살면 좋잖아?"

화린은 그런 진천악을 가만히 응시했다. 어색하게 미소를 짓는 게 힘들어 보였다. 그러자 진천악이 입을 열었다.

"농담이야, 농담. 농담도 못해? 큭큭큭."

화린은 아무 말도 하지 않았다.

그냥 웃어 보였다.

묘한 정적이 오래가기 전 누군가가 방으로 들어섰다.

소희였다.

무엇이 그렇게 마음에 안 드는지는 몰라도 잔뜩 성이 난 모습이었다. 그 모습이 조금은 웃겨 연신 웃음을 참는 둘이었다.

왜 토라졌는지 누가 묻기도 전에 소희가 입을 열었다.

"아, 정말 나 어디서 주워온 아이 아닌가 몰라."

화린이 피식 웃었다.

"그게 또 무슨 소리야."

"아니, 그러니까 우리 아버지가 말이야, 나한테 말이야……."

둘은 한참 동안이나 소희의 투정을 고스란히 받아주어야만 했다. 그 투정은 지루하기 짝이 없었고, 또 상당히 길었다.

하지만 그렇게 싫지만은 않았다.

자연의 고요함. 평안함.

화린은 잠시나마 근심을 떨쳤다. 영원히 벗어나기란 불가능하겠지만, 이렇게 잠시 잊고 일상생활을 즐기는 것도 나쁘지 않았다.

화린의 미소는 마음에서 우러나오고 있었다.

진심으로 그녀는 행복했다.

이 순간만큼은…….

흑운(黑雲)이 가리고 있어 달은 제 빛을 발휘하고 있지 못했다. 기껏해야 은은한 보랏빛 여광(餘光)이 대지를 감쌌다. 그 와중에 창가로 불어오는 바람은 오한이 일게 했다.

새근새근 아기처럼 깊은 잠에 빠진 듯하던 진천악이 눈을 번뜩인 것은 그때였다. 진천악은 깨어 있었지만, 몸을 일으키지 않았다. 다만 쇄도해 들어오는 그림자를 가만히 감지할 뿐이었다.

'살수?

이런 산 구석에까지 침입하는 살수가 있을까? 무엇보다도 중소문파에 지나지 않고, 다른 문파들에 비해 이권다툼에 개입이 덜한 진검문에 살수를 보낼 만한 세력은 없었다.

만약 그럴 만한 세력이 있다고 쳐도 자신을 공격할 이유는 없었다. 자신이 머물고 있는 선불은 외당이었다. 진검문주를 비롯한 핵심 인물들은 모두 내당에 머물고 있었다. 살수라면 그 정도의 정보는 파악하고 올 터.

그렇다면 상대의 목적은 자신이라는 뜻이었다.

아니, 이제 갓 무림에 나선 자신이 목표일 리는 없었다. 그럴 만한 요인이 없었다. 아니 굳이 탈탈 털어서 찾자면 바로 화린. 자신은 화린의 동행이다.

'화린!'

생각해 보니 화린이 위험했다.

진천악은 몸을 일으킴과 동시에 검을 뽑아 들었다. 적어도 살수가 본 진천악의 움직임은 거기에서 끝이었다. 은은하게 빛이 나는 진천악의 검이 번쩍였다고 생각이 드는 순간 살수는 쓰러졌다. 검면으로 이마를 정확하게 때렸기에 죽지는 않았지만, 기절은 했다.

진천악은 경계를 풀지 않았다.

이유는 하나였다.

쾅!

애꿎은 문을 부수며 들이닥치는 흑의경장의 무인들. 그 수는 족히 이십 명에 가까웠다. 모두 흑의를 입었다는 것 이외에도 하나같이 가슴 답답한 화기(火氣)를 뿜어내고 있었다. 지독한 양강(陽剛) 계열의 무공을 수련했다는 증거였다.

진천악의 아미가 찌푸려졌다.

강한 속성 계열의 무공만큼이나 거슬리는 게 없었다. 익히기가 까다로워서 그렇지, 어려운 만큼 다른 무공들에 비해 부수적인 효과가 큰 게 속성 무공이었다. 양강 계열의 무공은 스치기만 해도 살이 타 들어가는 특성이 있다. 깨달음이 깊을수록 그 피해는 심해진다. 얼핏 느껴지는 그들의 기도는 진천악의 짜증을 더했다.

푸르스름한 기운이 검에 서렸다. 검기나 검강은 아니었다. 단지 달빛을 받지 않아도 검이 번쩍이는 것 같았다. 멋 내기는 아닌지, 진천악의 검은 날카로워졌으며, 재빨라졌다.

그의 검은 이십여 명을 철저하게 난도질했다. 조금 독특한 게 있었다면, 그들은 검상이 없었다. 다만 피멍이 심하게 든 모습들이었다. 검을 놀리고 있었음에도 불구하고 마치 몽둥이로 흠씬 두들겨 맞은 몰골들. 참으로 기이하다고 할 수 있었다.

이십여 명의 합격(合擊) 중에서도 유유하게 그 안에서 빈틈을 찾으며 놀아나는 진천악의 검무(劍舞)는 실로 아름다웠다. 군더더기 하나 없으며, 하나의 무공을 예술로 승화하는 경지.

이내 이십여 명은 각기 얻어맞은 곳을 쥐어 싸며 바닥을 뒹

굴고 있었다.

진천악은 바로 바깥으로 뛰어내렸다. 삼층 전각임에도 불구하고 서슴지 않고 뛰어내리는 진천악. 그는 마치 발을 떼었다가 다시 바닥에 대는 것과 같이 자연스럽게 바닥에 착지했다. 그 신묘한 신법에 대한 반속은 뒤로하고 그는 주위를 둘러봤다.

하나의 합격진이 형성되어 있었다. 그리고 그 뒤에는 화린이 끌려가고 있었다. 합격진에서 풍겨지는 기도는 물론이거니와 화린이 이미 시야 밖으로 끌려가고 있는 장면은 인내심의 한계를 시험하고 있었다. 무엇보다도 화가 치미는 게 이상황을 단숨에 타파할 능력이 자신에게 없다는 것이다. 화린이 끌려가는 것을 지금은 지켜봐야만 한다는 것이다. 열받다 못해 웃음이 새어 나왔다.

"하아, 미치겠군."

무려 수백여 명이 합격진을 형성하고 있었다. 이런 중소문파에 수백여 명이 일정 거리를 두고 검진을 형성하니 그야말로 남는 공간이 없었다. 설상가상으로 느껴지는 화기만으로도 살이 타 들어가는 듯했다. 수백여 명이 형성한 검진보다도 진천악의 눈을 사로잡는 게 있었다.

아무런 감정이 담겨 있지 않은 무미건조한 눈의 소유자. 마치 눈꽃처럼 극악한 환경 가운데 피어나기만을 기다리는 청초한 여인. 화기(火氣)라고 하기보다는 염기(炎氣)에 가깝다

고 할 수 있는 검진의 한중앙에서 한랭한 한기(寒氣)를 드러
내는 여인.

진천악은 멈칫할 수밖에 없었다. 수백 명이 자신의 앞길을
가로막고 있었고, 심상치 않은 실력을 지닌 여인 하나가 그 중
심을 맡고 있었다. 뚫고 갈 수가 없다.

뒤는 뚫려 있었다.

상대의 뜻은 확고했다. 출입자사(出入者死). 도망갈 것이라
면 살려두고, 한 발짝이라도 들어선다면 죽인다.

항상 여유로울 것만 같던 진천악이 식은땀을 흘렸다. 지금
껏 단 한 번도 이런 상황에 처해본 일이 없었다. 목숨을 걸고
서 선택을 해야 한다. 죽을 것을 알면서도 무모하게 돌진할
테냐, 아니면 후일을 도모할 테냐. 감성은 전자를, 이성은 후
자를 부추겼다.

이도저도 아니면 도대체 어떻게 하겠는가.

진천악은 도박을 하기로 했다.

"예쁜 아가씨!"

반갑게 손을 흔들며 인사를 건네는 진천악의 모습에도 불
구하고 염황사자대(炎皇獅子隊)나 북해빙궁의 소궁주 백리연
화는 반응을 보이지 않았다. 속으로는 어이가 없을망정, 그것
을 바깥으로 드러내지 않는 고된 수련을 마친 고수들이었다.

"허어, 초면에 이렇게 면박을 주다니. 그대 참으로 매정하
오."

이쯤 되면 인상이라도 쓸 법하지만, 아무런 감정이 떠오르지 않는 그녀였다. 상황이 이러하니 점점 답답해지는 것은 자신이었다. 시간에 쫓기는 것은 자신이었다. 여러모로 불리한 자신이기에 지금의 상황은 점점 악화되어 가고 있었다.

"일검을 나눠보고 싶지 않소?"

진천악은 그녀를 도발했다. 그나마 그녀를 꺾으면 앞의 검진을 형성하고 있는 고수들의 사기마저 꺾을 수 있지 않을까, 이 빈틈없는 검진을 뚫고 지나갈 수 있지 않을까 하는 생각에서 진천악은 꼭 그녀와 사투를 벌여야 했다.

진천악은 미소를 지으며 답을 기다렸다.

왜인지 모르게 그녀가 들어줄 것만 같았다.

하지만 역시 예감은 틀리라고 있는 것일까.

그녀는 대답 대신 손가락을 까딱였다.

그것도 '무슨 이런 놈이 다 있어?' 라고 쓰여 있는 얼굴로…….

검진이 점점 자신의 쪽으로 좁혀 들어오고 있었다. 이미 검진이 제 모습을 구축하고 있기 때문에, 생문과 사문을 파악하고 약점을 찾아 공략하는 것 이외에는 지나갈 방법이 없었다. 검진에 대해 공부를 한 적이 없으나, 기감이 발달할수록 어느 정도 생문과 사문을 구분할 수 있었다. 생문은 살길이고 사문은 죽을 길이니, 각 위치에서 풍겨지는 기세가 다른 건 당연했다.

진천악은 그들이 천천히 거리를 좁혀오는 동안 검진을 살 살이 훑어보고, 쪼개어보았다. 그리고 최종적으로 내린 결론 은 간단했다.

'더럽게 복잡한 검진이군.'

고위 검진일수록 생문과 사문의 위치가 수시로 바뀌는데 이 검진은 눈을 깜빡이는 새에 생문과 사문의 위치가 열 번가 량 바뀐다. 상대가 언제든 검을 찔러 자신에게 치명상을 입힐 수 있다는 소리였다. 진천악이 그때 선택한 것은 지극히 단순 하고도 무모한 방법이었다.

"하압!"

극성의 공력을 실은 사자후(獅子吼). 사고가 정지하고, 몸 이 순식간에 얼어붙는다. 상대에 비해 현저하게 공력이 낮을 때 일어나는 일이었다. 수백인데도 기세에서 진다는 건 있을 수 없는 일. 염황사자대는 극한의 훈련을 받아온 최정예 단체 이다. 당연히 그 얼어붙고 풀리는 간격이 짧은 편이라 할 수 있었다.

하지만 그 작은 간격으로도 진천악에게는 충분했다. 비록 빠른 대처를 위한 훈련을 받았다지만, 정신적으로 받은 타격 은 이루 말할 수 없을 정도였다. 과연 그 누가 개인으로서 염 황사자진(炎皇獅子陣)에 영향을 끼칠 수 있단 말인가.

생문을 순식간에 지나친 진천악은 중간에 섰다. 염황사자 대의 한중앙에 선 것이다. 참으로 그만큼 위험한 짓은 없을 것이다. 하지만 진천악은 미소를 지었다. 그리고 자신의 눈앞에 서 있는 미인을 바라봤다.

"안녕하쇼?"

다리까지 떨면서 손을 흔드는 진천악의 모습에도 그녀는 눈 하나 깜빡이지 않았다. 그런 그녀의 반응에 아랑곳할 진천악이 아니었다.

오히려 한술 더 떴다.

"어디 가서 소면이나 빠는 게 어떻소?"

이쯤 되면 애써 평정심을 유지하던 그녀도 눈썹이 파르르 떨린다. 장난기 많은 소년의 얼굴에서 시정잡배로 자유자재로 변하는 그의 모습은 정말 받아들이기 힘들었다.

무엇보다도 그녀를 뒤흔드는 건 도대체 이런 행동을 하는 이유이다. 참으로 뜬금없는 청년이 아닐 수 없었다. 검만 뽑으면 상대를 벨 수 있는 거리에서도, 죽음의 진이라 칭해지는 염황사자진의 한중간에서도 절대 꺾이지 않는 독특한 청년이다.

소궁주는 이자의 모습이 누군가와 흡사하다고 생각했다. 분명히 눈앞의 사내와 자신이 떠올린 사내는 분위기가 다르고 성격이 다르다. 완전 반대의 성향을 가지고 있다. 그런데 닮았다.

'강자라는 건가?'

강자가 남과 다른 건 그 힘뿐이 아니다.

그들의 마음가짐과 여유. 그건 일반인이 가질 수 없는 것이
었다.

물론 상대가 강자라 해서 물러설 수 있는 건 아니다.

"죽여."

그도, 눈앞의 사내도 기껏해 봐야 수많은 변수 중 하나이
다. 북해빙궁은 그 이상의 준비를 해왔다. 마음에 드는 ·인물
몇을 만났다고 해서 굽혀질 대의가 아니었다.

천하군림(天下君臨)은 굽혀지지 않는다.

오로지 이루어지기를 기다릴 뿐.

진천악은 능글맞은 웃음 뒤로 걱정하고 있었다. 화린이 멀
어져 가다 드디어 보이지 않는다. 눈에 보였을 때는 여유가
조금 있었는데, 사라진 건 순식간이었는데 그동안 떠오르는
걱정거리가 한두 가지가 아니었다. 염황사자진을 상대할 시
간은 없었다.

"비켜."

더 이상 그는 웃고 있지 않았다. 목소리에도 무게가 느껴졌
다. 참으로 여러 모습을 보여주는 진천악이었다.

상대가 들은 척도 안 하자 진천악은 걸음을 옮겼다. 한 걸
음 한 걸음 소궁주를 향해 앞으로 걸어갔다. 한 걸음마다 진
천악의 기세가 돌변했다. 더 이상 그의 기운은 친숙하지 않았
다. 어깨를 지그시 누르는 압박감이 가중되어 가고 있었다.

소궁주가 손을 펴 보였다. 푸르스름한 빛이 감도는 그녀의 손이 펴지자 다시 한 번 주변의 기세가 변했다. 진천악의 검에서 뿜어져 나오는 예기와 소궁주의 손에서 드러나는 한기(寒氣)가 충돌했다. 기선 싸움이었다. 영역 싸움의 연장이기도 했다.

급한 것은 진천악 쪽이었다.

검을 한차례 휘둘렀다. 그 틈에서 수많은 강기들이 뿌려졌다. 거리가 좁기도 했지만 그 빠른 강기들은 단번에 소궁주와의 거리를 좁혔다. 그제야 소궁주의 손에서 짙은 남색의 빛이 일렁였다.

귀찮다는 듯이 강기를 모두 밀어내는 빙장(氷掌).

진천악은 인상을 썼다.

'쉬운 상대가 아니군.'

상상 이상이었다. 진천악에게 소궁주나, 소궁주에게 진천악이나, 예상했던 이상이었다. 하지만 각기 느끼는 상황은 조금 달랐다. 진천악은 화린을 구해야 한다는 강박 관념이 있었고, 소궁주는 자신들을 둘러싼 염황사자대가 받쳐 주고 있었다.

진천악이 발을 떼는 듯싶자 둘의 거리가 단번에 좁혀졌고, 검이 소궁주의 목을 향해 쇄도해 들어갔다. 한기를 일렁이는 빙장이 다시 한 번 그의 검을 튕겨내었고, 그 반동력으로 진천악은 몸을 띄웠다. 공중에서도 다변하는 검초를 구사하는 진천악을 상대로 소궁주 역시 바쁘게 장법을 펼쳤다. 수십 합이 눈 한 번 깜빡이는 동안 오고 갔다.

일합 일합에 벽들이 가라지고, 땅이 파였다. 둘은 공방을 하고 있었지만, 실제적으로는 진검문을 와해시키고 있는 것이나 다름없었다.

염황사자대가 숨을 죽였다. 진천악을 공격할 수 있었지만, 공방의 교환이 너무 빨랐고 위치 이동은 훨씬 빨랐다. 둘의 위치가 바뀔 때도 있었고 공중, 그리고 육상을 가리지 않았다. 비록 염황사자대가 날고 긴다는 평을 듣지만 정말 날지는 못했다. 염황사자대를 이루는 각 개인이 허공답보나 천상제를 소화하기를 바라는 것은 무리였다.

그때 잠시 소강상태에 이르게 되었다.

그들의 몸에서 뿜어져 나오는 기세가 극에 달하게 된 것이었다. 최종 접전 이전에 숨 돌릴 시간을 주는 것은 예의임과 동시에 자신의 몸가짐을 재정비할 마지막 시간이기도 했다.

"순순히 비키지 않으면 크게 후회할 것이다."

소궁주의 눈썹이 파르르 떨렸다.

협박에 당할 정도로 호락호락한 소궁주가 아니었다. 그녀가 흔들리는 이유는 다른 데에 있었다.

강인한 의지가 깃들어 있는 두 눈으로 노려보는 진천악은 마치 야차의 형상과도 비슷했다. 그가 순식간에 돌변했다. 적인 자신도 호감을 느낄 정도로 호탕한 성격인 듯했으나, 지금

보니 자신의 생각이 틀려도 단단히 틀린 모양이었다. 무엇 때문에 안달이 났는지 벌겋게 충혈된 눈에 소궁주는 몸을 떨었다.

'경지를 짐작키 힘든 고수!'

그런 막연한 느낌이 늘었다. 제법 해볼 만한 공방을 나누었다지만, 상대가 온 힘을 다하고 있지 않다는 느낌이 들었다. 일전에도 그랬다. 미리 파견된 염황사자대 이십 명이 죽었을 줄로만 알았는데, 멀쩡하게 합류하지 않았던가. 상대는 힘이 있다고 해서 개망나니마냥 마구 휘둘러 재미로 살상하는 부류가 아니었다. 자랑인 양 검을 뽐내는 자도 아니었다.

생명을 소중하게 여기는 협객이었다.

척박한 북해빙궁에서는 절대 볼 수 없는 협객.

그렇다고 물러날 수 있는 상황이 아니었다. 무엇보다도 자신을 받쳐 주고 있는 염황사자대가 있었다. 생각을 마친 소궁주의 손에서 이전보다 한층 강렬한 빛무리가 일어나고 있었다. 그와 함께 그녀의 기세는 무서울 정도로 예리해져 가고 있었다.

진천악이 웃었다.

특유의 밝은 웃음이 아니었다.

어딘가 슬픈 웃음이었다.

그가 느끼는 슬픈 감정이 자신에게도 전이되는 듯한 느낌이 드는 찰나,

캉!

그녀는 힘겹게 상대의 검을 막아내야 했다.

콰강!

불똥마저 튀는 충돌!

그녀는 힘겹게 진천악의 연격을 맞이했다. 일 초와 이 초의 간격이 줄어들었고, 검은 매서워졌으며, 담긴 힘은 상상을 초월했다. 조금 막아볼 만하다는 생각이 들면 강기가 사혈을 노리며 들어오고 몸을 띄우면 진천악 역시 몸을 띄운다. 순간의 여유도 주지 않는다.

"화린을 어디로 데려가는 거지?"

"그건 네가 알 바가 아니다."

진천악이 피식 웃었다.

"내 알 바가 아니면 누구의 알 바란 말이냐."

순간 진천악의 눈이 무섭다고 느끼는 소궁주였다. 애써 감정을 추스르고 말했다.

"네 알 바라고 해도 말해줄 수 없다."

"그래? 후회할 텐데."

소궁주는 두 장을 뻗었다. 네 맘대로 해보라는 뜻이었다.

그때 소궁주가 본 건 웃음이었다.

한없이 슬픈 웃음.

진천악의 신형이 흔들린다 싶을 때 소궁주가 빙백장을 극성으로 펼쳤다. 극성으로 펼쳤음에도 불구하고 상대의 검과의 충돌로 느껴지는 힘이 뼈를 타고 올라왔다. 두 팔에 금이 간 듯했다.

"……!"

섬뜩한 느낌에 그녀는 황급히 몸을 틀었다.

"크흑."

허리춤이 따가운 느낌이 스치고 지나갔다. 혹시나 하고 내려다보니 피가 분수처럼 쏟아지고 있었다. 검은 아니었다. 그 매끈하고 섬뜩한 느낌은 검이 줄 수 있는 게 아니었다.

상대의 숨겨진 무기를 판단할 여유가 없었다.

다시 한 번 진천악이 손을 놀렸다. 그의 검은 그의 허리춤에 잘 매어져 있었다.

허공에 일렁이는 빛.

'은사(銀絲)?'

분명히 그 공격로를 읽고는 피했는데, 제멋대로 사로(絲路)를 바꾸는 천잠사(天蠶絲)에 소궁주는 어깨뼈가 훤히 보일 정도로 살을 내어주게 되었다.

정신이 혼미해졌다.

더 이상 주위의 풀들이 녹색을 띠지 않았다. 핏빛이어 섬뜩한 느낌마저 주었다.

그때 누군가가 염황사자대의 틈을 비집고 들어와 그녀를 낚아갔다. 진천악은 멍한 눈으로 그런 그들을 보내주었다. 그의 목적은 화린이었지, 상대의 섬멸이 아니었다.

진천악은 묵묵히 염황사자대를 노려봤다.

표적이 바뀌었다.

진천악의 눈빛에 몸을 떠는 염황사자대였다.

'하아, 환장하겠어.'

콰과광!

장렬해 오는 염화장(炎火掌)에 진천악은 이를 악다물고 검으로 막아내었다. 벌써 두 시진째이다. 진천악의 검은 더 이상 현란하지 않았다. 오로지 최소한의 힘으로 적절하게 검을 휘두르고 있었다. 여유가 없어졌다는 뜻이었다. 염화사자대는 그 위명처럼 열렬하게 밀어붙였다. 잠시도 쉴 틈을 주지 않으며, 생각할 시간 역시 주지 않았다. 오로지 감에 의존하게 만든다. 반면에 상대들은 이미 자신의 다음 수를 읽듯 철저하게 허를 찌른다.

천잠사를 펼칠까, 하는 생각도 들었지만 그렇게 되면 살상을 해야만 한다. 살상은 기껍지 않다. 사람의 생명줄을 끊는 건 유쾌한 경험이 아니었다. 스승의 가르침도 그러했고, 자신 역시 내키지 않아 되도록이면 살상을 꺼려오고 있었다.

무자비하게 검을 휘두르는 건 아무리 생각해도 옳지 않았다.

그런데 활검(活劍)에는 한계가 있었다.

화린이 어디로 끌려갔는지도 모르는 지금 자신은 시간 낭비를 하고 있었다. 아니 자신의 생명을 이들의 손에 맡겨놓은 처지였다.

'어떻게 화린을 찾아야 하는가!'

모르긴 몰라도 상대의 세력은 거대했다. 무림을 잠식해 나가는 세력이니만큼 분명 그 크기는 상상을 초월할 것이다. 자기 혼자서는 이들을 맞설 수 없다는 말이었다. 그렇다면 자신 역시 그만큼 힘을 길러와야 하는데, 그게 말처럼 쉬운가.

조력자가 있을까?

화린의 가족은?

그러고 보니 자신은 화린에 대해 아는 게 하나 없었다. 아니, 생각해 보니 화린에 대해 아는 게 딱 한 가지 있었다. 그렇게 좋아하면서도, 싫어하려고 노력하는 자. 가끔은 철천지 원수, 항상 그리워하는 연인. 진천악 자신을 가로막는 하나의 그늘.

'휘인이라고 했던가?'

그는 무림공적이었다.

진천악은 한숨을 쉬며 천잠사를 펼쳐 들었다. 그 천잠사는 금세 그물을 이루며 염황사자대를 유린해 나가기 시작했다. 천잠사 자체가 도검불침(刀劍不侵)이었지만, 강기마저 덧씌워져 있으니 금강불괴(金剛不壞)라고 할 수 있었다. 그뿐이 아니라 스치기만 해도 피를 왕창 뽑아내야 할 것이다.

진천악은 살상을 하지 않는다.

단지 생문을 넓히고, 유지시키는 데 주력할 뿐이었다.

진천악의 입에서 미소는 싹 가셨다.

내키지 않는다.

하지만 항상 하고 싶은 일만 할 수는 없는 법.

엄연히 따지면 자신이 하고 싶은 일을 하기 위해서는 과정이 주는 고통도 인내해야 한다.

휘인은 전서를 하나 더 받았다. 자신에게 어떻게 전서가 찾아오는지는 몰랐다. 단지 이 전서를 보내는 자가 그만큼이나 뛰어난 일 처리 능력을 지녔다는 것을 새삼 느낄 뿐이었다. 언제나 그렇듯 어떤 내용이 담겨 있든 휘인은 담담하게 전서를 읽어 내려간다. 항상 그렇듯 전서를 보낼 정도이면, 그 내용은 심상치 않았다.

휘인은 전서를 뇌운비에게 건네주었다.

마교출(魔敎出)

협조명령(協助命令)

결정유보(決定留保)

마교(魔敎) 현 위치(位置) 광서(廣西)

무황벌(武皇閥)

입성 요망(入城要望)

뇌운비의 눈썹이 떨렸다.

뇌운비에게 있어서 무당파만큼이나 거슬리는 세력이 있었다면 그건 마교였다. 그들의 목적은 자신의 무공. 아마 사부와 관련이 되어 있을 것이라고 그는 추측했다. 마공이나 다름없는 암흑신권(暗黑神拳)의 출저가 마교라는 사실은 그리 놀랍지 않았다. 물론 그렇다고 순순히 끌려가 줄 수도 없었고, 비급을 내놓을 수도 없었다.

잘잘못이 누구에게 있건 자신의 목숨을 꾸준히 위협한 마교는 무당파만큼이나 뇌운비에게 있어 무림에서 지워져야 할 세력이었다.

휘인은 그 사실을 잘 알고 있기에 이번 일에 대한 판단을 뇌운비에게 맡긴 것이었다. 실상 휘인에게 뚜렷한 목적은 없었다. 무극(武極)을 꼽을 수 있겠지만, 행보에는 영향을 끼치지 않았다. 이번 일에 대해 영향을 끼치는 건 뇌운비뿐이었다.

뇌운비의 주먹이 부르르 떨렸다.

뇌운비는 마교에게서 지금껏 도망만 쳐왔다. 항상 앙심을 품고는 있었지만 그게 여의치 않은 게 현실이었다. 힘이 없다는 게 서럽다고 느껴진 게 한두 번이 아니었다.

하지만 이번에는 달랐다.

동료도 동료이지만, 상황도 좋았다.

현재 청운은 파천도로서 활동을 하고 있었고, 실제 마교가 무황벌에 도착하지는 않은 듯싶었다. 광서의 남쪽 끝자락에 마교의 분타가 자리잡고 있다 알려졌는데 전서에 의하면 아직도 광서라 했다. 아무리 그들이 많이 진출을 해봐야 호남과의 경계라는 말. 무황벌과는 상당한 거리가 있었다. 자신들 역시 무황벌과의 거리가 있다지만, 전속력으로 경공을 펼친다면 분명 그들보다 먼저 도착할 수 있다. 그들은 무림맹의 눈을 피하면서 조심스럽게 북상하는 상황이 아니던가.

뇌운비는 자신을 건드리는 자에게는 톡톡히 복수를 하는 자였다.

마교라고 해서 겁먹을 뇌운비가 아니었다.

아무리 극악한 상황이라 해도, 그가 있지 않은가?

뇌운비가 뒤를 돌아봤다.

그리고 휘인을 향해 고개를 한번 끄덕였다.

그가 있었다.

휘인.

자신이 닮고자 하는 진정한 무인이자, 자신을 영원히 받쳐줄 것만 같은 받침목.

휘인도 고개를 묵묵히 끄덕였다.

'호남성의 무황벌. 나쁘지 않아.'

사내 넷은 당당하게 발걸음을 옮겼다.

그들의 기세만으로도 그 누구도 감당해 낼 수 없으리라.

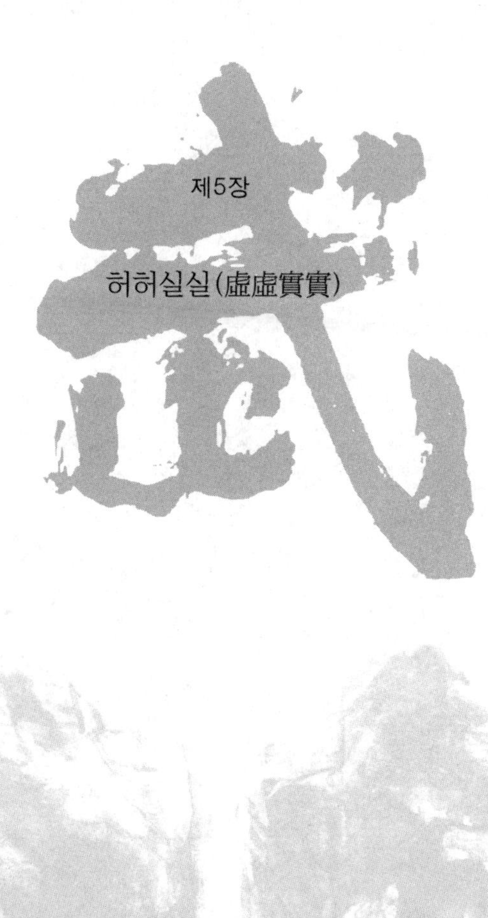

제5장

허허실실(虛虛實實)

학선은 북쪽으로 오르면서 철저하게 새외무림의 흔적을 찾았다. 새외무림이 움직인다는 것은 다름 아닌 무림을 넘보고 있다는 말과 일맥상통했다. 게다가 무림맹의 무영단을 흡수할 정도면 아예 마음을 먹었다고 볼 수 있었다. 미리 새외무림으로 보낸 이들이 귀환하지 않고 있다는 것은 일의 긴박함을 새삼 실감시켜 주었다.

새외무림이 남하하고 있는데도 확실한 소문 대신 추측에 불과한 이야기들이 떠돈다는 것은 그만큼 그들이 은밀하게 이동을 하고 있다는 뜻. 중소문파를 점령하여 조심스럽게 무림에 똬리를 틀기 시작하고 있다는 게 학선의 생각이었다.

생각이 아니라 믿어 의심치 않았다.

중소문파를 일일이 검사하는 일은 여간 번거로운 작업이 아니었다.

무엇보다도 문제가 되는 것은 새외무림이 과연 얼마만큼 진군했는지 모른다는 사실. 일정 선을 잡아놓고 조사하는 게 아닌, 애초에 북상하면서 조사를 해야 하니, 걸리는 시간은 감당하기 힘든 정도였다. 시간이 흐를수록 아무런 흔적을 찾을 수 없으니, 천라지망을 이루던 각 문파의 정예 세력들은 긴장을 늦추게 되었다.

좋지 않은 일이었다.

그만큼 방심을 하고 있으니, 빠르고 정확한 조사 역시 바랄 수 없게 되었다.

학선은 북부무림의 지도를 펼쳐 들었다. 눈이 아프다고 여겨질 정도로 자세하고 복잡하게 그려져 있었지만, 학선은 불편없이 앞을 내다보고 있었다. 머릿속에 지도의 지리가 그려졌다. 새외무림의 진군 세력이 어딘가에 숨어 있는 것이 천천히 머릿속에 스며 들어오고 있었다.

머릿속에서는 보이는데, 지도 위에서는 보이지 않으니 그만큼 갑갑할 수가 없었다.

학선은 작은 붓을 가져왔다.

새외무림을 일통할 가장 큰 가능성을 지닌 북해빙궁의 위치에서부터 무림맹까지 일직선을 그려놓았다. 북해빙궁이 새외무림의 중심이 될지, 극락전이 될지는 그 누구도 함부로 말할 수 없었지만, 학선은 오래전부터 가설을 세워놓았다. 지나온 전통이나, 숨겨진 저력은 북해빙궁을 당해낼 세력이 없었다. 그리고 언젠가는 북해빙궁이 새외무림을 통합할 것이고 무림은 그것에 대비를 해야 한다. 젊었을 적에 아무런 생각 없이 구체화한 가설이었지만 지금은 꽤 신빙성이 있었다.

밑져야 본전이 아니겠는가.

북해빙궁에서 무림맹까지 이어진 일직선의 주위에 있는 중소문파를 짚었다. 대문파 역시 조사 대상이었지만, 대문파를 점령했을 때 소문이 나지 않을 리 없었다. 주변 주민과 지나가는 무림인들을 대상으로 정보를 수집하는 학선이 그런 점을 지나칠 리가 없었다.

그 선상에 짚어진 중소문파는 정말 많았다. 그 모든 문파를 조사할 생각을 하니 벌써부터 머리가 지끈거리는 학선이었다.

새외무림을 견제하고 수만을 이끄는 위치에 오른 것은 좋았지만, 처리해야 할 일이 한두 가지가 아니었다. 무엇보다도 거슬리는 게 있다면 관아(官衙)의 눈이었다. 무림맹의 이름으로 파견 나왔다지만, 황궁의 눈초리는 곱지 않았다. 수만의 무림인은 십만의 군대와 맞먹는 저력을 내기에 견제할 수밖에 없었다. 그 견제는 시간이 흐를수록 가중된다. 그러니 일을 속전속결로 끝내야 속이 시원할 텐데 그 길이 막혀 있으니

이 얼마나 답답한 일인가.

"취운개(醉雲丐)."

역한 냄새와 함께 취운개가 들어왔다.

"조사단을 반으로 줄이도록 하겠소. 나머지 반을 내가 이끌고 먼지 올라가겠소. 그대는 반을 이끌고 최대한 빨리 북상하도록 하시오. 물론 조사는 신속하게. 난 이 선상을 따라 따로 조사를 펼칠 테니, 나머지는 부탁하오."

학선은 이대로 일을 진행해서는 허허실실만이 있을 것이라 여겼다. 상대에게 시간을 더 줄수록 그만큼 무림이 잠식되어 간다. 말 그대로 시간을 다투는 문제였다.

이 일은 눈덩이처럼 불어나고 있기에 학선은 직접 나서야 한다고 여겼다.

취운개는 고개를 끄덕였다.

취운개 자신은 가로로 조사단을 펼쳐 철저하게 중소문파를 위주로 새외무림에 점령당했는지에 대한 여부를 판단해야 했고, 학선은 새외무림에 점령당했을 가능성이 높은 중소문파를 위주로 세로로 조사단을 펼친다. 운이 좋다면 생각보다 빠르게 새외무림의 흔적을 찾을 수 있을지도 모른다.

지금 같은 상황에서는 최고의 묘안이라 할 수 있었다.

흔히 착한 사람이 있으면, 나쁜 사람이 있는 것이고, 예쁜 사람이 있으면 못생긴 사람이 있다. 따뜻한 느낌이 나는 사람이 있으면, 싸늘한 느낌이 나는 사람이 있고, 밝은 사람이 있으면 어두운 사람이 있었다. 이 중 대부분 사람들은 여러 가지를 포함한다.

휘인의 눈앞에 선 여자는 그중 싸늘하고도 예쁜, 그리고 어두운 사람이었다. 표정을 딱딱하게 굳히고 있는 게 불쾌함을 느낄 법도 했지만, 그런 느낌보다는 상대의 외모에 감탄을 느끼게 한다. 그런 면에서 정말 하늘은 불공평했다. 누구는 어떤 표정을 지어도 역겹다는 생각이 들 정도로 못생겼고, 누구는 그 어떤 추한 표정도 미(美)로 승화할 수 있다.

정말 한기를 넘어선 빙기를 뚝뚝 풍기는 여인은 아름다웠다.

아름다운 건 아름다운 것이고, 이 여인에 대한 호기심은 정작 다른 데에 있었다.

"예쁜 처자! 시간 남아?"

뇌운비와 곽소천이 한심하다는 얼굴로 임홍을 노려봤다. 한다는 말이, 꼭 수작을 부리는 시정잡배와 똑같다. 생긴 것만 산적이 아닌 모양이다.

아니나 다를까, 여인의 눈이 찌푸려졌다.

임홍은 무안한지 뒷머리를 긁으며 휘인의 뒤에 숨었다.

"곰탱아, 그게 숨은 거냐?"

휘인이 작은 키는 아니었지만 임홍은 평생에 한 번 볼까 말까 한 큰 덩치였다. 임홍의 눈은 휘인의 머리에 가려지지 않왔다.

그러자 다리를 굽히는 임홍.

"하아, 역시 곰탱이. 머리가 그리 안 돌아가냐?"

어깨만 해도 휘인의 것을 한참이나 능가했다.

그 정황없는 와중에 여인의 안색은 더욱 굳어졌다.

정말 어이가 없는 일행이었다. 앞에 자신이 있는데도 아무렇지 않게 행동을 한다. 적어도 자신을 추궁하는 기색이 있어야 하는 것 아닌가?

'무림공적 일행이 맞나?'

정확한 정보통으로부터 확인을 받았음에도 불구하고 의문이 들었다. 그 정도로 이들은 여유로웠고, 진지한 기색이 없었다.

자신이 꼭 이들의 틈에서 잠복해야 하는지 회의까지 든다.

그 상황에 익숙하지 않은 인물은 그녀뿐이 아니었다. 이제 갓 일행에 합류한 곽소천 역시 민망한 건 매한가지였다.

민망함을 조금이라도 떨치려 그가 입을 열었다.

"우리에게 볼일이 있소?"

그녀가 고개를 끄덕인다.

곽소천은 조용히 그녀를 노려봤다.

일행에서는 그렇게 인정받지는 못하지만, 곽소천은 그릇이 큰 남자였다. 그 역시 누구의 수하가 아닌 군주로 어울리는 남자였다. 똑같은 말을 해도 힘이 깃들어 있고, 똑같이 쳐다봐도 위압감이 느껴진다. 힘이 담긴 그의 음성은 거부하기 힘들었다.

물론 그건 평범한 상대나 느낄 법한 감정이었고, 그녀는 그런 인물에 속하지 않았다.

날카롭게 벼려진 검이 자신을 향하는 느낌. 그녀의 눈은 그러했다. 맞서 보는 그녀도 호락호락하지 않았다.

곽소천은 그렇게 그냥 물러섰다. '그렇구나, 볼일이 있구나' 라는 얼굴로 묵묵히 고개를 끄덕이며 뒤로 섰다.

독고령이 이 자리에 있었다면 거품을 물었을지도 모른다. 자기 나름대로는 세상의 중심에 서 있는 곽소천이다. 그런 그역시 이 무림공적 일행에 물들어가고 있었다, 알게 모르게. 사람의 냄새가 스며 들어가고 있었다. 인간 같지 않은 휘인, 야차나 다름없는 뇌운비, 화통한 임홍의 사이에서, 사람을 배우고 있었다.

점점 초조해지는 건 그녀였다.

상대의 반응이 영 시원찮다.

더 이상 자신을 추궁할 기색이 아니었다. '넌 누구냐?' '난 당신들을 돕고 싶다.' '왜?' '무림공적을 돕고 싶었다.' '왜?' '세상의 부조리함을 수긍하지 못하여 그대들을 돕고 싶었다' 와 같은 답을 두 시진가량 생각하여 준비해 온 그녀는 정작 그것을 써먹을 방법이 없자 당황했다.

무림공적 일행이 이렇게 상식이 없다는 사실을 과연 누가 추측이나 했을까?

묘한 정적이 흘렀다.

그녀는 무림공적 일행에게 특정 반응을 바랐고, 무림공적 일행은 그녀에게서 특정 반응을 바랐다. 용건이 있는 사람이 본론을 꺼내야 한다는 게 무림공적 일행의 상식이었다. 그들은 그런 성격의 인물들이었다. 수하가 아닌 모두가 강자의 입장. 그건 그녀도 마찬가지였다.

정적은 조금 길었다.

인내심을 시험하는 그 정적을 깬 것은 그녀였다.

이유인즉, 휘인이 발걸음을 뗐다. 그냥 그녀를 지나쳐 가는 것이다. 휘인만큼이나 성급한 성격은 없었다. 본론이 나오지 않으면 그냥 지나친다. 입을 죽어도 안 여니 그냥 떠나는 게 옳은 것 아닌가. 그들은 급히 무황벌에 가야 하는 이들이었다. 휘인은 함부로 시간을 줄 사람이 아니었다.

황당한 나머지 말이 튀어나오는 건 당연했다.

"자, 잠깐!"

그녀는 철두철미한 성격이다.

쉽게 말하자면 모든 것을 머릿속에 담아두고는 계획을 하며 생활하는 사람으로서, 입 밖으로 꺼내는 말들도 역시 생각을 끝낸 것들이었다.

고로 그녀는 말을 더듬어본 적이 없었다.

그녀가 얼마나 당황했는지 단적으로 드러나는 일이었다.

휘인이 돌아봤다.

조금은 살벌한 눈에 몸을 살짝 떠는 그녀였다.

휘인의 눈은 다른 이들과 조금 달랐다. 곽소천의 눈빛에도 놀랐었지만, 휘인은 그보다 더했다. 순간 안광이라도 번뜩인 듯한 느낌. 강렬한 기운이 그의 눈에 도사리고 있었다.

"볼일이 있나?"

혹여나 그가 다시 떠날까 호들갑스럽게 입을 여는 그녀였다.

"동행하고 싶다!"

뇌운비의 눈이 얇아졌다.

"말이 짧다?"

'그래서 어쩌라고' 라는 얼굴로 뇌운비를 째려보는 그녀. 뇌운비는 그녀의 분노 섞인 눈에 고개를 숙였다. 어딘지 모르게 자신은 항상 무시당했다. 임홍이 처음이었고, 곽소천이 두 번째였다. 그리고 이제는 눈앞의 그녀. 참으로 이루 말할 수 없을 정도로 서러운 뇌운비였다.

휘인은 그녀를 조용히 노려봤다.

그리고 머리에서부터 발끝까지 담아두었다.

"마음대로."

그와 함께 휘인이 기를 끌어올린다. 신형이 흔들리는 듯싶더니 궁신탄영의 묘(妙)로 튕겨져 나갔다.

휘인의 대답을 들은 일행이나,

“…….”

원하는 대답을 얻은 그녀나,

“…….”

반응은 똑같았다.

휘인을 안디고 확신한 뇌운비마저 이 상황을 이해할 수 없었다.

평생을 가도 이해하지 못할 사람이라고 곽소천은 생각했다.

휘이잉!

시원한 바람만이 그 정적을 휘감았다.

감시 겸 시종이 하나, 문지기 둘, 초호화 식단에 최고급 방. 화린이 지끈거리는 머리를 부여잡으며 파악한 자신이 직면한 상황이었다. 순간적으로 자신이 화린이라는 이름을 가진 채 그쪽의 세상을 살던 꿈에서 깨어나 현실로 돌아온 것인지, 아니면 자신이 정말로 화린인지에 대한 자아 정체성이 헷갈리다가 머리가 조금 식자, 이내 제정신을 차렸다.

‘납치!’

검은 복면을 쓴 자가 자신의 입을 틀어막았던 게 기억났다. 그리고 이어지는 타격.

“으윽.”

아직도 뒷골이 당겼다. 정말 기절을 시켜도 그렇게 무식하게 하는 방법이 또 없을 것이다.

문득 걱정이 들었다.

납치를 당했으니, 당연히 캄캄해진 앞길이 두려울 법도 했다.

하지만 화린은 근심하기보다는 눈앞의 먹거리에 관심을 두었다. 얼마나 쓰러져 있었는지는 몰라도, 창에서 비쳐 오는 햇볕이 제법 따스한 것을 보면 밥을 걸러도 두 끼니 정도는 거른 듯했다.

걸신(乞神) 들린 듯 맛나게 먹는 화린이었다.

배가 부르자 소화하느라 바쁜지 생각을 정리하기 힘들었다. 잠을 실컷 잤는데도 그 포만감에 행복하여 눈이 스르르 감긴다. 납치? 그런 건 중요하지 않았다. 오로지 자신이 지금 졸린 게 중요했다.

다시 눈을 뜬 건 정신을 혼미하게 하는 맛있는 냄새. 저녁 때가 되었는지 저녁이 차려져 있었다. 점심때도 좋았지만, 이번에는 정녕 상다리가 휘어지는 모습이었다. 몰골이 부스스한 것은 둘째. 먹는 것이 첫째였다. 하루 종일 잠만 잤는데도 배는 고팠고, 음식은 탄탄대로를 뚫고 지나가듯 시원하게 위장으로 향했다.

걸신이 두 명쯤은 들렸나 보다.

다행히 잠을 충분히 잤는지 달빛을 받는 화린의 모습은 쌩

쌩했다. 머리는 조금 부스스했지만 눈은 초롱초롱거리는 게 밤하늘의 별보다 빛났다.

그제야 화린은 자신의 상황을 정리할 겨를이 있었다.

자신은 인질이었다.

보통 인질의 생활을 떠올리면 눈가리개를 하고, 초췌한 몰골에 열악한 환경 속에서 언제 생명을 잃을지 모르는 상황을 생각하고는 한다. 하지만 심리전이나 인질극과 밀접한 무림맹 생활을 해온 화린은 그게 흔히 범할 수 있는 착각이라는 사실을 알고 있었다.

인질 생활만큼이나 편한 게 없었다.

인질이란 특정 상대와의 관계에 있어서 자기 쪽을 유리하게 만들어주는 매개체의 일종이었다. 흔히 '더럽게 치사한 꽁수'라고 표현하기도 한다. 특급 인질만 잡으면 그야말로 팔자가 뒤바뀐다. 그 상황을 세상에 알리면 자신의 세력이 공적으로 찍히지 않느냐고 묻는 사람이 있겠지. 하지만 그건 세상을 아직 잘 모르는 사람이나 할 법한 질문이다.

인질을 잡혔다는 사실 자체가 집안 망신이다. 도대체 얼마나 문파나 세가가 호락호락하면 인질을 잡히겠는가. 무림은 공존 속에서 치열하게 경쟁하는 사회이기 때문에 서로를 돕기보다는 헐뜯기에 도가 튼 이들이었다. 그런 이들이 집안의 비사(悲事)에 동정을 던질까? 오히려 좋아라 삿대질 하며 깎아내리기 바쁠 것이다.

그렇게 좋은 방법이 있음에도 불구하고 생각보다 잦지 않은 이유는 인질을 잡는 것만큼 심적인 소모가 크기 때문이다. 무림맹의 눈치를 봐야 한다는 것도 그 이유 중 하나겠지만, 인질을 잡으면 그 인질에 대한 관리가 철저해야 한다.

인질의 건강!

이것만큼 중요한 게 없었다.

인질이 골골거리다가 죽어버리는 수가 있다. 대부분 중요한 인질들은 자유로운 삶을 살아왔는데, 인질이 되는 순간 그 자유로움이 송두리째 빼앗겨 버린다. 그 상황에 대한 정신적인 타격을 이기지 못하고 거식증에 걸리는 이상한 인질들도 있었고, 심지어 백치가 되는 이들도 있었다.

근래의 명문제자들이 얼마나 약하게 길러졌는지 드러나는 단적인 예였다.

인질이 죽건 살건, 일단 자신들이 데려다 놓고 있다는 게 중요하지 않은가. 그 대우에 대해서는 어차피 남들에게 보이지 않으니 신경 쓰지 않아도 되지 않은가, 라 물으면 그 사람은 바로 바보 취급을 받을 것이다.

인질이 왜 가치가 있느냐! 그건 상대방에게 그 인물이 그만큼 필요하기 때문이다. 조금이라도 인질의 가치가 훼손된다면 상대가 그 거래(?)가 불평등하다고 여겨 딴마음을 품게 된다. 부끄럽기만 한 그 인질극을 일방적인 공격으로 매도(?)하여 주변 세력들을 꼬드겨 자신의 세력을 하루 아침에 와해할 수 있는 게 당금 무림이었다. 그 사실에 대한 진위 여부는 누가 신경 쓰겠는가. 일단 그럴싸한 명분만 있으면 '정의'라는 허울 아래 검을 뽑아 드는 게 현실이었다. 무너지는 세력에서 얻어낼 수 있는 부과적인 콩고물이 얼마나 많은지는 굳이 언급할 필요두 없었다.

이런 까다로운(?) 현실 때문에 인질은 그야말로 국빈의 대우를 받는다. 도망칠 의사만 없다면 정원을 거닐어도 방해하는 자가 없었고, 오래전 인간이 도구를 만들 시절에 유행했던 고문은 생각지도 못할 것이 되어버렸다.

인질들은 대략 일주일에 한 번가량 이름난 명의의 검진을 받게 되고, 식사는 솜씨가 좋은 요리사가 따로 정성 들여 만든다. 게으른 인질들에게는 강압적으로 소량의 운동을 시켰고, 머리가 둔해지면 안 되니 책도 넣어주었다. 말동무가 없으면 그 고독함을 견디지 못하고 정신을 놓는 희귀종도 있으니 시종도 붙여주었다.

시종을 통해 특정 요구를 하면 일정선 안에서는 모두 들어준다.

인질은 상당히 좋은 대접을 받는다.

그 때문일까?

화린은 미소를 짓고 있었다.

인질이 느낄 법한 괴리감은 그 어디에도 없었다. 오로지 이 상황이 오랫동안 유지되기만을 바랄 뿐이었다.

"어이, 시종님. 다과 한 상자 집어줘."

손을 뻗기만 하면 다과가 놓여져 있는데 굳이 그것을 시종에게 집어 달라고 한다.

"……."

인질을 여러 번 잡아 감시한 경험이 있는, 흔히 말하는 이쪽의 큰손이었지만 이런 여자는 지금껏 단 한 번도 본 적이 없었다. 상식적으로 이해가 가지 않는 여자. 얄밉게도 그녀는 지금의 상황을 아주 잘 이해하고 있는 듯했다.

적응도 빠르다.

감시 겸 시종은 고개를 숙인 채 그녀에게 다과를 집어 주었다. 고개를 들면 자신의 분노에 찬 눈이 그녀와 부딪칠 것만 같았다. 그녀의 능청스런 얼굴을 보면 주먹이 나갈 법도 했다.

하지만 그럴 수는 없었다.

자신은 노련했다.

직접적인 폭력은 물론 간접적인 폭력도 문책감이다. 말이 문책이지, 이틀 밤낮 동안 개 패듯 맞을 게 분명했다.

시종은 입술을 깨물며 파르르 떨었다.

힘겹게 부여잡고 있는 이성의 끈은 화린의 한마디에 의해 끊어졌다.

"먹여줘. 팔 아파."

"……."

누가 인질이고, 누가 인질을 잡은 쪽인지 감히 추측이나 할 수 있겠는가?

어쨌든 화린은 이런 인물이었다.

북해빙궁 소궁주의 진군에 차질이 생겼다. 잠시 진검문에서 체류(滯留)하게 된 북해빙궁 일행. 소궁주는 또 다른 소궁주를 떠올렸다. 그는 한창 승승장구(乘勝長驅)를 하고 있을 터인데, 자신은 이렇게 쓰러져서 몸이나 추슬러야 한다니. 움직이는 데 지장이 없었다면 무리해서나마 진군을 할 텐데, 그게 여의치 않았다. 허리에 나 있는 실선은 크게 문제가 되지 않았다. 비록 깊이 파였다고는 해도 그 벌어진 틈이 작아 상처가 붙는 데 문제가 없었다. 크게 움직이지만 않으면 다시 상처가 벌어질 일이 없었다.

하지만 뼈가 드러날 정도로 살점이 크게 떨어진 어깨는 쉽게 치유할 수 없었다. 떨어진 살점을 씻어 다시 어깨에 붙였지만 과연 회복될지는 아직도 미지수였다. 좋은 약을 바르고, 보신에 좋은 음식들만 골라서 섭취했지만 상체를 움직이는 것 자체가 불가능했다.

소궁주는 자신의 상황을 떠올리니 정신이 아득해지는 것만 같았다.

그때 소소가 들어왔다. 식사 때가 된 것이었다. 속에는 문제가 없으니 그녀가 들고 온 식사는 죽이 아니었다. 다만 상체를 일으키지 못하기에 소소가 직접 시중을 들어야 했다.

물론 그 상황에 불만을 표할 소소가 아니었다.

"염황사자대는 어때?"

비록 북해빙궁에 충성을 맹세했지만, 그 호전적인 무인들이 과연 진심으로 그렇게 행하는지는 알 수 없었다. 그들이 본궁과 멀리 떨어진 이곳에서 딴마음을 품으면 그녀들은 그 상황을 주체할 여력이 없었다. 그리고 그런 상황이 오게 되면 북해빙궁에서 내려오는 문책은 그야말로 감당하기 힘들 것이다. 어쩌면 파문을 당할지도 모른다. 궁주가 자신과 혈연관계이든 말든, 척박한 환경에서 자라온 성질 더러운 무인들의 기강을 제대로 잡기 위해서는 가차 없었다.

"아직까지는 그럭저럭 문제가 없는 것 같습니다. 다행히 그놈이 염황사자대의 절반을 불구에 가깝게 만들었고, 중상과 경상이 나머지 절반을 차지하니, 딴마음을 먹을 겨를도 없을 것입니다. 그들도 회복하기 바쁘니."

그렇다.

염황사자대는 단 일 인에게 유린당했다.

소소의 말을 전해 듣자면 상대 역시 깊은 내상을 입었다고 한다. 하지만 그게 대단한 사실은 아니었다. 수백에 이르는 염황사자대가 상대에게 상처를 입히는 일은 당연한 것이었다. 죽음에 이르렀다고 해도 놀랄 게 아니었다. 그런데 내상만을 입고 유유히 진검문을 빠져나갔다? 천잠사를 이용하는 상대의 무공에 대한 정보가 없으니 대처 방법이 미숙한 게 당연했지만 쉽게 받아들일 수 없는 상황이었다.

그 일을 겪은 자신이 그런데, 종이 쪼가리에 올려질 그 보고 내용을 북해빙궁의 그 누가 믿겠는가. 허위 보고라 생각하여 문책이나 내려오지 않으면 다행이다.

소궁주가 눈을 파르르 떨었다.

그나마 염황사자대가 반기를 들 겨를이 없다는 사실에 만족하는 자신이 원망스러웠다. 개인에게 유린당한 사실은 잊고, 큰 문책을 피했다는 것 자체에 안도하는 자신이 이렇게나 한심할 수가 없었다.

하지만 최악의 상황을 비껴갔다는 사실에 그렇게나마 안도했다.

"그래도 뜻밖의 수확을 얻지 않았습니까?"

자신을 위안하는 사실이 또 있었다.

소궁주가 힘겹게 고개를 끄덕였다.

그나마 다행이었다.

그 누가 알았겠는가. 마침 자신들이 점령한 곳에 고(故) 무림맹주의 손녀가 제 발로 찾아올 줄을……. 맹주가 죽어 그 가치가 덜할지는 몰라도, 신승 역시 그녀를 자신의 손녀처럼 아낀다는 사실은 유명했다. 실제로 새로운 무림맹주가 등극하지 않은 지금, 상황이 좋지 않아도 옛 맹주에 대한 예의로써 인질인 화린을 되찾아야 하는 게 도리였다.

위기에 처했을 때 고 무림맹주의 손녀 주화린만큼이나 든든한 보루(堡壘)는 없을 것이다.

"이 피해를 그녀의 확보로 충당하는 방법은 많을 것이라 생각됩니다."

소소의 위로에도 소궁주의 안색은 펴지지 않았다.

"지금의 상황에서 그녀는 짐이 되지 않을까?"

"……?"

"그녀를 이곳에 두고 갈 수는 없잖아. 학선이 이끄는 천라지망이 북상하고 있으니, 아무리 우리가 그의 눈을 피한다고 해도 진검문이 발각될 가능성이 있어. 그럼 기껏해서 보살핀 인질이 허탕이 되는 것 아니야? 그렇다고 또 데려가는 것도 힘들지. 그녀가 어떤 마음을 품을지 모르고, 같이 다니는 일만큼 번거로운 게 따로 없어. 그렇게 생각하지 않아?"

"그래도 큰 도움이 될 수 있는 가능성이 더 높죠. 그 정도의 번거로움은 감내해 내야 하지 않겠습니까? 고통없이는 좋은 결과도 없다는 말이 있잖습니까."

딱히 반박할 거리가 없었다.

하지만 왜일까.

이번 인질에 대해 막연한 불안감이 드는 건…….

그 어떤 느낌이 소궁주를 괴롭혔다.

떨쳐 내려 해도 쉽게 떨쳐지지 않고, 지워내려 해도 지워지지 않는…… 그런.

악화된 상황으로 느껴지는 막연한 불안감으로 그녀는 치부했다.
지금의 상황에서 그녀는 위안이 필요했다.
그것도 절박하게.

제6장

호남기행(湖南奇行)

십사 일.

족히 십사 일이 걸렸다. 쉼없이 경공을 펼쳐 그들은 드디어 무황벌에 도착할 수 있었다. 사파의 특성상 정파에 대한 열등 의식에 건물이라도 웅장하게 지으려는지 무황벌은 태산을 바라보는 듯한 느낌을 주었다. 무황벌의 위압감을 단적으로 드러내는 건물이었다. 황제가 아니라면 감히 상상할 수 없는 규모의 세력! 들어서는 이의 마음을 위축되게 하는 건물들이 즐비했다.

파천도가 마중을 나왔다.

"어서 오시오."

무림공적 일행을 초대한 사실에 경악할 이들이 한둘이 아니었다. 실제로 무황벌의 무사들도 그 감정을 감추지 못하고 있었다. 이 사실이 무림에 알려진다면 수많은 세력들이 무황벌을 향해 검을 겨누지 않을까 하는 걱정이 드는 것도 사실이었다.

하지만 파천도는 낭당했다.

파천도는 일행을 이끌고 바로 벌주실로 향했다. 십층 전각의 최상층은 다른 층에 비해 벽도 두꺼워 방음(防音)도 확실했고, 호화스런 장식들이 많았다. 사냥 전시물이 많은 것을 보면 파천도가 얼마나 사냥을 즐기는지도 쉽게 알 수 있었다.

지금의 상황을 이해 못하는 이가 있었으니 그건 바로 소여락이라 밝힌 싸늘한 여인이었다. 도대체 파황, 또는 파천도라 일컬어지는 무황벌주가 무림공적 일행을 초대한 까닭이 무엇인가! 보아하니 적대적인 관계는 아니었다.

진짜 파천도는 천하제일대도라 우기는 여인의 안가(安家)에 잘 모셔놓고 있다는 사실을 알 리가 없는 소여락이었다. 아니 그 사실을 알았다고 해도, 자유자재로 기도와 모습, 음성을 바꿀 수 있는 기인이 이 세상에 존재한다고 감히 추측이나 할 수 있을 그녀가 아니었다.

파천도는 소여락을 한번 쳐다보고는 다시 휘인에게 눈을 주었다. 그러자 휘인이 소여락을 쳐다봤다. 그리고 마치 탐색을 하듯 그녀의 눈을 지그시 응시했다. 눈은 사람의 인생을 담는다고 한다.

‘복잡하게 얽힌 눈.’

이들 중 사연이 없는 인물이 누가 있으랴. 광기 어린 눈의 소유자 곽소천이나, 감정을 잃은 눈의 소유자 뇌운비나, 야망을 담은 눈의 소유자 청운이나, 쾌락을 쫓는 눈의 소유자 임홍이나……. 이 모두가 제 사정이 있고 사연이 있었다. 모두가 한없이 복잡한 삶을 살아왔고, 앞으로는 마음이 이끄는 대로 행동하기로 마음먹은 그들이었다.

과연 눈앞의 여자는 어떤 부류일까.

휘인은 단번에 추측했다.

‘생각이 없다.’

모든 상황을 고려해 가정을 하고는 그대로 실행하는 소여락에게 생각이 없다는 건 모욕이었다. 하지만 휘인의 생각은 조금 달랐다.

‘뚜렷한 목표가 없다. 오로지 눈앞에 주어진 일만 한다.’

눈에서 그 모든 게 읽혀졌던가? 아니면 지금껏 그녀와의 짧은 동행만으로도 그 모든 게 파악이 된단 말인가.

휘인은 여러모로 알 수 없는 인물이었다.

“그대로 말해라.”

참으로 오묘한 말이었다.

소여락의 입장에서는 이상하게도 휘인이 자신을 신뢰하여 파천도에게 마음대로 털어놓아 봐라, 라는 듯한 느낌을 주었고, 청운에게는 눈앞의 여자를 믿을 수 없으니 모습을 유지한 채 용건을 털어놓아라, 라는 듯한 느낌을 주었다. 청운은 눈치가 빠른 이였다.

"그들의 진군 속도를 보건대, 앞으로 삼 일. 삼 일이면 그들은 무황벌의 영향권 안에 들어서시게 됩니다. 그들은 이틀 안에 길의 개페(開閉) 여부를 통보하라 하였습니다."

주위에 보는 눈이 없자 말을 높이는 청운.

소여락은 지금의 상황을 어떻게 받아들여야 할지 갈피를 잡지 못하고 있었다. 특히 '그들'이 누구인지 말해주지 않아도 잘 아는 그녀였기에, 싸늘하기 그지없는 그녀의 눈도 미세하게 흔들리기 시작했다. 그런 그녀의 상태를 아는지 모르는지 휘인이 입을 열었다.

"무황벌에서는 어떻게 하기로 했지?"

무황벌의 수장은 파천도였지만, 이런 큰 안건은 분명 수뇌부에서 이야기를 거칠 것이다. 휘인은 공식적으로 그들이 어떤 선택을 하였는가를 묻는 것이었다.

"아직 확정된 부분이 없습니다. 당연히 길을 내주지 말아야 하는 게 상식이지만, 사실상 무림맹의 증원을 기대할 수 없는 지금 어영부영 넘어가자는 식으로 시간을 보내고 있습니다. 딱히 길을 열어주지도, 막지도 않고 조용히 이번 일을 보낼 것 같습니다."

"우리를 여기로 부른 것은 분명 그들을 막아서기 위해서겠지?"

청운은 멋쩍은 미소를 보였다. 내심이 들키자 조금은 부끄러웠던 것이리라.

"가능성이 있다고 보나?"

마교다.

천년마교!

마교라는 단어는 지금도 공포의 대상이다. 세월이 흘러도 전혀 무색해지지 않는 그 공포! 무림맹을 장악하기 위해 이 무림에 발을 디딘 이상 그 전력이 절대 호락호락하지 않을 것이다. 무황벌이 비록 호남연합세력이고 사파에서 가장 알아주는 세력이라고는 하지만 사파에서이다. 무림을 도모할 만한 마교와 견줄 정도는 아니다.

"수에서 밀리지는 않습니다."

"고수들의 싸움은 양으로 승부가 나던가?"

당연히 양보다는 질이다. 마교의 선발대는 분명 고수 중에서도 고수를 추려낸 이들이리라.

"선발대에 절대고수는 그리 많지 않습니다. 혈기를 주체하지 못하는 마교의 젊은 축이 선발대를 맡은 것 같습니다. 노고수들은 선발대가 헤집어놓은 길을 탄탄하게 다지고 있는 것으로 보입니다."

아무리 은밀히 일을 진행해 왔다지만, 반발이 있으면 그 흔적이 있기 마련이다. 길을 트는 이들이 있다면, 그 길을 다지는 사람이 따로 있기 마련. 마교는 그렇게 힘을 분산하여 중원무림을 옭아매고 있었다.

“대신 교주가 직접 그들을 인솔하고 있습니다. 무황벌에
전서를 보낸 이가 교주입니다. 그를 어떻게든 쫓아낼 수 있다
면 무림맹에서 반응이 올 때까지 기다릴 수 있을 듯합니다.”

마교는 힘으로 이루어진 수직 관계의 권력 조직이다. 더 큰
힘으로 힘을 억압한다. 배분을 중요시하는 정파, 의리와 호협
(豪俠)을 중요시하는 사파와는 크게 다른 부분이다.

순간적인 결속력은 좋을지 몰라도, 우두머리가 꺾이면 쉽
게 흩어지기도 한다. 마교는 서열이 정해지기 때문에 윗선이
죽으면 다음 서열이 즉각 지휘권을 갖고 통솔하여 그런 성향
이 적지만, 총책임자가 교주라고 하면 이야기는 조금 달라진
다.

교주는 명실상부한 마도의 지존이다. 교주를 대신할 사람
이 마교에 있을 리가 없었다. 그런 절대적인 믿음을 받지 않
고서야 그 살벌한 마교를 통솔할 수 있을 리가 없잖은가.

게다가 이번 선발대는 젊은 고수들이 주축을 이루니 교주
가 사라지면 심적 타격도 꽤 크리라. 아니 백이면 백 그들은
든든한 선배들이 자리한 후방으로 물러나리라. 통솔자 없이
이런 거사를 진행한다는 건 아무리 무모한 그들이라도 실패
함을 알고 있을 것이다.

“무모한 작전이군.”

“성공할 것입니다.”

청운은 휘인을 믿어 의심치 않았다.

그라면!

그라면 마교의 교주를 꺾을 수 있을 것이다.

청운의 묘한 눈빛을 휘인은 묵묵히 받아내었다.

여전히 이 상황이 이해가 되지 않는 소여락은 참지 못하고 물었다.

"마교의 교주가 그렇게 호락호락하게 보이나요? 마도의 지존을 상대로 지금 해보자는 건가요? 마교의 교주란 말이에요, 교주! 말단 하위 무사도 아닌 교주! 천년마교를 이끄는 희대의 마두이자 천마 이후로 손꼽히는 극강의 고수! 게다가 선발대가 젊은 축이라고는 하지만 그들 역시 마도천하를 위해 뼈를 깎는 훈련을 받은 특수 대원들임이 당연지사! 그들 앞에서 무황벌의 무사들은 그 이름이 무색하리만치 추풍낙엽과도 같이 스러져 버릴 것입니다."

냉기를 뚝뚝 떨어뜨리는 이전의 분위기와는 달리 분에 못 이겨 열을 올리는 그녀의 모습에서 자신감이 얼핏 비쳤다. 하지만 얼핏 비치는 모습만을 볼 때에는 일반인들이 가지는 마교에 대한 공포에 따른 경각심과 다르지 않았다. 어렸을 적부터 귀에 못이 박힐 정도로 들어온 마교의 무서움. 그런 마교를 경시하는 이들의 대화에 소여락과 같은 반응은 생소하지 않은 것이다.

순간 다시 정적이 흘렀다.

소여락은 그들에게서 어떤 특정한 반응을 원하는 모양이었다.

하지만 그들은 무덤덤한 눈빛으로 소여락을 응시할 뿐이었다. 상식적인 열변을 토한 그녀가 무안해질 정도로.

그러자 다시 그녀가 입을 열었다.

"만약 교주를 처리하는 데 총력을 기울인다면 그 이외의 마인들은 어떻게 처리하실 생각입니까? 선발대에는 당연한 말이겠지만, 교주 이외의 극강 고수가 섞여 있을 것입니다."

소여락이 파천도로 분장(?)한 청운에게 물었다.

그녀의 눈빛을 받은 청운은 휘인에게 특정 반응을 요구했고, 휘인은 묵묵히 고개를 끄덕였다. 과연 소여락이 믿을 만한 인물인지를 모르는 청운이기에 그의 조심스러운 행동은 이상한 게 아니었다. 아니 솔직히 휘인의 행동을 이해하지 못하는 건 그뿐만이 아니라 그를 제외한 모두였다. 심지어 소여락 본인까지.

"교주 이외의 고수들은 무황벌의 장로들과 본인, 그리고 휘 공자를 제외한 모두가 맡을 것이오. 전부를 꺾을 수 없을지 몰라도 어느 정도 시간을 벌 수 있을 게요."

"……."

소여락은 할 말을 잃었는지 벌어진 입을 벙끗거릴 뿐이었다. 이전과 같은 싸늘함이라든가, 도도함은 그 어디에서도 찾아볼 수 없었다.

그 정도로 이들은 무모하기 짝이 없었다.

교주를 꺾는다는 말에 소여락은 당연히 그들이 합공을 펼칠 것으로 추측했다. 믿어 의심치 않았다. 어쩌면 선발대 없이 교주만을 상대로 합공을 한다면 정말 그를 꺾을 수 있을지도 모른다고 소여락은 생각했다. 폭풍과도 같은 명성뿐만 아니라, 이 무림공적 일행은 자신의 숨을 막히게 하는 특유의 기세가 있었다.

이들이 대단하다고는 하지만, 개인이 교주를 꺾을 수 있다고 생각하지는 않았다. 공식적으로나, 비공식적으로나 검존이 없는 지금, 교주는 천하제일인이었다. 공식적으로는 검존보다 못한 교주이겠지만, 비공식적으로는 그를 꺾은 실질적인 천하제일인이었다.

일개 무림공적이 감히 교주를 꺾을 생각을 할 수는 없었다.

아무리 혈기왕성하고 무모하다고 해도, 이 정도로 생각이 없을 수 있는 건 아니었다.

무아지경에 빠진 소여락을 뒤로하고 휘인이 입을 열었다.

"꼭 정면충돌을 할 필요가 있는가?"

청운은 생각을 정리하는지 잠시 머뭇머뭇거린다.

"어부지리는 배 아프잖습니까. 후후."

농을 던진다.

그러자 임홍이 호탕하게 웃는다.

"크하하하, 그렇지. 진정한 사나이라면 배 아픔을 참지 않는 법이지!"

사나이라 함은 배포가 큰 것을 칭하는데, 과연 질투의 화신을 보고 배포가 큰 것이라 말할 수 있는지 호기심이 드는 뇌운비였다.

"넝청헌 곰뱅이. 말을 그냥 지어내요, 아주."

그 와중에 진지하게 상황을 정리하는 이는 곽소천뿐이었다.

"빈집 털러 가는 마교를 그냥 지켜보기에는 배가 아파 그들을 가로막는다는 게요? 내가 비록 아직 그대들에 대해 별로 아는 게 없다 하지만, 휘 공자의 목표는 이 무림에 대한 복수 아니었소? 그대로 길을 터주는 것도 그 목표와 무관하지 않을 터인데 어찌하여 손해를 감내하면서, 아니 목숨을 걸고 무림맹을 지키려 하오?"

무림에 대한 복수.

참으로 거창한 표현이다.

일개 개인이 입에 담기에는 너무도.

일행의 시선이 휘인에게 집중되었다.

휘인이 누누이 말하기는 했지만, 언제나 확실치 않은 게 그의 목적이었다. 운명에 맞서는 게 어느 정도를 뜻하는 것인지는 당사자만이 알 따름 아닌가. 어쩌면 구체적인 목표를 들을 수 있지 않을까하는 막연한 바람과 함께 그들은 휘인의 입이 열리기만을 기다렸다.

"무림에 대한 복수는 아니지. 단지, 무림이 나와 척을 지겠다면, 나는 도망치지 않는다. 그렇기에 무림맹의 존립 여부는 나의 관심사가 아니다. 다만, 마교가 나에게 검을 겨눈다면, 나 역시 그들과 맞설 뿐."

결국에는 맞선다는 것이다. 무림공적을 조용히 내버려 둘 무림맹이 아니거니와, 길목을 막고 있는 무황벌을 잠자코 지켜볼 마교가 아니었다. 그야말로 사방에 적을 둔 휘인이라 할 수 있었다.

소여락은 정신이 아득해지는 느낌을 받았다.

천라지망의 절반에 대한 지휘권을 받은 취운개는 특유의 정보 처리 능력으로 꽤 빠르게 북상하고 있었다. 그 속도가 얼마나 빠른지 과연 그가 학선의 당부대로 넓은 선상의 조사를 제대로 해내고 있는지 의심이 들 정도였다.

하지만 그를 의심한다는 건 개방을 무시하는 처사와 마찬가지였다.

개방의 정보력은 무시할 수 없었다. 거지는 모든 곳에 존재한다. 골목마다 거지가 자리를 잡고 있었고, 그 어떤 음지라도 거지의 발이 닿지 않은 곳이 없었다. 세상이 거지의 세상이라 해도 과언이 아니라 할 수 있었다.

모든 거지가 개방의 거지라고는 할 수 없지만, 모든 거지가 정보를 개방에 판다고는 할 수 있었다. 게다가 특별히 조성한 개방의 인원으로 모든 문파를 일사천리로 조사해 나가는 지금, 취걸개가 따로 형성한 정보의 천라지망의 틈에는 바늘 하나 빠져나갈 수 없었다.

취걸개는 정보의 천라지망을 따라 부심하지 않았다. 대신 정보 처리 능력이 탁월한 이들을 차출하여 정보를 걸러내고 있었다. 거지들은 특별히 훈련을 받지 않은 이들이고 오로지 생존을 위해 정보를 팔기에 그 진위 여부에 대해서는 기대하기 힘들었다. 그러니 그런 정보를 다른 정보들과의 연관성이나 중복성을 확인하고 진실 여부의 가능성을 최대한으로 높이는 게 지금 형성된 이들의 임무였다.

그렇게 두어 차례 걸러낸 정보를 취걸개가 정리하고 있었다.

그중 취걸개의 뇌리를 간질이는 정보가 하나 있었다.

만검문(萬劍門) 장문인 외출(外出). 무림맹으로 떠났다고 함.

구파일방이나 팔대세가에 의해 가려진 많은 문파 중 하나가 만검문이다. 꽤 큰 세를 유지하는 문파임에도 불구하고 중원무림에는 그 이름을 크게 알리지 못했다. 최강이 아니면 최약이다. 그게 바로 중원무림이다.

항시 중요한 일이 있으면 불리는 게 대문파의 장문인들이지만, 만검문만은 소외되기 마련이었다. 하지만 항상 어떻게

든 중한 일에 끼어보려고 몸부림을 치는 게 만검문의 장문인
이었으니, 이럴 때 그가 무림맹에 찾아가는 건 그리 이상한
일이 아니었다. 아니, 소집령이 내려진 지 시간이 어느 정도
흘렀으니 오히려 늦었다고 할 수 있었다. 아니 아니, 이미 각
실세들이 흩어진 지금에서야 만검문의 장문인이 무림맹으로
내려온다는 건 굉장히 수상한 일이었다.

하지만 만검문이, 북해빙궁이 남하하는 길목이라고 단정
짓기에는 너무 비약인 게, 만검문은 학선이 이끄는 천라지망
이 훑는 선상에 있었다. 그렇다는 말은 학선이 이미 그곳을
지나쳤다는 말이었고, 수상한 기미를 찾지 못했다고 해석할
수 있었다.

하지만 느낌이 좋지 않았다.

아니, 어차피 자신의 추적은 그리 시간을 다투는 일이 아니
었다. 늦더라도 신중을 기하는 게 바로 자신의 일. 취걸개는
만검문에 사람을 보내었다.

그리고는 다시 다른 정보들을 분석하기 시작했다.

'아직도 연락이 없다니.'

무황벌에 이틀의 말미를 주었다. 사실 이틀의 말미는 형식
적인 표현일 뿐이었고, 실제로 즉각 응답이 올 것이라 믿어
의심치 않았다. 자신이 누구이던가! 천년마교의 교주이다. 그
런 교주가 직접 전서를 보냈건만, 상대는 아직도 답을 주지

않고 있었다.

단가후의 미간이 찌푸려졌다.

아무리 생각해도 이 일은 심상치 않았다. 무황벌을 전적으로 믿을 수는 없지만, 일단 무림맹이 힘이 북상하고 있는 와중에서는 그들이 자신들의 요구를 들어주는 게 상식이다. 자신들의 세력이 뿌리째 뽑히는 것을 원치 않는다면 힘에 굴복하는 게 상식이었다.

하지만 그들은 침묵을 지키고 있었다.

일이 이쯤 되면 단가후도 초조해지기 마련이다. 대의를 위해 불편한 몸을 이끌고 직접 오지 않았던가! 자그마한 일도 신경을 건드리기 마련이었다. 마음 같아서는 무황벌을 쓸어버리고 싶지만, 이목을 집중시킬 수는 없었다. 비록 사파의 많은 문파들이 마교에 협조를 하고 있지만, 그건 비공식적이었다. 공식적으로 마교가 언급이 되면 바로 뒤돌아설 인간들이 사파인들이었다. 무황벌이 사파의 중심 축이 되는 이상, 그들을 친다면 더 이상 사파의 협조는 물 건너간 셈으로 볼 수 있었다.

갑자기 단가후가 하늘을 올려다본다.

달빛을 받으며 유유히 하강하는 새의 모습에 그는 미소를 지었다. 어떤 내용이 들어 있을지 눈에 선하다.

하지만 이내 그의 미소가 싹 가셨다. 전서에 찍힌 인(印)은 무황벌의 것이 아니었다. 그렇다고 무림맹의 것도 아니었고,

다른 어느 정파, 사파의 것도 아니었다. 전서는 바로 마인에게서 온 것이다.

으득.

단가후가 주먹을 꽉 쥐었다. 그뿐만 아니라 그의 마기가 그대로 장내를 휩쓸었다. 단가후의 뒤에 질서 정연하게 서 있던 흑의의 천마혈검대가 휘청일 정도로.

휘이잉!

미풍이 단가후를 중심으로 뻗어나간다. 인간의 기세라고는 생각키 힘들었다.

그의 폭풍과도 같은 기세가 정점에 이른 그때, 단가후가 갈라진 목소리로 중얼거리듯이 내뱉었다.

"쓸어버려."

그 말이 떨어지기가 무섭게 천마혈검대가 일사불란하게 움직이기 시작했다. 광풍을 일으키며…….

천마혈검대와는 달리 단가후는 은은한 달빛을 즐기며 유유히 걸어나갔다.

휘인 일행은 모여서 이런저런 의미없는 이야기를 나누고 있던 중이었다. 조금 늦게 합류한 곽소천도 그들의 여유로운 분위기에 적응을 한 모습이었다.

그런 그들의 평화로운 시간을 깬 것은 파천도의 모습을 한 청운이었다.

"큰일 났습니다."

"……?"

달에 눈을 고정하고 있던 휘인의 시선이 돌려지자 다시 청운이 입을 열었다.

"마교가 무황벌의 세력을 하나둘씩 치기 시작했습니다."

무황벌은 정파의 구파일방처럼 하나의 문파가 아니다. 호남연합세력이다. 연합세력이란 여러 중소문파들이 구심점을 갖고서 연합했다는 의미이다. 고로 한 곳이 아니라, 한 지역. 범위가 정파의 구파일방의 개념으로 해석할 수 있는 게 아니었다.

현재 마교는 분명 본거지와 하루 거리에 있었다. 돌연 그들이 공격을 하기 시작했다는 건, 무황벌이 그들을 위해 길을 열어주지 않으리라는 걸 파악했기 때문일 텐데, 문제는 어떻게 마교가 그것을 알았는가 하는 것이었다. 아직 경계령을 내리지 않았으니 분명 평상시와 다를 게 없었다. 평상시와 다를 게 없다는 말은 즉 상대가 별 낌새를 눈치 챌 틈이 없었다는 말이 되고, 그럼에도 불구하고 상대가 먼저 움직였다는 것은…….

'수상하군. 마치 누군가가 그들에게 우리의 의사를 알려준 것처럼 확신을 가지고 그들이 움직인다.'

벽에 기대며 곰곰이 생각하고 있는 휘인에게 청운이 물었다.

"어떻게 할까요?"

그때 생각을 어느 정도 정리했는지 나름대로 편한 표정의 휘인이 씨익 웃어 보였다.

"일단은 우리 둘이 움직이도록 하지. 나머지는 각각 중요 길목에 세워놓고, 만일의 사태에 대비하게 해. 재밌는 생각이 있다."

평소에 접하지 못하는 그의 음흉한 미소에 청운이 몸을 살짝 떨었다.

화르르르.

일을 크게 벌일 생각은 없었지만, 정작 일을 시작했으면 제대로 처리하자는 게 단가후의 성향이다. 아무리 조용히 일을 처리한다고는 하지만, 인간이 지나가는 길에는 흔적이 남게 된다. 인간이 지나가는데도 흔적이 남는데, 완전히 초토화를 시키며 지나가는데 '조용히' 는 어불성설이다.

불.

불은 흔적을 깨끗이 지운다. 누군가가 초토화시켰다는 사실에는 변함이 없겠지만, 가장 중요한 '누가?' 라는 사실은 완벽하게 은폐할 수 있다. 당시의 상황에 따라 추론은 가능하겠지만, 적어도 사고 현장(?)을 보고서는 절대 '누가' 에 대한 해답을 낼 수 없을 것이다.

수십의 인영들이 불속을 빠르게 헤집고 있는 와중에도 오로지 한 인물만은 평화로웠다. 활활 타오르는 전각들 사이로 유유히 발길을 옮기는 이가 한 명 있었다.

'느낌이 좋지 않아.'

눈을 얇게 뜬 흑의인이 주위를 둘러봤다. 그러다 문득 창가에 눈이 가게 되었다. 보이지 않아도 느껴진다. 거대한 곤새감! 그러한 손재김은 뜨서운 화기로도 가려지지 않는다.

흑의인은 단 한 동작만으로 바깥으로 튕겨 나왔다.

"……!"

흑의인은 자신의 눈을 의심했다. 자주 있는 일은 아니지만 혹시 환영이 아닌가 의심을 했다. 그렇기에 그는 눈을 한번 비볐다.

"……!!"

그렇지만 환영은 사라지지 않았다.

털썩.

그때 기적이 일어났다.

천하제일인이 쓰러졌다.

이 단순하고도 심오한 사건은 간단하게 정리된다.

철옹성과 같은 부동심을 유지하는 단가후가 평정심을 잃었다. 단가후 같은 경우의 사람은 선입견이 강하다. 지금껏 살아온 세월이 많기에 세상의 많은 것을 경험해 왔다. 아는 것이 많다는 건 그만큼 어느 정도 자신만의 세계를 구축해 놨다는 말이 되고, 그 자신만의 세계에 다른 새로운 것을 받아들이지 못한다.

지금껏 단 한 번도 생각도 못해본 일이 일어났다.

그런 일이 일어났기에 단가후는 잠시 동안 제대로 된 사고 기능을 못했다.

찰나였다.

긴 시간도 아니었다.

그런 찰나와도 같은 시간은 눈이나 한번 깜빡할까? 시간이 멈췄다가 다시 이어 붙은 그런 찰나와 같은 시간이었다.

하지만 그런 찰나의 시간은 상대적인 것이다.

범인들이야 눈만 한번 깜빡일 수 있는 시간이다.

그렇지만, 휘인 같은 이에게는 십 장을 단숨에 좁히고 단가후의 뒤로 서서 적당한 혈을 적당한 힘으로 쳐 한 번에 기절시킬 수 있는 그런 시간이었다.

천하제일인이 쓰러졌다.

너무도 단순하게.

"무슨 일이야?"

휘인에게 급하게 끌려온 뇌운비가 물었다. 평소와 마찬가지로 그의 얼굴에는 불평이 가득했다. 수동적인 상황을 그 누구보다도 싫어하는 자가 바로 뇌운비였다.

"너는 저자와 같이 가라."

뇌운비는 휘인이 가리킨 인물을 바라보고는 다시 휘인을 쳐다봤다.

그리고는 고개를 살짝 틀어서는 휘인을 노려본다.

'미쳤어?' 하는 얼굴로.

"저 작자는 무슨 일로 여기에 있는 거지?"

단가후의 앞에 섰음에도 불구하고 뇌운비에게 위축이란 단어는 찾을 수 없었다.

휘인은 앞에 선 단가후와 똑같은 얼굴을 지닌, 그렇지만 파리한 안색으로 초라하게 묶여 있는 이를 가리키고는 다시 멀쩡한 단가후를 가리켰다.

뇌운비가 이마를 탁 쳤다.

그의 입가에 짙은 미소가 자리했다.

"일이 재밌게 돌아가는군."

마교인들의 침입은 단순하게 진압하는 것으로 그치지 않았다.

삽시간에 무황벌의 중요 세력들을 초토화했다. 무황벌의 잔존 세력은 존재하지 않았다. 시간이 흘러 증원된 마교의 무리들에게 자비심은 없었다. 오로지 생각이 없는 강시처럼 전진했다.

휘인을 비롯한 일행은 무황벌을 포기했다. 임홍이 그냥 싸그리 뭉개 버리자며 발광을 했지만, 휘인은 눈 하나 깜짝하지 않고 후퇴를 확정 지었다.

"왜 그냥 물러서자는 거지? 어제 갑자기 후퇴를 한 것도 이해가 안 간다.”

중요 길목을 막고 있던 일행을 갑자기 소집한 휘인의 행동을 이해하지 못하는 임홍이었다. 나머지 일행도 휘인의 대답을 기다렸다. 특히나 소여락의 눈빛이 강렬했다.

“더욱 큰 무리가 가까워졌다.”

임홍이 비웃는다.

“지금 그 큰 무리가 무서워서 도망가자는 거냐?”

휘인의 입가에도 미소가 자리했다.

“무서워해야 하는 건 내가 아니라 너희겠지.”

탁!

임홍이 대리석 탁자를 내리찍었다.

“지금 내가 겁쟁이라서 후퇴하자는 거냐?”

“겁쟁이라서가 아니다.”

휘인은 말을 멈추며 의미심장한 눈으로 일행에게 눈을 주었다.

“다만 과연 맞서서 모두가 살아남을 수 있느냐는 거지. 마교가 지금껏 숨어 지냈다, 이제야 발호를 했다는 것은 그만큼 자신이 있다는 소리겠지. 그 준비가 호락호락하지 않을 텐데, 넌 지금 혼자서 그 힘을 상대하겠다는 건가?”

“…….”

주먹이 부들부들거리는 것으로 보아 맺힌 감정이 적지는 않은 모양이었으나, 실상 임홍에게는 할 말이 없었다. 모두가 뼈를 후벼 파는 사실이었다.

"일단은 물러선다. 여기서는 볼일이 없다."

"여기서는?"

곽소천이 묻는다.

"그렇디. 단가후와 만났다. 일단은 길을 터주기로 했다. 득을 보는 일은 아니지만 그렇다고 실이 있는 일도 아니다. 장기적인 관점으로 볼 때는 딱히 그렇게 나쁘지도 않다."

"아까는 두려울 게 없다고 하지 않았나? 왜 갑자기 태도가 바뀌었지?"

납득할 수 없다는 얼굴로 소여락이 말했다.

휘인은 물끄러미 소여락을 쳐다봤다.

"이유는 없다. 있다고 해도 말해줄 의무는 없다."

"……."

반발할 것 같은 도발적인 모습이었으나, 소여락은 조용히 물러섰다. 참으로 의외였다.

그녀 대신 곽소천이 의문을 제기했다.

"그렇다면 이제는 무슨 일을 한다는 거지?"

지금껏 그러했지만, 휘인 일행은 항상 목적을 알기 힘들었다. 그냥 되는대로 사는 파락호와 다름없는 하루하루를 보내고 있었다.

"무림맹으로 이동한다."

"…무림맹? 마교도들의 목적지가 무림맹이 아닌가?"

"그렇다. 우리가 먼저 무림맹에 도착해서 그들에게 주의를 준다. 대비는 하게 만들어야지."

"……."

일행 중 그 어떤 이도 휘인의 말을 이해하는 것 같지 않았다. 아귀가 맞지 않는 말들만 쏟아져 나왔다.

"의심쩍다면 굳이 같이 행동할 필요는 없다."

휘인은 일행을 쭉 둘러봤다. 불만은 갖고 있었지만, 그렇다고 반대를 하는 얼굴들은 아니었다. 제각기 의도는 달라 보였지만, 결론은 같았다.

"그렇다면 목적지는 정해졌군."

무림맹.

그들은 다시 무림맹으로 향했다.

의문을 품고서.

화르르르.

무황벌의 중심부를 이루고 있는 수십 개의 전각이 활활 타오르고 있었다. 그 전각들의 중심에는 말끔한 수련장이 놓여 있었다. 이틀 전만 해도 수련생들의 활기찬 장이 되던 수련장의 위로 두 중년인이 마주하고 있었다.

"너무 수월하게 돌아가는구나."

유난히 눈의 기운이 강한 중년인이 단가후에게 말했다.

"드디어 신이 마교의 편을 들어주기 시작한 것입니다."

“그러냐?”

그의 어조에는 힘이 없었다.

단가후는 그런 중년인을 보며 미소를 지었다. 그것도 꽤 의미심장한.

“걱정되십니까?”

중년인이 피식 웃는다.

“자네는 언제나 자신감이 넘치는군.”

“제 시대가 왔잖습니까. 우리의 시대가 도래했는데, 당연히 자신감이 넘쳐야 하잖습니까. 태상교주님께서도 자신감이 넘쳐야 하는 것 아니겠습니까?”

농에 가까운 단가후의 말에 중년인은 웃지 않았다. 도리어 근심이 더욱 깊이 드리운 것만 같았다.

“그럼 진군하겠습니다.”

단가후는 유유히 자리를 벗어났다.

화르르르.

전각에 드리운 화마가 커져만 가는 가운데 중년인이 조용히 읊조린다.

“자네도 느껴질 텐데. 뼈 깊숙이 스며드는 불안감이!”

어딘가 한이 맺혀 있는 목소리와 함께 의심이 깃든 눈길이 남아 있는 태상교주였다.

제7장

휘인 수옥(囚獄)

날씨는 화창했다. 햇볕은 지나치게 뜨거움 없이 따뜻했고, 선선한 바람이 이마에 맺힌 땀을 앗아갔다. 성난 이의 마음에 화창함을 불어넣을 정도로 좋은 날씨임에도 불구하고 한 여인의 표정은 종잇장처럼 구겨져 있었다.

그녀의 이름은 소소였다.

"어어? 표정 봐라? 아니꼬운 표정인데?"

소소는 누군가를 엉거주춤 업고 있었다. 억지로 업었다는 기색이 역력하게 드러나는 얼굴로 뒤뚱뒤뚱 발걸음을 옮기는 모습에 옆에서 같이 걷고 있는 소궁주의 입가에 미소가 자리했다.

“아니, 이 계집이 정말!”

소소는 머리 위에서 짜증나는 말만 뱉어내는 화린을 업어
치고 싶은 마음을 꾹꾹 눌러 참으며 화를 토해냈다. 소리라도
지르지 않으면, 그녀도 미래를 장난칠 수 없었다.

“똑같은 여자끼리 계집은 무슨 계집? 어휴, 덥다. 빨리 좀
가자. 배고프다.”

산길을 따라 가는 일행. 그 수는 족히 몇백은 되었다. 그럼
에도 불구하고 풀을 밟는 소리는 거의 들리지 않을 정도여서
일행이 그리 많게 느껴지지는 않았다.

“인질 주제에 어디서 불평이야! 왜 발목은 삐어가지고!!”

소소의 얼굴이 시뻘게졌다.

소소가 아무리 성을 내도, 조금도 기가 죽지 않는 주화린,
그녀는 지지 않고 소소의 말에 답을 해주었다.

“그거야, 네가 무식하게 목검을 던져 대는 바람에 내 연약
한 발목이 아작났지. 이 모든 게 너의 무식함 때문이니까, 그
만 좀 불평해! 귀가 다 멍멍하다, 아주.”

“네년이 도망가려 하니까 내가 목검을 던진 거 아니야!”

기가 막힌다는 얼굴의 소소.

그런 소소의 얼굴을 훔쳐보며 화린이 환호성을 지른다.

“또 열 받았어? 또 내가 이겼네? 너희 북해빙궁에서 왔잖
아. 그럼 마음도 얼음처럼 차가워야 하는 거 아니야? 원래 이
렇게 쉽게 흥분해?”

“으으! 그거야…….”

그녀의 입에서 어떤 말이 쏟아져 나올지는 뻔하다. 그 사실을 잘 아는 소궁주가 그녀를 제지했다.

“소소, 이제 그만 해.”

이제 곧 욕설이 한 바가지 쏟아지려는 찰나에 제지당한 소소는 허공에 입만 뻥끗뻥끗거리며 어안이 벙벙한 얼굴로 소궁주를 쳐다봤다.

“…알겠습니다.”

소소는 자신의 의무를 잊지 않았다.

“베에에.”

화린은 그녀를 놀리는 듯한 소리를 내며 꽤 웃긴 표정을 지어 보였다.

소소는 자신의 의무를 잊었다.

“끄아! 이게 보자보자 하니까!”

소소는 열이 머리끝까지 차 오른 얼굴로 등에 업혀 있는 화린을 업어 치고자 했다. 팔을 잡아 휙 날려 버리는 순간 화린은 그녀만의 방법으로 안전하게 바닥에 착지했다. 그리고는 혀를 쏘옥 내미는 화린.

인간에게는 인내심의 한계가 있는 법이다.

그리고 그 한계에 도달하게 되면 그 어떤 상황도 눈에 들어오지 않는다. 직속 부하들이 지켜보는 상황이라는 사실도, 상관이 바로 곁에 있다는 사실도 잊혀진다.

"검을 뽑아라. 더 이상 참을 수는 없다."

소소의 말 한마디 한마디에 살기가 배어 나왔다. 그녀의 손에는 빙기가 쏟아져 나오는 검이 들려 있었다. 여차하면 바로 손을 쓸 태세였다.

생명을 위협하는 상황이었다. 보통 사람이라면 빙기를 뿜어대는 검 앞에서 겁을 먹기 마련이다. 보통의 사람이라면…….

화린은 그런 종류의 사람이 아니었다.

"나 그럼 이거 풀어주고, 검도 돌려주는 거야?"

"……."

아무리 이성을 잃은 상태여도, 화린의 말은 상황을 직시하게 만들었다.

"안 해줘? 그럼 어떻게 검을 뽑으라는 거야! 설마 한 입에서 두 말을 할 리는 없고, 그렇다면 이 밧줄을 풀어주고, 검도 쥐어준다는 거야? 그럼 애초에 이렇게 묶어놓을 이유가 없잖아."

소소는 다시금 자신의 인내심이 시험을 받고 있다는 사실을 깨달았다. 그렇지만 더 이상 경솔하게 행동하지 않았다. 홧김에 검을 휘두르는 대신 검을 허리춤에 찼다. 물론 얼굴은 시뻘겋게 달아올라 있었다.

"에이. 정말 한 입에서 두 말을 하려는 거야? 실망인데? 그래도 북해빙궁이면 거대한 방파이고, 그런 거대한 방파에서 너는 꽤 요직에 있는 무인이겠지? 그런 무인이 한 입에서 두 말을 하려고? 부하들이 지켜보는 가운데에서? 에이, 아니겠지?"

"쿡."

웃음이 적은 소궁주가 웃는다.

소소의 눈치를 보며 억지로 웃음을 참던 북해빙궁의 일행도 조금 웃는다.

소소의 손이 검의 손잡이 근처에서 부들부들 떨리기 시작했다.

치욕이었다.

정말 이 여자는 약을 올리는 데 이골이 난 사람이다.

소소는 그 한 가지 사실을 깨달았다. 부하들과 상관에게 창피를 당하면서 겨우 그 한 가지를 깨달았고, 간신히 조용히 입 다물기로 마음먹었다.

화린은 하품을 한번 했다.

"기똥차게 좋은 날씨에, 이게 뭔 꼴이냐. 나같이 연약하고 예쁜 소저에게 정의의 사도는 안 나타나나?"

화린의 말에 소소가 할 말이 있는지 입을 열었다.

"연약하고 예쁜 소저에게는 정의의 사도가 있겠지. 네가 연약하고 예쁘지 않으니까 네게는 없는 거고."

지금까지 당하기만 하다가 한 방 먹였다는 사실에 벌써 승리의 미소를 짓고 있는 소소를 보며 화린이 가소롭다는 듯이 웃어 보였다.

"소소도 뒤끝 있어. 지금까지 나한테 당했던 거 다 담아뒀던 거야? 한 방 먹이려고 벼르고 있었구나! 한 방 먹이고 이렇게나 좋아할 줄 알았으면, 진즉에 한 번 당해줄걸. 어린아이처럼 좋아하는 소소를 보니 안타깝네, 안타까워."

마냥 좋다고 웃고 있던 소소.

그녀의 얼굴이 급격히 굳었다.

"소소, 말로는 주 소저에게 상대가 안 되는구나."

"소궁주님!"

불난 집에 부채질을 하는 소궁주. 소소는 원망에 가득 찬 눈으로 소궁주를 쳐다봤다.

소궁주는 그런 그녀의 눈을 가볍게 피했다.

"소소, 갈 길이 멀다."

소소는 풀이 죽은 얼굴로 묵묵히 고개를 끄덕였다.

북해빙궁의 무리가 순조롭게(?) 남하하고 있었다.

"더 이상 참을 수 없다."

완만한 능선을 따라 천천히 길을 걷던 도중 정적을 깬 것은 소여락이었다. 그녀의 옅은 속눈썹이 파르르 떨리는 것을 보아 꽤 기분이 상한 모양이었다.

"……."

보통이라면 누군가가 대꾸를 하기 마련인데, 임홍은 휘인이 멋대로 후퇴를 지시한 사실에 대해 뾰로통해서 기분이 상해 있었고, 휘인만큼이나 과묵한 곽소천이 상대해 줄 리가 없었다.

일행의 우두머리 격인 휘인은 소여락에게 시선을 주지도 않았다.

오로지 묵묵히 생각에 잠긴 채, 길을 걷고 있었다.

소여락.

그녀는 지금껏 무시를 당해본 경험이 없었다. 혹여나 심기를 불편하게 하지는 않을까, 안절부절못하는 수하들만 잔뜩 있었지, 자신의 말을 깨끗이 무시하는 자들은 지금껏 만난 적이 없었다.

그런데 그런 독특한(?) 사람이 무려 세 사람이나 있었다.

소여락은 지금의 상황을 어떻게 받아들여야 할지 고심했다.

화를 내는 게 맞는 듯싶은데, 지금껏 그녀는 화를 내본 적이 없었다. 항상 차분하고 냉정한 그녀였고, 실제로 마교에서 그녀의 심기를 건드린 사람은 없었다. 모두가 그녀에게 맞추려고 했고, 지금껏 그녀가 진행했던 일들은 예상에서 크게 벗어난 적이 없었다.

고로 그녀는 화를 내는 방법을 몰랐다.

소여락의 입은 허공 중에 한번 뻥긋거리다, 결국에는 할 말을 찾지 못하고 다시 닫혔다.

좋지도, 그렇다고 나쁘지도 않던 그들 간의 분위기는 소여락 덕에 어색해졌다.

그런 어색한 분위기를 깬 것은 놀랍게도 휘인이었다.

"무엇을 참을 수 없다는 거지?"

"……."

정작 상대가 물어보니 특별히 할 말이 없는 소여락이었다. 악에 받쳐 있던 감정이, 시간이 조금 흐르니 흔적조차 없이 사라졌다. 북받쳤던 감정이 사라지니, 딱히 할 말도 없어진 소여락. 불평을 토해내려던 그녀는 대신 궁금했던 사실 한 가지를 물었다.

"암천마수와 파천도는 어디 갔지?"

곽소천은 그제야 자신이 그 사실을 망각하고 있음을 깨달았다. 나름대로 화난 분위기를 유지하고 있던 임홍도 관심을 가졌다. 나중에 합류를 할 줄 알았으나, 삼 일이 지나서도 합류를 하지 않는 것을 보면 따로 지시가 있었거나…….

"죽지는 않았겠지?"

소여락의 질문에 휘인이 잠시 허공을 쳐다본다. 그런 모습에 임홍은 불현듯 몸을 떨었다.

"그놈들이 얼마나 튼튼한데 죽기는 무슨!"

뇌운비와 청운은 어디에 내놓아도 부족하지 않은 초일류 고수들이다. 그들이 도망가고자 마음먹는다면 아무리 마교의 최정예라 해도 그들을 막아설 수 없다. 임홍 역시 그 사실을 잘 알고 있었다.

임홍이 다그치는 와중에도 휘인의 머리는 복잡하게 돌아갔다. 휘인의 시선은 소여락에 닿아 있었다.

'뭐, 나쁠 건 없겠지.'

휘인의 입가에 희미한 미소가 자리했다.

근래에 들어 표정의 변화가 다양한 그였다.

"파천도는 그의 특기를 잘 사용해서 도망을 간 듯싶다. 어쩌면 마교에 잠복해 있을 수도……. 머지않아 연락이 오겠지. 뇌운비는 단가후에게 잡혀 있다. 단가후가 그에게 볼일이 있는 모양이다."

"뭐라고! 지금 그걸 말이라고 하냐? 너는 뇌운비가 단가후에게 끌려가는 것을 가만히 지켜만 봤다는 말이냐?"

항상 티격대격대더니, 미운 정이 생긴 모양이었다. 지나치게 흥분을 하는 임홍의 모습에 휘인은 어깨를 으쓱였다.

"나름대로 협상이었다고 할 수 있겠군."

이어질 물음을 미리 예측이라도 하듯 휘인이 말을 이었다.

"뇌운비가 선택했다. 마교와의 일을 담판 지어야 한다는 계산인 듯했다. 게다가 실제로 단가후는 뇌운비를 자신들의 쪽으로 포섭할 생각인 듯했다. 현재 마교의 서열 이삼 위가 빌 테니, 마공을 익히고 있는 뇌운비가 탐나는 모양이지."

휘인의 눈은 계속 소여락에 닿아 있었다.

겉으로 드러나지는 않았지만, 현재 그녀는 크게 동요 중이었다. 속을 들여다보지 않아도 휘인은 그 사실을 알아챌 수 있었다.

"이제는 참을 수 있겠나?"

"……."

소어락은 입술을 질끈 깨물고는 고개를 휙 돌렸다.

"참으로 복잡하군."

곽소천의 말이었다.

일행은 동감하는 표정이었다.

"무림공적이라는 건 정말 고달픈 직책이군."

곽소천의 농에 임홍이 피식 웃는다.

"직책이라……. 이번에는 힘들겠는데?"

그들의 시선은 한 점에 닿아 있었다. 흐릿흐릿한 잔상만이 보이는 거리에서 또 다른 일행이 다가오고 있었다. 인적이 없는 길에서 누군가와 만난다는 것은 드문 일이다. 아예 없는 일은 아니었지만, 휘인은 느낄 수 있었다.

그들을 향해 다가오는 이들. 그들은 그들의 존재감을 숨기지 않았다. 숨겨지지 않는 것일지도 모른다.

숨이 막혀오는 박력이 아니었다. 그렇다고 태산과 부딪치는 듯한 그런 위압감도 아니었다. 부드러운 바람, 따뜻한 햇볕. 그런 느낌과 크게 다르지 않았다. 특별한 느낌이 아니었다. 자연의 느낌이었다. 하지만 자연이 사람에게서 느껴진다. 작고도 미세한 느낌이지만 그런 느낌이 사람에게서 난다는 것은 많은 의미를 내포하고 있었다.

휘인은 검을 꺼내 들었다. 곽소천도, 임홍도 그들의 애병을 꺼내 들었다.

그리고 처음으로 소여락이 그녀의 백옥처럼 흰 검을 꺼내 들었다.

드디어 반대편에서 다가오고 있는 이들의 모습이 육안으로 판별될 정도로 가까워졌다.

셋이었다.

머리를 빡빡 깎은 승이 한 명, 덩치가 임홍에게 지지 않는 백발의 노인이 한 명, 마지막으로 덩치가 좋은 노인의 허리춤까지 오는 체구의 더벅머리 노인이었다.

휘인이 그중 한 명을 알아봤다.

"신승……."

신승과 그의 친우들이었다.

신승은 왜소한 노인이었다. 거동이 불편하지는 않을까, 걱정이 될 정도로 연약해 보이는 노인이었다. 하지만 눈으로 볼 수 있는 것만이 그 사람의 전부는 아니었다. 그의 존재감은 쉽사리 지워지는 게 아니었다.

신승은 꽤 먼 길에서 친우 두 명을 끌고 오다시피 했다. 이 노인네들은 나이를 먹으면 먹을수록 늘어나는 게으름과 식탐에 빠져 있었다. 자신들의 구역에서는 절대로 벗어나지 않으려 하는 것을, 값비싼 음식으로 살살 꾀어 와야만 했던 신승의 고생은 이만저만이 아니었다.

신승의 친우들은 겉으로 보기만 해도 그 개성이 뚜렷했다.

백옥처럼 흰 수염을 길게 늘어뜨린 신선풍의 노인과 짧고 굵은 머리를 산발한 산적풍의 노인.

산적풍의 노인이 등 뒤에 있던 술통을 꺼내 들어 들이키며 묻는다.

"쟁쟁한 꼬마 녀석들이군. 크흐흐흐!"

부리부리한 눈에서 쏘아지는 광채에 위압감이 스며 있었다.

"허허허허. 이 친구가 우리를 데리러 온 이유가 확실히 있었어."

얇게 떠진 신선풍 노인의 눈은 은은하면서도 날카로운 면이 있었다.

누가 뭐라고 해도 현재 분위기는 노인들 중심으로 흘러가고 있었다. 기세에서부터 밀리고 있다는 뜻이었다. 그런 분위기를 가장 싫어하는 이는 임홍이었다.

임홍은 그의 애병을 고쳐 쥐고는 태산과도 같은 기세를 터뜨렸다.

"한번 붙자는 거야, 뭐야!"

쿠궁!

바닥에 내리찍은 그의 쌍부에 지면이 지진이라도 난 듯 흔들렸다.

그 모습에 산적풍의 노인이 웃음을 흘린다.

"크흐흐흐. 힘이 좋은 꼬맹이로군. 훌륭한 쌍부야. 내 쌍부와 맞수를 이루겠어."

그 말과 함께 산적풍의 노인이 그의 검은 쌍부를 꺼내 들었다. 임홍의 거대한 쌍부에 지지 않을 거대한 크기의 쌍부였다.

산적풍의 노인이 도약을 하려는 순간, 신승이 그를 제지했다.

"도진, 아직이네."

아쉽다는 듯이 입맛을 다시는 산적풍의 노인, 도진의 모습을 보며 임홍이 식은땀을 흘린다. 달려드는 기세가 만만치 않았다.

"휘인, 자네와 이야기를 나누고 싶네."

"……?"

휘인은 그들이 근접했던 그 순간부터 그랬던 것처럼 그들을 조용히 응시하며 이어질 말을 기다렸다.

"일이 이렇게까지 커지는 데에는 이 무림 사회의 본질적인 문제가 크게 작용했지만, 자네의 융통성없는 움직임에도 큰 잘못이 있네. 세상과 적이 되려고 하지 않는 한, 무림과 정면으로 맞서려는 자네의 태도가 자네를 무림공적으로 공표하게 만드는 일등공신이네. 이의가 있나?"

휘인이 작게 미소를 보이며 고개를 젓는다.

없다는 뜻이다.

"자네가 악을 행한 일이 없다는 사실은 잘 알고 있지만, 일이 이렇게까지 진행되었으니, 무림맹의 요직을 맡고 있는 나로서는 자네를 처벌할 수밖에 없다네. 이의가 있나?"

휘인의 미소가 짙어진다.

"무림공적 휘인! 무림의 평화에 큰 해를 끼쳤기에 자네를 혈옥으로 이송하겠네. 반항할 시에는 무력을 사용할 수밖에 없으며, 10년인 형량을 20년으로 늘릴 것이네. 자아, 순순히 포박을 당하라!"

신승의 말이 끝남과 동시에 소여락, 곽소천, 임홍이 경계 태세를 취했고, 신선풍의 노인도 자신의 지팡이를 고쳐 들었다.

바람이 조금도 불지 않는 조용한 순간이었다.

긴장의 끈이 팽팽하게 당겨져 있는 순간이기도 했다.

긴장의 끈을 더욱 팽팽하게 만든 이는 휘인이었다.

그가 신승을 향해 천천히 다가가기 시작했다.

일정 거리가 되자 신선풍의 노인과 도진이 휘인을 향해 무기를 겨눴다. 그렇지만 신승에게 제지를 당하자 묵묵히 휘인을 노려보기만 했다. 이상한 낌새가 있으면 바로 손을 쓸 생각으로…….

"묶으시오."

“…….”

“…….”

어색한 정적이 흐른다.

신선풍의 노인과 도진은 물론 신승마저 놀란 기색이 역력
했다.

일행이라고 다를 리는 없었다.

휘인의 생각을 안다는 사실 자체가 불가능하겠지만, 이건
조금도 예측하기 힘들었다. 임홍의 턱은 바닥에 닿아 있었고,
곽소천은 할 말을 잃었다. 표정 변화가 휘인보다 적은 소여락
의 눈이 휘둥그레 떠져 있었다.

“저들도 똑같이 처벌할 것이오?”

휘인의 물음에 그 어색한 정적이 깨졌다.

“일행도 당사자와 똑같은 처벌을 받지. 내가 알기로는 일
행이 셋 더 있을 텐데?”

개방의 정보망은 호락호락치 않다.

신승은 이미 청운, 뇌운비, 그리고 강희의 존재를 알고 있
었다.

“그들과는 뜻밖의 일 때문에 헤어졌소. 그들은 그쪽에서
알아서 잡아오시오.”

“그렇게 하지.”

가장 애먹일 것만 같던 휘인이 순순히 잡혀주자, 나머지 일
행에 대해서는 크게 신경을 쓰지 않는 신승이었다. 애초에 휘

인을 제외한 그의 일행은 감당할 수 없을 정도는 아니었다. 굳이 자신이 신경을 쓰지 않아도 충분히 잡을 수 있었다.

"그럼 이제 그만 무림맹으로 가도록 할까?"

내공이 점하여지고 포박까지 당한 채로, 무림공적 일행은 신승과 그의 친우들에 의해 무림맹으로 이송되기 시작했다.

'도대체 왜!'

휘인을 제외한 모두의 머릿속에는 그 한 가지의 의문이 자리했다.

휘인의 일행도.

신승과 그의 친우들도.

어째서 지금까지 속을 썩여왔던 그가 단번에 저항을 포기하고 잡혀 들어가기로 마음먹었는지, 아무리 머리를 쥐어짜도 추측할 수 없었다.

은은한 달빛을 받으며 활공하는 매와 같이 지붕과 지붕 사이를 미끄러지듯이 질주하는 흑의의 복면인이 있었다. 쫙 달라붙는 가죽 옷은 그녀의 몸매를 도드라지게 했다.

천하제일대도(天下第一大盜) 강희.

강희가 그녀의 이름이었다.

휘인에게 특정 임무를 받고 일을 나온 그녀.

그녀는 임무 중 하나를 완수하기 위해 무림맹 안으로 잠입해 들어가고 있는 중이었다.

현재 무림맹은 살벌한 경계 태세를 갖추고 있었다. 때가 때이다 보니, 함부로 눈을 뗄 수가 없었다.

퍽퍽!

소리도 못 내며 스르르 쓰러지는 두 명의 잠복조원. 무림맹 안의 각 전각들은 워낙에 크고 지붕도 넓다 보니 그 위에도 감시원들을 세워놔야 했다.

벌써 스무 명째.

'빨리 일을 끝마쳐야 하겠는데.'

적절한 힘으로 급소를 때리면 적어도 반 시진은 정신을 못 차린다. 반 시진은 짧지도, 그렇다고 길지도 않은 시간. 강희는 발끝에 더 많은 힘을 실었다.

조금을 더 뛰자 목표한 전각을 발견할 수 있었다. 무림맹의 간부 집을 털어 간신히 구한 무림맹 내부의 지도를 달달 외운 그녀는 목표하는 전각을 정확하게 찾아낼 수 있었다.

타아!

독문신법인 주작비상(朱雀飛上)은 신장의 다섯 배 높이를 단번에 도약할 수 있게 해준다.

그녀는 주작비상을 통해 육층 전각의 삼층 창가에 도달할 수 있었다. 그것도 아무런 이목을 사지 않고 말이다.

'와룡각.'

무림맹의 와룡각.

그녀가 잠입한 곳은 바로 무림맹주실이라 알려진 와룡각

이었다. 그 어떤 곳보다 경계가 살벌해야 하지만, 주인이 사라진 와룡각은 꽤 방비가 허술했다. 무림맹주실이라고 하면 보통 귀한 물품이 보관되는 줄 아는데, 귀한 물품들은 모두 천룡각에 보관되기에 실제로 일부러 인력을 동원하여 와룡각을 지킬 필요는 없었다.

일단 와룡각 안에 들어서자 강희를 막아설 장애물은 없었다.

그녀는 순조롭게 무림맹주의 서랍을 뒤질 수 있었다.

그중 한 서랍이 잠겨 열리지 않는다.

'이 정도쯤이야.'

서랍의 자물쇠 장치는 상당히 단순했다. 무림맹주의 서랍이라는 점에서 그 사실이 상당히 모순되게 여겨질 수도 있으나, 따지고 보면 누가 감히 무림맹주의 서랍을 털 생각을 할 수 있을까! 천하제일대도라 해도 현경의 고수인 무림맹주의 서랍을 터는 것은 무모한 짓이다.

찰칵.

자물쇠를 철 조각으로 간단하게 연 강희.

그녀의 눈이 반짝인다.

'찾았다!'

제8장

희대지사(稀代之事)

무림공적이 잡혔다!

뜨거운 화두였던 만큼 공문으로 공표된 무림공적의 처벌 사실은 무림인들 사이에서 빠르게 퍼졌다.

사람들이 모였다 하면 무림공적이 잡혔다는 이야기를 나누고 있었다.

산골 속의 객잔이라고 다를 바는 없었다.

상인들이 무림공적에 관한 이야기 보따리를 풀어놓았다.

"정말 무림공적이 잡힌 모양이야."

"신승님께서 직접 움직이셨으니 당연하지!"

"정말 다행이야, 다행."

상인들에게 무림공적은 그들의 상업에 상당한 타격을 주는 인물이었다. 직접적으로는 별 해를 끼치지 않았지만, 일단 무림공적 때문에 수시로 천라지망이 펼쳐져 상행에 상당한 지장이 있었다.

무림공적이 잡혔다는 데 모두가 즐거워하고 있었다.

상인이고, 무림인이고 모두가 한결같이 좋아했다.

객잔의 구석에 앉아 있는 단 한 명을 제외하고…….

호남형의 얼굴을 지닌 이는 바로 진천악이었다. 휘인이 잡혔다는 사실은 진천악에게 있어서 인생의 방향점을 잃었다는 뜻이었다.

아직도 화린이 그의 눈앞에서 끌려가는 모습이 눈에 선했다.

그는 그녀를 위해서 아무것도 해줄 수 없었다.

가만히 지켜보는 것밖에는 방법이 없었다.

사랑하는 이가 위험에 빠졌을 때 아무것도 해줄 수 없다는 사실을 깨닫게 되는 것만큼이나 가슴 아픈 일은 이 세상에 없다.

그 대단하던 휘인에게 도움을 청하려 했던 진천악. 그런데 그런 그가 무림맹에 잡혀 들어갔다.

그때 상인들의 대화가 다시 들린다.

"그놈 혈옥에서 십 년을 썩는다면서?"

"뭐? 겨우 십 년?"

"말이 십 년이지, 그 혈옥에서 십 년이면 폐인이 되어서 나
온다잖아. 나와도 나오는 게 아니라는 말이 있지."

"으음."

휘인은 무림맹에만 잡혀 들어간 게 아니라, 들어갈 수는 있
고, 나올 수는 없다는 혈옥에 들어갔다.

'이제는 어쩌지?'

스승이 죽고 나서 무림에 들어온 이후, 진천악은 처음으로
항상 막혀 있던 길을 뚫을 방안을 주셨던 스승이 그리워졌다.

'저는 어떻게 하면 좋죠?'

눈에서 아른거리는 스승에게 물어보지만, 답변은 돌아오
지 않는다.

다만 가슴만이 답답하게 막혀 올 뿐.

'이렇게 되면 다시 할 일이 없어졌군.'

무림에 나온 직후도 이랬다.

특별한 목적을 찾지 못하고 방황하는 느낌. 무림에 처음 나
온 진천악은 어떤 곳에도 포함되지 못했다는 소외감에 무엇
을 해야 할지 찾지 못하고 방황했었다. 화린을 만나고 나서
그 소외감을 떨치고 나름대로 목적을 갖고 생활을 하였으나,
그녀를 잃고, 다시는 찾을 수 없게 되자 그 목적이 사라졌다.

그리하여 다시 이렇게 방황하기 시작했다.

'이 느낌이 싫다.'

이 느낌이 싫으면 그는 목적을 찾아야만 했다. 하지만 그

목적이라는 게 쉽사리 찾을 수는 없었다. 쉽게 찾아졌다면, 애초에 이런 일로 방황할 이유가 없었다.

'다른 목적이라…….'

진천악이 피식 웃는다.

'그런 게 있을 리기 없잖아?'

지금은 화린밖에 없다.

유일한 삶의 목적.

"혈옥이라……. 지옥보다는 낫겠지."

혈옥.

무림맹 내의 수옥 시설은 크게 두 곳으로 나뉜다. 특수 범죄를 저지르는 범죄자들을 가두는 철옥과 특수 범죄보다 조금 더 특수한 범죄를 저지르는 흉악범들을 가두는 혈옥, 이렇게 두 곳이다.

철옥은 단단하기로 유명한 두꺼운 한철로 투박하게 만들어진 독방을 여럿 뭉쳐 놓은 상당히 단순하고도 무식한 형식의 지하 감옥이었다.

철옥이 보통의 감옥 형식을 띠고 있다면, 혈옥은 상당히 특수하다.

방의 구분이 없다.

애초에 방이 아닌 지하 동굴의 형태를 띠고 있다. 그리고 출구는 입구 하나밖에 없다. 복제가 불가능한 무림맹주의 열쇠 없이는 열리지 않는 집채만큼이나 두꺼운 만년한철의 입구는 절대로 부술 수 없다. 고로 외부에서 열어주지 않는 한 절대로 안에서 문을 열 수 없다는 말이다.

이 정도면 보통의 감옥과 별반 다르지 않느냐는 의문이 들 것이다.

하지만 그건 큰 오산이다.

혈옥의 내부는 그 어떤 미로보다도 복잡한 구조를 지니고 있으며, 일정 지점마다 고대의 진들이 쳐져 있다.

정작 무서운 건 이런 지형적 요소들이 아니다.

특수 중에서도 특수 범죄를 저지른 흉악범들은 모두 이 혈옥에 갇혀 있다. 경계가 없다 보니 이들끼리는 자유로운 교류가 가능하다.

흉악범들이 친근하게 담소를 나누면 좋겠으나, 이들은 그렇게 평범한 무리가 아니었다. 혈옥 안은 무법 지대라고 할 수 있었다. 무림맹의 법에 의해서 갇혀 들어오기는 하지만 그 법이 혈옥의 안에까지 영향력이 있는 것은 아니었다. 애초 무림맹의 어떤 인물도 혈옥 안으로 출입하지 않기 때문이다.

그 결과 혈옥은 지옥이나 다름없는 환경을 자랑했다.

혈옥은 상당히 깊은 지하에 자리했다.

휘인 일행은 무려 이십 차례의 검문을 통과하여 간신히 혈옥의 입구에 도착할 수 있었다.

지옥의 문이 이러할까?

지하임에도 불구하고 무려 오 장이나 되는 높은 문의 크기. 문이라고 하기에는 어폐가 있었다. 하나의 벽이라고 하기에도 너무나 컸다.

신승이 열쇠를 문의 한중간에 껴 넣었다.

스르르르.

그러자 문이 열린다.

문의 두께가 새삼스레 느껴진다.

"무기는 모두 가지고 들어갈 수 있다. 하지만 내공을 점한 상태는 유지한다. 내공을 점한 수법은 상당히 고절하여 어지간해서는 풀어지지 않는다. 억지로 풀려면 적어도 오 갑자의 내력으로 특정 혈을 두드려야 하지만, 그 방법은 물 건너간 셈이군."

내공이 점해진 상태에서 무슨 오 갑자의 내력인가.

신승은 그들을 약 올리고 있는 것이었다.

"그럼 십 년 후에 보세나."

스르르르.

다시 문이 닫힌다.

외부의 불빛이 모두 차단됨에도 불구하고, 지하 동굴을 이루고 있는 암벽에서 은은하게 빛이 새어 나온다. 대낮처럼 밝은 것은 아니었지만, 적어도 사물을 분간할 수는 있을 정도의 밝기였다.

"좋은 동굴이군."

여유롭게 주위에 대해 감탄을 하는 휘인의 모습에 일행은 질렸다는 듯이 고개를 좌우로 젓는다.

무림맹까지 이송되는 중에는 아무런 말도 못했던 임홍이 화를 낸다.

"일단 들어나 보자. 왜 사서 이 고생이지?"

휘인에게로 시선이 집중된다.

"혼자였다면 여기까지 올 일은 없었겠지."

"……."

휘인의 말은 꽤 의미심장했다. 일전에 마교와의 접전을 피했을 때도 이와 비슷한 말을 했었다. 물론 그때 한 말이 조금 더 구체적이었다.

일행의 머릿속을 스치는 생각은 하나였다.

'내가 죽을까 봐.'

그렇게 생각하자 쌓아뒀던 말들이 모두 증발해 버리는 듯한 느낌이었다.

확실히 신선과 산적, 그리고 신승은 만만한 상대가 아니었다.

아니 그렇게 무서운 자들은 생전 처음이었다.

느껴지는 기세들이 사뭇 달랐다.

"그럼 이제부터는 어떻게 할 생각이지?"

내공이 점해졌다. 무공을 폐하지 않은 게 어디냐, 라고 생각할 수도 있지만, 지금의 상태나 무공이 폐해진 상태나 별반 다르지 않았다. 어떤 고절한 수법을 사용했는지는 모르지만 도저히 풀어지지 않는 수법이었다. 단전 주위의 혈을 모두 두드려 보지만 내공이 조금도 회복되지 않는다.

지독하기 짝이 없는 수법이다.

무공이 없는 범인의 상태로 혈옥에 갇혔다.

혈옥에는 무림을 벌벌 떨게 했던 흉악범들이 바글바글거리는 곳. 무공이 있는 상태라면 조금이라도 마음이 놓이겠지만, 지금의 상태로는 쪽수가 밀린다면 상당히 위험한 지경에 이르게 된다.

자신의 생명을 책임질 수 없는 상황이라는 뜻이다.

"신승이 우리의 내공을 점할 때 사용한 수법을 알고 있다."

"……."

그들은 잠시 귀를 의심했다.

"뭐라고?"

"정확한 수법을 아는 것은 아니지만, 비슷한 계열의 수법을 배운 적이 있다. 시간에 따라 바뀌는 자연의 기의 흐름에 따라 수법의 성질도 변하여 그 특정 기를 흡수하여 내공이 점해진 상태를 유지시키는 그런 내공점혈법이다. 외부의 충격으로는 절대로 풀리지 않는다. 다만 신승의 말대로 자연의 기의 흐름을 잠깐이라도 끊을 수 있을 정도로 강한 충격, 그러니까 오 갑자의 힘으로 단전 부위를 섬세하게 두드리면 우연히 풀어지기도 하지.”

휘인의 말을 유심히 듣고 있던 소여락이 묻는다.

“결론이 뭐지? 결국에는 풀 수 없다는 말인가?”

오 갑자의 내공이 하늘에서 떨어지는 것도 아니고, 그렇다고 바닥에서 솟아나는 것도 아니었다.

“음기와 양기 모두가 약한 새벽녘에는 오 갑자의 내공이 담긴 힘이 아니더라도, 신력을 타고난 자라면 충분히 이 수법을 파할 수 있다.”

그러자 일제히 시선이 임홍에게 닿는다.

임홍은 신력을 타고난 자다.

그래도 문제가 하나 남아 있다.

“새벽녘이라는 것을 어떻게 알지?”

소여락이 묻는다.

“시간은 몸이 기억한다. 시간의 흐름을 놓치지 않는다면 새벽녘을 아는 것은 어렵지 않다.”

임홍이 ‘어련하시겠어’ 라는 얼굴로 고개를 끄덕인다.

상황이 대략 정리되자 곽소천이 한마디를 한다.

“시간이 모든 것을 해결해 주겠군.”

그들이 혈옥에 들어온 것은 해가 그들의 정수리 위에 있을 때였다. 그러니까, 그들은 대략 여덟 시진을 기다려야 했다.

“크르르, 맑은 공기가 스며 들어왔군.”

쫙쫙 갈라지는 음침한 음성이 유난히 어두운 동굴의 부근
에서 흘러나온다. 순간 어두운 동굴에서 갑자기 붉은 안광이
번뜩인다.

그때 또 다른 맑은 음성이 들린다.

"교육할까요?"

가늘고 고운 게 여성의 것이었다.

혈옥은 약 오십여 년 된 감옥이었다. 약 오십여 년간 수많
은 흉악범들이 잡혀 들어온 곳. 벽으로 나뉜 구역이 없으니
이들은 모두 한 곳에서 어울리게 된다. 사람이 모이면 자연스
레 위아래가 생기듯 이들 사이에서도 서열이 생겼다. 나름대
로의 무리가 형성된 것이다.

무리가 유지되려면 질서를 필요로 한다. 신입은 혈옥에 맞
춰 교육된다.

이게 바로 혈옥의 법칙이었다.

"이 지하 동굴의 암벽을 깎아 칼로 만들면 절세의 석검이
되겠군."

곽소천의 말에 임홍이 피식 웃는다.

"절세의 석검까지는 아니더라도, 무진장 단단한 돌검이 되
기는 하겠지."

그들의 말대로 지하 동굴의 암벽은 그들이 지금껏 보지도
듣지도 못한 종류의 암석이었다. 날카로운 부분이 없는 암석

이었지만, 강도만은 금강석을 능가했다. 그 점도 독특했지만, 무엇보다도 은은하게 빛을 뿜어내는 것이 독특하다 못해 특별하다 할 수 있었다.

곽소천, 임홍, 소여락, 휘인은 편한 자리를 물색한 후, 자리를 잡고 쉬고 있었다. 여덟 시진은 한나절하고도 두 시진을 보탠 시간이다. 한숨을 자고 일어나도 지나지 않을 시간이란 뜻이다.

게다가 시간을 빨리 보낸다고 무턱대고 잠을 잘 수도 없는 게, 혈옥은 상당히 위험한 곳이다. 인적이 발견되지는 않았지만, 인적은 쉽사리 지울 수 있다.

혈옥에는 분명 누군가가 수옥되어 있다. 철옥과는 달리 혈옥의 수감자들은 비공식적으로 처리되어 어떤 흉악범들이 들어와 있는지는 모르나, 일단 혈옥이라는 게 존재한다는 것 자체가 필요성이 입증되었기 때문이 아니겠는가.

휘인은 구석에서 명상을 하고 있는 중이었고, 임홍은 곽소천과 갑론을박을 하고 있었으며, 소여락은 동굴의 입구를 지키고 있었다.

혈옥은 여러 개의 동굴을 이어놓은 형상이어서 어떻게 보면 개미집 같기도 했다.

누군가가 소여락을 지목하여 경계를 서게 한 것은 아니었으나, 임홍과 곽소천의 담소에도, 휘인의 명상에도 끼지 못한 소여락이 시간을 보낼 수 있는 일은 많지 않았다.

‘기감이 망가졌어.’

애초에 내공이 점해져 있다 보니, 자연스레 기감도 제 기능을 못하기 마련. 오랜만에 그녀는 오로지 육안에만 의지하게 되는 입장에 놓였다.

무림인이 범인보다 눈이 좋기는 하다지만, 내력을 집중시키지 못하는 한, 지금만큼은 범인과 별반 다를 바가 없다고 할 수 있었다.

‘답답하다.’

소여락은 답답한 마음에 입술을 물었다. 그러다 문득 자신이 지금까지 수련에 안일했다는 느낌이 들었다. 무림인이라고 하면 보통 오감이 극도로 뛰어난 상태를 유지해야 한다. 내력의 존재 여부를 떠나서.

내력에 너무도 의존했다.

무엇엔가 의존하는 것은 자신이 약하다는 사실을 인정한다는 것이고, 자신이 약하다는 사실을 인정하게 되면 도태되기 마련이다.

물론 자신의 약점을 알고 보완해 나가면 전화위복이 될 수도 있다.

소여락은 그런 무인이었다. 자신을 끊임없이 채찍질해 가는.

“……?”

소여락이 의문에 덮인 얼굴로 눈을 비볐다. 흐릿한 잔상이 눈을 괴롭혔다. 하지만 다시 그 잔상이 사라졌다. '헛것을 봤나?' 하고 대수롭지 않게 넘길 수도 있지만, 소여락은 눈에 힘을 주고 주변을 둘러봤다.

다시 조금 더 가까운 부근에서 잔상이 보인다. 그리고 다시 사라진다.

참으로 갑갑한 일이 아닐 수 없다.

항상 소유하고 있을 때는 마치 공기와 같이 변함이 없을 줄 알았는데, 사라지고 나니까 그 소중함을 절실하게 깨닫게 된다.

그때였다.

휙!

바람을 가르는 소리와 함께, 눈으로도 간신히 따라잡을 수 있을 정도로 빠른 속도로 주먹이 다가오고 있었다.

소여락은 멍하니 맞기만을 기다리고 있었다.

덥석.

그 주먹을 누군가가 가로막았다.

돌아보니 휘인이다.

"체술을 익혔군."

휘인이 말하는 체술은 외공과 비슷한 계열의 무술이다. 몸을 극도로 훈련하여 기공을 넓히며, 은연중 온몸 속에 기가 흐르게 한다. 내공은 익히기 심오한 편이고, 이 체술은 익히기 고단한 편이다. 익혀봤자 내공에 비해 효율성이 떨어지고,

무엇보다도 그 기의 영향력은 상당히 부족하다.

그렇기에 모두가 내공에 치중하는데, 혈옥의 인물들이라면 보통의 '모두'와는 상황이 다르다. 어떻게든 점혈법을 풀어 내공을 되찾아야 하지만 도리가 없다. 체술로 오 갑자의 힘을 발휘하는 것은 불가능하지만 그래도 가만히 앉아서 노는 것보다는 나을지 모른다.

무엇보다도 혈옥은 생존의 경쟁을 해야 하는 곳이 아니던가.

휘인은 상대가 체술을 익혔다는 사실을 한눈에 알아챘다.

상식적으로도 내공이 점해진 상태에서 잔상만이 잡힐 정도로 빠른 움직임을 보일 정도라면, 체술 이외에는 방법이 없다는 것쯤은 누구나 알고 있다.

'그런데 체술로 이 정도의 움직임이 가능한가?'

소여락이 자문한다.

눈에 제대로 잡히지도 않을 정도로 빠른 움직임이었다. 휘인이 아니었다면 일 권을 맞았을 정도로 빠른 움직임이었다.

체술에도 한계가 있다.

각 개인에 따라 그 차이가 있겠지만, 분명 내공에 비해 그 한계가 있다.

소여락은 눈을 크게 부릅뜨고 휘인에게 잡힌 여인을 바라보았다.

여인이었다.

백발이 푸석푸석한 여인. 머리가 하얗게 세었지만, 그렇게 늙어 보이는 얼굴이 아니었다. 아니, 실제로 상당히 젊어 보였다. 삼십대에 접어들었을까? 무엇보다도 그녀의 동공이 상당히 컸다. 밖보다는 훨씬 어두운 혈옥 내에서 생활했기 때문이었을까? 일반인의 두 배가량 큰 동공이 눈에 띄었다.

그 여인이 새빨간 혀를 날름거리며 내뱉는다.

"어떻게 내 주먹을 막을 수가 있지? 내공이 점해지지 않았나?"

소여락은 그제야 상황 파악이 되었다.

자신의 눈으로는 움직임을 따라갈 수 없던 백발 여인의 주먹을 휘인이 간단하게 막았다. 분명 똑같이 내공이 점해진 상태인데도 불구하고……

눈앞의 여인만큼이나 의심이 가는 휘인.

소여락의 머리가 복잡하게 돌아간다.

"피장파장이지."

여인이나 휘인이나 똑같이 내공이 점해진 상태에서 극한의 움직임을 보일 수 있다는 말이다.

그 말에 더욱 날카롭게 반응하는 여인.

"너는 방금 들어왔잖아! 너와 나랑 같은 줄 알아?"

휘인이 옅게 미소를 보인다.

"그럼 다른가?"

"다르지! 혈옥에서 무려 십 년간 수련을 마쳐, 이곳에서도 실력자로 통하지. 난 특별한 체술을 익혔고, 너는 그렇지 않잖나!"

여인의 말에 소여락이 머리를 긁적인다.

"원래 그렇게 묻지도 않은 사실에 곧이곧대로 대답하는 모양이군."

소여락의 말도 일리가 있는 게, 휘인의 물음은 물음이라고도 생각할 수 없는 그냥 일종의 형식적인 답변이었다. 그런데 그런 형식적인 답변에 일일이, 그것도 자세히 답변해 주는 여인의 모습은 소여락에게 있어 상당히 새로웠다.

비리와 음모가 난무하는 마교에서는 상대를 속이고 속여야 하는 게 당연시되는데, 이 혈옥은 조금 다른 모양이다. 휘인의 직설적인 문답이 아주 잘 먹히는 마교와는 전혀 다른 세상이다.

소여락의 말의 의미를 깨달은 백발의 여인이 얼굴을 붉히며 외친다.

"혈옥에서 거짓은 곧 죽음을 뜻한다. 오로지 진실만을 말하는 게 혈옥의 제이계이다."

"……."

진실을 말하는 것과 묻는 대로 대답하는 것과는 조금 차이가 있다.

꽤 골머리가 아픈지 소여락은 그 부분을 그냥 지나치기로 했다.

반면 임홍은 새로운 호기심이 생겼다.

"제이계가 있다는 것은 제일계도 있다는 것이고, 어쩌면 그 이계보다 많을 수도 있다는 소리네?"

"그렇다."

역시나 대답을 잘해주는 백발의 여인.

"몇 개나 되지?"

"총 십계다. 일명 혈옥십계(血獄十誡)라고 한다."

이번에는 임홍이 미소를 지어 보이며 묻는다.

"그 십계를 모두 말해줄 수 있어?"

"어려울 것은 없다. 제일계는 혈마의 명을 어기지 않는다, 제이계는 진실만을 말한다. 제삼계는……."

정말 십계를 모두 친절하게 설명할 작정이었는지, 천천히 그녀가 말하기 시작하자 임홍이 질렸다는 듯이 손을 휘저으며 그녀를 저지했다.

"그런데 혈마? 혈마라면 바로 그 혈마?"

백발의 여인이 이 혈옥에 들어온 지가 십 년이 되었다고 했으니, 그녀는 분명 혈마에 대해서 알고 있을 것이다. 무림공적 혈마!

임홍은 그 부분이 궁금한 것이었다.

휘인의 눈빛에도 이채가 돌았다.

"그 혈마가 아니고, 혈옥의 악마라고 해서 모두들 혈마라 칭하고 있다. 혈마님은 이 혈옥을 칠십여 년간 지배하신 분이다. 무림공적 혈마와는 차원이 다른 분이시지.”

‘혈옥에서 칠십 년이나 썩은 게 자랑이다, 자랑’ 이라는 얼굴이 노골적으로 드러나는 임홍의 얼굴에도 아랑곳하지 않는 백발의 여인이었다.

백발의 여인은 어느새 휘인의 손에서 벗어나 암혈의 한 중심에서 이야기 보따리를 늘어놓고 있었다.

그때 휘인이 이야기에 끼어들었다.

“이 혈옥은 오십 년 전에 생긴 곳이 아닌가?”

무림맹이 바로 오십 년 전에 창맹되었다. 고로 혈옥 역시 오십 년 전에 생겼을 텐데, 어떻게 혈옥을 칠십여 년간 지배할 수 있다는 말인가.

‘이거 순 허풍쟁이 아니야?’

임홍의 얼굴은 참으로 솔직했다.

그리고 백발의 여인은 참으로 순진했다.

“혈옥은 그보다 조금 더 오래되었다. 혈마님의 말씀에 따르면 소림의 승들에게 이 지하 동굴이 발견되자, 다른 구파일방과 협력하여 혈옥을 만들었다고 한다. 그동안은 구파일방이 관리해 왔는데, 무림맹이 창맹된 이후로는 무림맹에서 관리하고 있지. 이 혈옥의 기나긴 역사가 이해가 가나?”

혈옥에도 역사가 있었다는 사실을 처음 안 임홍이 빈정거린다.

“감옥에 역사는 무슨 역사. 혈옥에 수옥된 사실을 아주 자랑스럽게 여기냐?"

방금 전까지는 꽤 자랑스럽게 혈옥의 역사를 토해내던 백발 여인의 입이 굳게 닫혔다. 오랜만에 감옥에서 오래 썩어 비루먹은 이들과는 달리 싱싱한(?) 무인과 만나게 되어 말문이 트이기는 했는데, 지금의 상황을 보면 자신이 눈앞에 있는 곰탱이에게 농락을 당한 듯하다.

"곰탱이, 지금 나 놀리는 거야?"

백발의 여인이 날카로운 눈빛으로 주먹을 쥐어 보인다.

"뭐어? 곰탱이! 지금 나 놀린 거냐?"

임홍이 그의 쌍부를 번쩍 들어 보인다. 내력을 사용하지 않고도 쌍부를 번쩍 드는 것을 보면, 하늘이 내려주신 신력의 남자가 맞기는 했다.

"이야, 무식한 곰탱이, 힘은 좋네?"

그녀는 진심으로 놀라고 있었다.

물론 감탄사이건 말건, 그녀의 말에는 임홍의 속을 뒤집어 놓는 단어가 포함되어 있었다.

"무, 무식한! 으어어! 이게 보자보자 하니까!"

임홍이 그의 신력으로 거대한 쌍부를 휘둘렀다. 그 쌍부는 마치 망치가 못을 때리듯 그녀를 땅에 박아놓을 듯한 무서운 기세로 휘둘러졌지만, 그녀의 발은 신법을 쓰고 있다고 여겨질 정도로 빠르게 움직였다.

쾅!

결국 임홍의 쌍부는 애꿎은 바닥만을 때렸다.

그 단단하게 여겨지던 암석이 쩍쩍 갈라진다. 쌍부가 절세의 병기이기도 했지만, 그만큼 임홍의 신력도 강했다.

어느새 삼 장 밖으로 물러난 백발의 여인이 식은땀을 닦는다.

"휴우, 정말 위험한 곰탱이야. 작전상 후퇴. 증원을 데려오겠어."

그 말을 남기며 유유히 사라지는 백발의 여인.

그녀에 대한 일행의 감상평은 동일했다.

'너무 솔직해.'

"누구지?"

북해빙궁의 궁주 아래에는 두 명의 소궁주가 있다. 한 명은 남성이고, 한 명은 여성이다.

남성의 이름은 백리천이고, 여성의 이름은 백리연화이다. 그 둘은 모든 면에서 달랐다. 각자의 성이 다른 것은 물론, 일을 처리하는 방식, 그리고 성격이 극과 극을 이루었다.

그렇기에 둘은 서로를 별로 좋아하지 않았다.

"인질."

그렇기에 백리연화의 답변이 짧을 수밖에 없었다.

유난히 신경질적인 백리연화의 답변에 백리천이 그녀를 노려본다. 백리연화 역시 지지 않고 그를 째려본다.

미묘한 신경전을 벌이고 있는 두 사람의 중간에 낀 화린은 한숨을 쉬었다.

자신을 중간에 놓고 도대체 무슨 짓이란 말인가.

자신이 낄 상황이 아니다.

물론 상황이 따라주지 않는다고 하여, 기죽을 화린이 아니었다.

자신과 맞지 않는 분위기는 자신에게 맞춘다.

그런 좌우명을 가진 화린이다.

"시시하게 무슨 신경전이야. 용건만 빨리빨리. 무림맹도 코앞이겠다, 뭐가 무서워서 뜸을 들이는 거야? 빨리 천하쟁패를 이룩해야 하는 거 아니야?"

"……."

화린은 그녀가 바라는 대로 분위기의 주체가 되었다.

화린에 익숙한 백리연화는 그러려니 했지만, 백리천은 조금 달랐다.

"참으로 당돌한 여자군. 이름이 뭐지?"

화린은 잠시 머뭇거리다, 아무 생각 없이 답했다.

"화린."

그녀의 대답을 들은 백리천은 묵묵히 고개를 끄덕이고 있다가, 잠시 고개를 갸웃거린다.

'들어본 이름인데?

기억을 더듬던 도중 간신히 뇌의 구석에 자리하고 있던 하나의 이름을 떠올릴 수가 있었다.

"주화린? 죽은 무림맹주의 손녀?"

언제나 밝기만 하던 화린의 얼굴에 어둠이 스쳐 지나간다. 잊는다고 노력은 했지만, 무림맹주의 자취가 그렇게 쉽게 잊어질 정두로 작지 않았다. 유일한 피붙이였다. 자신에게 진심으로 대하는 거의 유일무이한 존재.

그런 그의 죽음.

그리고 죽음의 원인, 휘인!

화린의 얼굴은 밝아질 줄을 몰랐다.

"효용 가치가 있는 인질이로군."

그녀의 기분을 고려해 줄 백리천이 아니었다.

백리천이 말을 이었다.

"연화. 염황사자대의 손실은 어떻게 되지?"

"전무(全無)."

백리연화는 뛰어난 두뇌의 소유자였다. 게다가 소소까지 그녀를 보좌하니, 그녀의 계획에 빈틈과 차질이란 있을 수 없었다.

다른 문파와 별 교류가 없는 소문파를 중심으로 무너뜨렸고, 조금 더 큰 문파라 해도, 쉽게 유리한 고지를 취할 수 있다는 확신이 섰을 때만 움직였기에, 초일류고수들만 모인 염황사자대에 사상자가 있을 리는 없었다. 게다가 필요 이상의 시간을 들이며 신중에 신중을 기했기에, 주변의 의심 역시 사지 않았다.

그녀의 대답을 들은 백리천의 안색이 편치 못했다.

그 사실을 알아챈 백리연화가 애써 미소를 감추며, 짐짓 아무것도 모르는 듯 그에게 물었다.

"백팔극락환마대는?"

역시 정곡이었던 것일까?

백리천의 얼굴이 찌푸려진다.

"세 명이 죽었고, 다섯 명이 부상을 입었다. 꽤 이름 있는 문파 몇 곳을 들러야 했다."

그답지 않게 변명을 덧붙이는 모습은 귀엽기까지 했다.

백리연화는 승자의 미소를 애써 감췄다.

물론 백리천은 그녀의 모습에서 그런 기색을 읽었기에 더욱 표정이 굳어졌다.

결국 백리천은 헛기침을 하며 화제를 돌렸다.

"우리 백팔극락환마대만으로도 무림맹을 점령할 수 있다. 조사 결과 신승 역시 부재인 상태이며, 이외의 핵심 간부들은 이미 북으로 떠난 상태. 우리 쪽에서 이 무림맹 앞까지 내려와 있다는 사실을 아직 알아채지 못한 듯하다. 그만큼 신중을 기울였으니 당연한 일이지만."

신승이 부재인 상태라는 정보는 일전에 이미 통보받은 내용이었다.

그의 말을 축약하자면 무림맹을 점령해서, 천하군림의 일등공신이 될 테니 너는 빠져라, 라는 말이었다.

물론 얼토당토않은 소리였다.

"만약 그럴 생각이었으면, 애초에 나를 기다리지도 않았겠지. 무엇인가 걸리는 부분이 있나 보지?"

백리연화의 물음에 백리천의 안색은 더욱 나빠졌다.

"사실대로 말하는 게 좋아. 화린이 보면 우리가 서로 적인 줄 알겠네. 서로에게 정보를 감추는 것은 같은 세력이 아니지. 그렇지 않아?"

백리천이 입술을 깨문다.

"좋다. 신승이 어제 무림맹으로 귀환했다. 지금은 잠시 무림맹을 벗어난 모양이지만, 눈치를 봐서는 이곳의 분위기가 심상치 않게 흐른다는 것을 알아차린 듯싶다. 신승의 움직임이 불분명하지만, 어쩌면 북쪽으로 퍼진 천라지망을 다시 이쪽으로 끌고 내려올지도 모른다."

백리연화는 믿지 못하겠는지, 눈이 휘둥그레 떠진다.

"그러니까, 지금 나보고 시간을 끌라는 소리였네? 네가 먼저 도착했다는 이유를 들먹여서 우리를 억지로 귀환시키면, 그 와중에 신승의 일행과 만날 확률이 높다고 생각했지? 그렇게 되면 접전이 불가피해지고. 우리가 싸우는 동안이면 무림맹을 완전히 점령할 수 있다고 생각했겠지?"

"……."

백리천은 부정하지 않았다.

백리연화의 미소가 짙어졌다.

화린은 눈만을 깜빡이며 그들의 대화를 잠자코 듣고 있었다.

상황 파악이 대충된다.

'내분이나 다름없는 상황이네. 둘 다 소궁주라 했으니 차기 궁주감이고, 지금 큰 공을 세우면 궁주가 되는 데 밑거름이 되겠지? 그리고 이 남자 녀석은 백리연화를 방패막이로 이용해 먹으려는 거지? 새외무림이라고 해도 이 중원무림과 다를 바가 하나도 없구나.'

"휴우……."

화린이 한숨을 쉰다.

신경전 중이던 백리연화와 백리천의 시선이 순간 그녀에게 집중된다.

그러자 화린이 두 손을 저으며 계속하라는 듯 말한다.

"나는 신경 쓰지 말고 계속해. 꽤 유용한 정보라 듣는 것만 해도 재밌어. 나 심심할까 봐 놀아줄 필요는 없다는 거지."

"……."

백리천은 멍하니 화린을 바라봤다.

백리연화는 그 모습에 웃음을 참는다.

그때 무엇인가가 생각난 듯한 얼굴의 백리천이 비릿하게 웃으며 입을 연다.

"이야기를 듣자 하니 그대가 무림공적과 연관이 되어 있다면서?"

무림공적이란 단어가 나오자 화린의 얼굴이 확 굳는다.

"그래서?"

화린이 신경질적으로 답한다. 그 모습에 백리천의 미소는 짙어진다.

"연화는 내가 무슨 이야기를 꺼낼지 짐작하겠지?"

백리천이 묻자, 백리연화는 그에게 눈을 흘겼다. 괜히 불안감에 몸을 떠는 화린은 더욱 매서운 눈빛으로 백리천을 노려봤다.

"혹시 연화가 말했던가? 별 비밀도 아니지. 이미 전 무림이 알고 있을 테니까. 무림공적이 지금 혈옥에 수옥되어 있다는 사실을 말이야……."

"……!"

화린에게는 정말 새로운 사실이었다.

무림공적이 수옥되었다는 사실이 퍼진 것은 이틀 전. 백리연화와 염황사자대는 더 이상 중소문파를 중심으로 공략을 하지 않았다. 일단 무림맹 근처의 중소문파들은 위험했다. 정보망이 워낙에 치밀하여 살짝만 건드려도 전체가 반응을 하기에, 그들은 인적이 드문 길을 따라 신중하게 무림맹에 도착할 수 있었다.

일축하자면 외부에서 정보를 꾸준히 받는 백리연화와는 달리 묵묵히 그들이 이끄는 대로 따라와야만 했던 화린은 외부와의 소식이 단절된 상태였단 말이다.

전 무림이 무림공적의 수옥을 축하하는 가운데, 화린은 이 무림맹으로 끌려오고 있었다.

'휘인이 잡혀왔다?'

휘인의 존재감이 마음속을 어느 정도 헤집어놓았는지 이제는 상황 파악이 되기 시작했다. 휘인이 혈옥으로 잡혀왔다는 그 사실 자체가 주는 의미!

'할아버지도 막지 못한 그를 신승께서 잡아오셨다?'

신승을 무시하는 것은 아니었지만, 그녀의 할아버지와 신승의 무공은 고하를 따질 수 없었다. 신승의 내공이 조금 더 심후하고, 무림맹주의 무공이 조금 더 심오하다. 그렇지만 그 차이가 너무도 미세해서 누구를 위에 놓고, 누구를 아래에 놓을 수가 없었다.

적어도 잡아왔다면, 분명 신승에게도 부상이 있을 것이다.

휘인은 신승에게도 버거운 존재, 아니 그 이상의 존재일 가능성이 높았기 때문이다.

'물론 그 사실을 이 북해빙궁에서는 모르지만 말이야.'

화린은 순간 묘안이 떠올랐다.

휘인을 어떻게 잘 이용하면 이 북해빙궁의 무리를 잘 물리칠 수 있지 않을까? 게다가 분명 휘인은 현재 일행을 이루고 있었다.

"그럼 그의 일행도 같이 수옥되어 있겠네? 뇌운비와 같은……."

뇌운비의 이름을 정작 꺼내자 어딘가 꺼림칙하다.

"뇌운비는 없다고 하더군. 그 대신 곽소천, 임홍, 그리고 소여락이라는 여자가 같이 수옥되었다고 들었다."

곽소천은 이미 흰빈 만났있고, 임홍은 만나지는 못했지만 들어는 보았다. 그렇지만 소여락은 처음 들어보는 여인이다. 아니 그것보다도…….

"그럼 뇌운비는 어디 있지?"

화린이 물었다. 대답을 원한 것은 아니고, 너무도 의외였기에 절로 입에서 나온 말이었다.

친절하게도 백리천이 대답해 준다.

"그 사실이 아직 모호하지만, 뇌운비의 흔적은 호남성에서 끊어졌다. 적어도 뇌운비는 이 근처에 없다는 소리지."

백리천은 대수롭지 않게 그 부분을 넘겼지만, 화린은 불안한 느낌을 지울 수 없었다. 무엇보다도 그녀의 신경을 건드리는 부분이 한두 가지가 아니었다.

"신승께서 부상을 입으셨다는 말이 있어? 아무리 신승님이 천하제일고수라지만, 휘인은 무림맹주를 아무런 부상 없이…… 그러니까……."

말을 머뭇거리는 그녀를 백리천이 답답한 눈으로 쳐다보며 나머지를 이어주었다.

"죽였다, 이 말이지. 나도 그 부분이 애매모호하다. 애초에 무림공적의 무공에 대한 평이 극과 극을 이루고 있기에, 정확한 결론을 낼 수가 없지. 어쩌면 세상의 말처럼, '무림맹주를 독이나, 얍삽한 수로 죽였다. 무림공적은 생각만큼 무림의 고수가 아니다' 라는 말이 사실일 수도 있고, 아니면 최악의 가정으로 무림공적이 자처해서 혈옥에 수감된 것일 수도 있지."

"……."

그의 말을 곰곰이 생각해 보는 화린이었다. 만약에 '일부러' 제 발로 혈옥에 들어갔다면?

조각이 조금씩 맞춰진다.

그렇지만 한 가지 조각만이 그림에서 빠져 있다.

'왜?'

혈옥은 입구만이 존재한다.

출구란 없다.

그런 곳을 제 발로 기어 들어간다?

미치지 않고서야 제정신으로 그렇게 행동할 리가 없다.

그렇지만 휘인은 그렇게 행했다.

그렇다면 나올 수 있다는 확신이 있다는 뜻인데.

'누군가가 빼내줄 수 있다는 말인가?

화린의 머릿속에 한 이름이 스쳐 지나간다.

'뇌운비.'

그가 일행과 동행하지 않고 있다는 것까지 모두 휘인의 작전일 수도 있다.

하지만 화린이 찾은 답은 그림에 온전히 맞지 않았다.

'왜 사서 고생을 하지? 혈옥에 들어갈 필요는 없잖아?'

실상 뇌운비가 그 철통같은 감시를 뚫고 휘인을 혈옥에서 빼내어줄 수 있을까도 미지수이지만, 일단 그가 혈옥에 들어갈 필요가 없었다.

혈옥에 가족이 잡혀 있다고 해도, 제 발로 그곳에 들어갈 사람은 없다.

'이유가 뭐지?'

머리를 굴리며 내린 결론은 하나였다.

'모든 게 귀찮은가?'

천라지망까지 형성하여 그를 쫓는 무림인들. 도망자의 생활에 지쳐 제 발로 혈옥에 들어섰을 수도 있다. 물론 이 결론에도 한 가지의 오류가 있었다.

'휘인이 그 정도로 포기가 빠른 인물이 아니라는 사실.'

휘인은 상당히 무심하다고 할 수 있었다. 주위의 시선은커녕, 천라지망에도 별 신경을 안 쓸 인물이었다.

과연 무림공적이라는 살벌한 호칭에 눈 한번 깜빡이나 할까?

'맞아, 놈은 별로 개의치도 않아 할 놈이야.'

휘인의 무심한 얼굴이 떠오르자, 절로 미소가 지어지는 화린이었다.

그것도 잠시.

자신의 입장을 깨달은 화린은 표정을 구겼다. 아직도 휘인을 떠올리면 웃음이 나오고 가슴이 설렌다. 중병 중에서도 중병이다. 철천지원수를 생각하면 찢어 죽이고 싶은 듯한 반감이 생겨야 할 텐데, 어떻게 좀 해볼까, 같은 생각만 드니.

화린의 모습을 지켜보던 백리천이 한숨을 쉰다.

"아주 혼자서 잘 노는군. 혼자 실실대다가, 정색하다가, 고개도 흔들다가. 무슨 생각을 하는지는 모르겠지만 정신 사나우니 정신을 좀 차리는 게 어떻겠나?"

"……."

철면피 화린의 얼굴이 붉어진다.

외부의 시선으로 자신의 행동을 바라보면 얼마나 웃길까?

꼭 외부의 시선이 아니더라도, 자신의 눈으로 확인해도 웃기리라.

이번에는 화린이 애써 화제를 돌렸다.

"이제는 어떻게 할 생각이야? 결국에는 같이 쳐들어가기로 한 거야?"

"……."

주객이 전도되었다는 표현은 지금 딱 어울렸다.

인질 주제에 내사에 간섭을 한다.

물론 자신들이 간섭이라 생각 안 하고 대충 흘려들으면 되겠지만, 이상하게도 화린은 말을 적절한 시기에 적절한 상황에 잘 써먹어 무시할 수 없게끔 만든다. 이번도 크게 다르지 않았다.

결론을 직접 내지는 않았지만, 상황이 이렇게 된 이상 둘은 같이 행동할 수밖에 없었다.

그럼 그냥 승낙을 해버리면 되는데, 그것은 또 자존심이 허락하지 못한다.

자신들이 말하여 그렇게 행동하는 것과 남이 말하여 행동하는 것은 아주 큰 차이가 있었다.

자존심이 상하고 안 상하고의 크나큰 차이.

그렇다고 부인할 수도 없었다.

다른 방안이 없으니까…….

"나는 무림맹의 남쪽으로, 너는 무림맹의 북쪽으로 침입해라. 같이 행동한다고 해서 같은 장소에서 시작할 필요는 없겠지."

가장 효율적인 방법이기에, 백리연화 역시 백리천의 의견에 동의했다.

결론은 났다.

안전 가옥을 나서는 그들의 얼굴은 모두 밝지 않았다.

백리천은 화린의 존재가 꺼림칙했고, 백리연화는 백리천이 자신을 희생양으로 삼으려 했다는 생각에 불쾌했다.

화린은…….

휘인이 생각났고, 무림맹의 미래가 캄캄하다는 사실을 떠올렸다.

무림맹은 빈집이었다.

신승, 도악, 검존이 없는 그런 빈집 말이다.

"저기가 무림맹이구나."

무림맹의 모습이 산 너머 희미하게 잡힌다.

수풀이 가득한 산의 능선을 타고 흑의의 무리가 정렬해 있었다. 그들은 한결같이 매서운 눈길과 숨 막히는 마기를 뿜어내고 있었다.

그들의 수는 무려 삼천.

대문파에 비해 그 수가 적다고 생각할 수 있으나, 이들 오백으로도 어지간한 대문파를 하루아침에 멸문시킬 수 있었다.

정예 중에서도 정예를 추려냈다.

이날을 위해!

태상교주 익상의 눈은 무림맹의 웅장한 모습에 흠뻑 빠져들고 있었다.

저곳이 지금껏 마교를 끊임없이 괴롭혀 왔다.

그들의 대의를 물거품으로 만들어왔다.

하지만 이제는 아니다.

상황은 반전되기 마련.

마교는 더 이상 숨어 있지 않았다. 도리어 빛을 흠뻑 받으며 세상의 주인이 되기를 기다리고 있다.

"무림맹을 처음 보오?"

비웃는 듯한 눈매를 지닌 사내. 익상에게 물음을 하는 자는 뇌운비였다. 고운 얼굴이지만 너무도 삐뚤어진 성격을 지닌 무인!

상기되었던 익상의 얼굴이 굳었다.

건방지게 하오체를 사용하는 이십대의 청년. 자신의 반의 반도 안 산 꼬맹이 녀석이 하오체를 쓰니, 성격이 온화한 편인 익상도 열이 받는다.

물론 뇌운비의 딴에는 아주 많이 참고 하오체를 쓰는 것이겠지만, 어쨌든 익상은 짜증이 치밀어 오르는 것을 느꼈다.

물론 익상은 가만히 화를 삭일 수밖에 없었다.

이 시건방진 꼬맹이는 부교주로 임명이 되었다. 실력도 다른 부교주들보다 뛰어났고, 서열 2, 3위의 공석을 충분히 채워주기도 했다.

물론 그 사실 때문에 익상이 가만히 분을 삭이는 것은 아니었다.

새로이 임명된 부교주이기에 위엄이 안 서는 게 상식이었다.

무엇보다도 실력 검증도 없이 무턱대고 데려왔으니, 뇌운비를 진급의 기회로 여기며 검을 벼르고 있는 이들이 적지 않았다. 그런 위태로운 상황의 부교주를 혼낼 수는 없다. 만약 성질대로 쥐어 패면 가슴이야 후련하겠지만, 어렵게 찾은 인재가 하극상으로 죽음을 맞이할지도 모른다.

하극상을 당할 것 같지는 않지만, 혹시나 모른다. 여러 쪽 수로 덤벼들지도 모른다.

이러저러한 이유로, 배려심이 많은 익상은 잠자코 분을 삭이고 있었다.

그 사실을 아는지 모르는지 뇌운비는 여전히 빈정대는 어투로 말을 이어갔다.

"대의가 이루어지기가 코앞인데, 교주는 어디 갔소?"

뇌운비의 말을 듣고 있다 보면 누가 위의 자리에 있고, 누가 아래의 자리에 있는지 헷갈리게 된다. 분명 태상교주의 직은 교주보다도 높은 직책으로 취급받는다. 단지 내사에 관여할 수 없어 실질적인 힘이 없을 뿐이지, 절대 낮은 직책이 아니다. 아니, 제일 높은 직책이다.

부교주가 아무리 높은 직책이라고는 하지만, 태상교주보다는 절대 높다고 할 수 없다.

일이 그러한데, 뇌운비는 마치 자신이 더 높은 직책인양 태상교주에게 묻고 있었다.

일이 이렇게 되니 기가 막히지 않을 수 없었다.

이마에 힘줄이 돋은 익상은 애써 마음을 다스렸다.

"정찰을 가지 않았느냐. 가능하면 잠복도 한다고 했고……. 적절한 시기에 전서를 보내겠지. 아, 노부가 자네에게 묻고 싶었던 게 있는데, 물어도 되겠느냐?"

"정말 묻고 싶다면 물어야지 어떻게 하겠소."

왠지 모르게 상당히 거슬리는 어투.

익상은 곰곰이 생각해 왔던 문제에 대해서 털어놓기 시작했디.

"자네가 천마님의 무공을 이었다는 사실은 잘 알고 있다. 게다가 꽤 깊게 익히고 있다는 사실 역시 알고 있다. 마공을 배웠다는 사실만으로도 충분히 마교인으로 받아들여질 수 있지. 자네는 그 사실을 알고 있었나?"

마도인들은 마공에 대한 상당한 자부심을 가지고 있었다. 사나이라면 호탕하게 마공을 배워야 한다는 그런 자부심을 말이다. 호탕함과 마공의 상관관계는 마도인들이 억지로 주장한 바이지만, 어쨌든 계집애처럼 조금씩조금씩 천천히 배워지는 정파의 무공보다는 속성으로 익힐 수 있는 마공이 신공이라 여기는 게 마도인들이었다.

마공을 익히기만 했으면, 모두가 동도이다.

그렇기에 뇌운비가 이렇게 마교에 받아들여질 수가 있었다.

갑자기 굴러 들어온 돌이어서 곱지 않은 시선은 있었지만, 반감까지는 아니었다.

"그런데 자네는 지금껏 입교하지 않았다네. 그러다 어느 날 갑자기 입교를 했고. 그 계기를 말해줄 수 있느냐?"

청운이 뇌운비에게 일전에 이런 질문에 대한 답변을 준비해 주었다.

물론 청운이 준비해 주지 않았어도, 어느 정도 머리를 굴릴 줄 아는 그는 똑같은 대답을 했으리라.

"나는 욕심이 많소. 천하로도 채워지지 않을 그런 욕심이 말이오. 나는 제대로 된 줄을 원했소. 당시 마교의 줄은 그렇게 좋아 보이지 않았소. 노쇠한 호랑이라고밖에 생각을 하지 못했소. 그럼 또 다른 줄을 타야 하는데, 그렇다고 중원무림에서도 활동을 못하는 게, 내가 마공을 익히지 않았소. 이리저리 방황하던 도중에 새로이 떠오르는 별이라던 무림공적을 만나게 되었소. 하지만, 역시 그 오만방자함 때문에 영웅은커녕 결국 만신창이가 되어 죽을 운명이나 다름없었소. 새로운 줄을 타야 할 필요성이 생겼소. 그때 마침 마교와 정면충돌을 하게 되었소. 새삼 노쇠하게만 여겨지던 마교가 거대해 보이지 않겠소? 교주의 제안을 거절할 이유가 없었소."

익상의 눈이 뇌운비의 전신을 훑는다.

대충 믿는 눈치였다.

뇌운비의 성격이 그대로 드러나는 그의 가치관이었다.

뇌운비는 도를 따지는 정파인들과는 극을 이루었고, 의리에 살고 의리에 죽는 사파인들과는 담을 쌓았다. 뇌운비는 전형적인 마도인이었다.

자신의 이익만을 추구하며, 수단과 방법을 가리지 않는다.

형평성에 맞는다면 오늘의 아군이 내일의 적이 될 수도 있다.

익상이 웃음을 터뜨린다.

"허허허. 자네는 조금 더 일찍 마교에 들어왔어야 했네."

물론 뇌운비가 마음에 든 것은 아니다.

단지 조금은 애매모호했던 뇌운비의 성격이 제대로 분간이 되자 마음이 놓인 익상이었다.

처음에 딱 봤을 때는 계속 위험 신호가 울려댔다. 무엇인가 숨기고 있는 것은 아닌지 의심도 갔다.

하지만 지금 보니 그런 의심은 모두가 노파심에 의한 것이라 볼 수 있었다.

뇌운비는 마도인이다.

지극히 단순하고, 예측 가능한 마도인.

익상은 뇌운비에 대한 경계심을 누그러뜨렸다.

"전서구가 오는군. 그것도 두 마리나."

전서구 한 마리는 태상교주의 손에 내려앉았고, 다른 전서구는 뇌운비의 손에 내려앉았다. 발에 묶인 금수가 놓여진 흑색 천을 보면 두 마리 모두 교주에게서 온 것이었다.

태상교주와 뇌운비는 전서를 꺼내 보았다.

둘은 전서의 내용을 읽고는 갑자기 시선을 교환했다.

시선이 교차하며 묘한 정적이 흐른다.

그 정적을 깬 것은 익상이었다.

"자네의 전서도 내 전서와 똑같은 내용인가?"

뇌운비가 피식 웃는다.

"태상교주의 전서를 읽은 적이 없으니, 확언은 하지 못하겠지만, 대충 보니 똑같을 것 같소."

"그렇다면 왜 두 개의 전서가 왔을까."

내용이 다르니까 따로 보내는 것이 아닐까, 라는 말을 내포하고 있다는 사실을 알지 못할 뇌운비가 아니었다.

뇌운비는 웃으면서 말했다.

"그럼 지금 교주가 나에게만 특별한 지시를 내렸을 것이라 생각하오? 그럼 내용을 요약해 드리겠소. 지금이 적절한 시기이니 당장 진군하라는 내용 아니오?"

"……."

맞았다.

신승이 떠난 지금이 쳐들어가기 가장 적절한 시기라고 쓰여 있었다.

지극히 일반적인 내용이었다. 그런데도 전서구를 두 마리나 보냈다?

익상의 의심은 쉽게 사라지지 않았다.

그런 익상의 낌새를 알아차린 뇌운비가 덧붙였다.

"뒷일을 보다가 뛰쳐나온 사람의 얼굴을 하고 있는 것 아시오? 정 그렇게 항문이 근질거린다면 보여줄 수도 있소. 보고 싶소?"

모욕이나 다름없는 뇌운비의 발언에 자존심이 상한 익상

은 얼굴을 붉히며 소리쳤다.

"누가 보여달라고 했느냐! 빨리 준비하거라. 한시가 급하다!"

익상이 황급히 무리를 향해 걸어갔다.

마교의 무리는 현재 누 누리로 나뉘어져 있었는데, 한곳에는 마교 무력 집단의 최정예를 추려서 증강된 천마혈검대가, 다른 곳에는 원로원의 무력 단체인 흑사자단이 있었다.

물론 익상은 흑사자단에 지시를 내리고 있었다.

익상의 시선이 더 이상 자신에게 집중되어 있지 않자, 뇌운비는 자신이 받은 전서를 찢었다.

뇌운비가 받은 전서의 내용은 이러했다.

휘인은 현재 혈옥에 수옥되어 있음. 최대한 빨리 혈옥의 입구로. 강희가 합류하는 시각이 작전 개시 시각.

잘게 찢어진 전서를 바람에 날리며 짙은 미소를 띠어 보이는 뇌운비였다.

제9장

대의충돌(大義衝突)

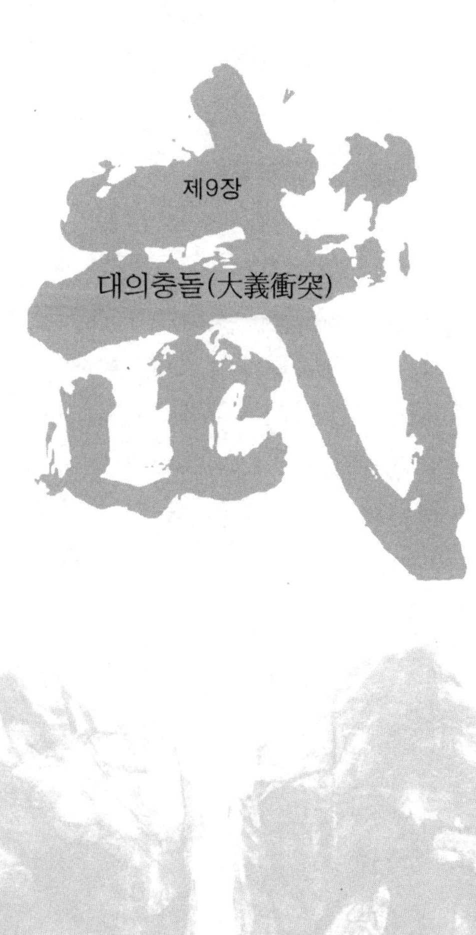

백리천은 무림맹의 남쪽 부근에 잠복해 있으면서 작전 개시 시각을 기다리고 있었다. 정확한 시각에 백리연화와 동시에 움직이면서, 우왕좌왕하는 무림맹을 속전속결로 쓸어버릴 생각이었던 것이다. 이미 무림맹 내의 무력이 거의 없다는 사실을 알기에, 백리천에게 긴장감이란 있을 수 없었다.

실패할 이유가 없었기에 긴장할 이유도 없었다.

그런데 백리천은 긴장을 하고 있었다.

손끝이 떨려오기 시작한다.

어디서 오는 불안감인지 궁리를 해보지만, 딱히 떠오르는 부분이 없었다. 모든 게 잘되리라고 되뇌며 자신을 안심시키고는 있지만, 전혀 효용이 없었다.

백리천은 한숨을 쉬었다.

그때였다.

백리천이 매복해 있는 지점의 뒤편에서 미세한 마기가 느껴진다. 그 미세한 마기는 시간이 흐를수록 강해진다. 백리천은 내력을 끌어올려 신법을 발휘하여 이백여 장을 뛰었다.

수하들이 자신의 돌발 행동에 놀란 것은 일단 뒷전이었다.

불안했다.

아니나 다를까.

'믿을 수 없어!'

그들이 누구인지는 추호도 의심할 필요가 없었다. 그들은 그들의 존재를 숨기지 않았다. 마치 그들이 이곳의 주인인 양 마기를 쏟아내며 당당하게 걸어오고 있었다.

적어도 삼천 명은 되는 거대한 무리를 이끌고 오는 이 인이 있었다.

온화한 인상의 중년인이 있었고 그 옆에는 자신을 비웃고 있는 듯한 청년이 보였다. 적어도 자신의 나이대인 듯 보였다.

'마인들!'

그제야 백리천은 자신의 떨림이 어디에서부터 시작되었는지를 알아차릴 수 있었다.

‘차라리 몰랐으면 좋았을걸.’

“어?”

뇌운비와 익상이 멈춰 섰다.

앞에서 미세한 기척이 있기에 처음에는 무림맹의 무사인 줄 알았다. 정찰하고 있을 수도 있겠다 싶었지만 지금 살펴보니 범상치 않은 녀석이 자신들을 지켜보고 있었다. 내력을 끌어올려 보니 녀석 혼자가 아니었다.

수풀에 매복되어 있는 숫자가 적어도 일천은 되었다.

“무림맹에서 우리가 온다는 사실을 알고 있다?”

뇌운비가 자문했다.

“그럴 리가 없잖느냐. 게다가 저들은 무림맹의 무사들이 아니다. 잘 갈무리하고 있다지만 놈은 지독한 빙공을 수련했어. 내가 알기로는 저 정도로 강렬한 한기를 수련할 수 있는 곳은 단 한 곳밖에 없다.”

견문이 짧은 뇌운비도 알아차렸다.

‘북해빙궁!’

하나의 의문이 풀리자 또 다른 의문이 생겼다.

“왜 그들이 여기에?”

조금은 어리석은 질문이었다.

여기에 있어서는 안 될 자들이 여기에 있다는 말은 무엇인가 목적이 있어서이고, 북해에서 여기까지 대군을 이끌고 온 것을 보면 그 목적이 작은 것은 아닐 것이다.

어쩌면 자신들과 똑같은 목적을 가지고 있을지도 모른다.

마도천하, 천하군림.

똑같은 목적을 지닌, 거대한 세력이 마주했다.

진천악은 무림맹으로 달려왔다. 아무런 생각 없이 달려왔다. 일단은 혈옥이라는 곳을 찾아야 했다. 아니 혈옥보다는 혈옥의 입구를 여는 열쇠가 먼저였지만, 어쨌든 목적은 하나였다.

휘인을 구한다.

정작 무림맹 부근에 도착한 진천악은 더 이상 접근을 하지 않았다.

아니 접근을 하지 못했다는 것이 조금 더 정확한 표현이었다.

선객이 있었다.

그것도 두 무리나.

대충 살펴보니 마교도들과 북해빙궁의 무인들이었다.

"이거 무림맹은 이제 풍비박산이 나는 일만 남았네. 운이 좋다면 둘이 싸우다가 물러날 수도 있겠지만, 마교도들이 수적 우세에 있군. 그것도 훨씬."

잠시 주변 상황 파악에 들어간 진천악.

주변 상황 파악을 끝낸 진천악은 자신의 상황을 파악하게 되었다.

"저들은 저들끼리 볼일을 보면 되고, 나는 내 볼일을 볼까?"

신법을 펼치려던 진천악이 잠시 멈췄다.

'북해빙궁? 화린을 잡아간 놈들이잖아?'

그들이 벌써 무림맹에 도착했다는 말은 분명 화린도 이 근처에 있다는 말이 된다.

자신의 눈앞에서 끌려가던 화린의 모습이 눈에 밟힌다.

그날의 아픔이 다시 새록새록 솟는다.

'화린은 어디에 있지?'

분명 그들이 끌고 왔을 리는 없다. 이렇게 전투가 벌어질 장소에는 인질을 데리고 오지 않는다. 지극히 당연한 사실이지만 어딘가에 잘 모셔져 있을 것이다.

'그런데 저번의 그 여자가 없다.'

소궁주라고 하던 그 여자가 없다. 조금 더 자세히 살펴보면 그 소궁주가 이끌고 왔던 염황사자대가 아니라 다른 무리가 잠복해 있었다. 요기를 띠는 그런 무리.

'그렇다면 그 소궁주는 다른 곳에 있다?'

그건 아니다. 그들의 목적은 이미 뚜렷이 드러났다.

그렇다면 그들도 이곳에 있다는 것이 분명하다. 단지 정확하게 이곳이 아니라, 다른 부근에 있을 것이다.

'찾아보자.'

그제야 진천악의 신법이 펼쳐졌다.

무림맹이 풍전등화의 상황에 있는 이 시각, 휘인 일행
은…….
"하아아, 이센 잠노 안 오는구나."
여전히 하릴없이 시간을 보내고 있었다.
그때 마치 오랫동안 변을 참아왔던 사람의 얼굴을 하고 있
던 소여락이 휘인에게 물었다.
"만약 내공을 회복할 수 있다고 하자. 그때는 어떻게 여기
를 나갈 거지?"
"……!"
소여락이 지적하고 나서야 그 부분이 생각난 임홍과 곽소
천이었다.
내공만 회복되면 모든 일이 탄탄대로라고 여겨졌던 둘.
생각해 보니 그게 아니었다.
명상을 하고 있던 휘인의 눈이 번쩍 뜨였다.
"우리가 할 수 있는 방법은 없다."
"……."
소여락마저 벙찐 얼굴로 휘인을 바라본다.
기가 막히다는 얼굴로 임홍이 소리친다.
"그런 게 어디 있어! 입구를 대충 두들겨 부술 수는 없는 거
야?"

“불가능하다. 그 강도와 두께는 상상을 초월한다. 만년한 철을 실력이 뛰어난 대장장이가 특별하게 손을 본 듯하다. 어지간해서는 금도 가지 않는다.”

“그걸 어떻게 알아! 내공이 있는 상태로 두드려 보기나 했어?”

“굳이 해보지 않아도 알 수 있지.”

“……”

물론 임홍은 휘인의 말에 수긍하지 않았다. 해보지 않고도 알 수 있는 일들이 있지만, 해보지 않고는 절대로 믿지 않는 사람도 있다. 애석하게도 임홍은 해보지 않고는 절대로 눈곱만큼도 믿지 않는 그런 종류의 사람이었다.

단지 입이 아파 더 이상 휘인과 실랑이를 하지 않을 뿐이었다.

그나마 냉정한 상태의 곽소천이 휘인에게 물었다.

“그럼 어떻게 할 생각이지?”

“그냥 여기에서 남은 일생을 마무리하는 것도 나쁘지는 않겠지.”

“……”

그나마 냉정했던 곽소천도 넋을 잃은 소여락과 똑같은 상태가 되었다.

농담이라고 하기에는 너무나 진지한 휘인의 모습에 셋은 할 말을 잃었다.

“어떻게 그렇게 태연할 수가 있어!”

보다 못한 임홍이 굳게 닫힌 입을 다시 열었다.

임홍이 다시 소리치자 휘인이 조용히 임홍을 쳐다봤다. 무럭무럭 자라던 분노가 그의 눈과 마주치자 사그라져 버렸다.

“그럼 무엇을 기대하고 이 혈옥에 들어온 것이지?”

“…….”

휘인과 이야기를 하다 보면 질 수밖에 없다. 그리고 계속해서 김이 새는 경험만을 하게 된다.

셋은 그제야 알았다.

언제부턴가 그들은 휘인에게 의지하고 있었다. 휘인을 절대적으로 신뢰하고 있었다. 딱히 그렇게 될 만한 계기가 없었지만 휘인의 성격에 의해, 그의 행동에 의해 그들은 그를 신뢰하고 있었다.

심지어 소여락도…….

소여락은 아니라 부인하고 싶었으나, 사실이었다. 만약 그에게 의지하고 있었던 게 아니라면, 지금까지는 괜찮다가 휘인에게서 혈옥에서 벗어날 길이 없다는 사실을 듣고는 이에 대해 실망을 하게 된 일을 설명할 수 없었다.

혈옥에 들어왔으면 나갈 수 없다.

나갈 수 있으면 그게 감옥일 리가 없다.

그럼 들어오는 순간부터 알고 있었어야 하는데, 일곱 시진이나 지난 지금에서야 그 사실을 깨닫고 실망을 하는 것은 말이 안 된다.

휘인에게는 독특한 힘이 있었다.

그를 믿게 하는 힘.

그가 하는 모든 일에는 옳은 이유가 있었다.

당연했다.

보통의 인간이라면 옳은 이유에 맞는 일을 한다. 그리고 타인들은 그런 인간을 신임한다.

하지만 안타깝게도 이런 보통의 인간은 거의 존재하지 않는다.

자신의 이익을 위해서는 무슨 짓이라도 하는 인간들만 존재한다. 무슨 짓까지는 아니더라도, 남을 속이는 일 정도는 대수롭지 않게 생각하는 사람들이 대다수이다.

그런 자들은 남들을 속이는 게 몸에 배어 있다. 어떻게든 일을 자신에게 좋은 쪽으로 설명하며, 자신의 행위를 미화하며 남을 깎아내린다.

그런 이들은 실제로 그렇게 행동하지 않아도 느낄 수 있다.

휘인은 그런 부류와는 달랐다.

휘인은 솔직하며, 올바른 인물이다. 선함과는 차이가 큰 올바름. 굳이 따지자면 선한 쪽이겠지만, 그가 무림공적으로 공표된 일을 보면 그가 꼭 선한 이라고 할 수는 없었다. 오해 때문에 생긴 일이지만, 애초에 그가 무림공적으로 공표된 것은 세상의 눈을 무시하는 그의 성격에서 비롯되었다.

소여락은 필요 이상으로 그를 신뢰하고 있다는 사실을 깨달았다.

하지만 지금은 어쩔 도리가 없다는 사실 역시 알아챘다.

자신은 이 혈옥에 갇혔다.

나갈 방법은 없다.

"휴우."

자신도 휘인처럼 태연할 수 있다면 얼마나 좋을까?

"……?"

그때 휘인이 자리에서 벌떡 일어났다.

일행의 시선에는 아랑곳하지 않고 휘인이 벽에 대고 이야기를 한다.

"독특하군. 살수의 은신술의 일종인가? 자신의 모습을 감쪽같이 속이는 그런 은신술. 원리는 비슷해도 이건 움직일 수도 있으니 조금 더 진화된 형태라 할 수 있겠군. 이런 은신술을 배우는 데에는 칠십여 년 정도 필요한가?"

"……."

임홍이 한숨을 쉰다.

휘인이 벽에 대고 이야기를 한다.

한심할 수밖에 없었다.

임홍이 곽소천의 귓속에 대고 이야기를 한다.

"무림공적이 되었다는 심리적인 압박에 미쳐 버려서 자수하고 혈옥에 들어온 것 같은데? 주군은 벽에 대고 이야기를 할 정신병자가 아닌데……."

곽소천은 임홍의 말을 믿는 눈치였다.

그때 믿을 수 없는 일이 벌어졌다.

"……!"

벽에서 사람이 기어나왔다. 아무런 기척도 없이. 살수의
은신술도 저렇게 놀랍지 않다. 저건 마치 투명 인간이 불투명
인간이 되는 것만 같았다.

그 모습에 곽소천이 감탄을 표한다.

"휘인이 미쳤던 건 아니었군."

임홍이 벌어진 입을 다물지 못하며 묵묵히 고개를 끄덕였
다.

소여락은 한심하다는 듯이 그들을 쳐다봤다.

마치 벽을 열어젖히고 나온 듯한 이는 노인이었다. 옆머리
와 뒷머리만 남은 산발 노인의 모습은 꽤 꾀죄죄했다. 상의는
입고 있지 않아 탄탄한 근육이 그대로 드러났으며, 하의도 거
의 헐다시피 한 상태였다.

혈옥에 갇혀 있는 이들에게는 옷을 지급해 주지 않는다고
생각할 수도 있으나, 일전에 만난 백발 여인의 옷은 생각보다
깔끔했으니, 그것 역시 아니었다.

'그렇다면 눈앞의 노인은 왜 옷을 안 갈아입지?'

감옥에도 옷과 음식은 지급한다.

그때 처음으로 심하게 갈라진 듯한 목소리로 노인이 말했다.

"놀라운 아이로구나."

조금은 거북한 음성이었지만, 알아듣는 데 문제는 없었다.

휘인의 눈동자는 조금도 흔들리지 않은 채 노인을 정면으로 응시하고 있었다. 그 모습이 꽤 위압감이 있어 보이기까지 했다.

"이곳에 온 이유는?"

당돌하다고 여겨질 정도로 당당한 휘인의 모습에 노인이 이를 보이며 웃는다.

"……!"

노인의 누렇다 못해 까맣게 썩은 이빨에 소여락이 기겁을 하며 두 눈을 감는다. 모르긴 몰라도 그녀는 결벽증이 있는 게 분명했다. 어쩌면 단순히 징그러운 것을 싫어하는 것일 수도 있고…….

"신고식이라고 해야 하나? 새로운 수옥생을 환영하는 뜻에서 이 혈옥에서 잘 지낼 수 있도록 교육을 시킨단다. 백아를 보았지? 그녀가 신입의 교육을 담당하고 있는데, 아까는 조금 문제가 있었다고 들었다. 이 혈옥의 이 인자를 힘겹게 하는 신입생들은, 번거롭지만 노부가 직접 교육해야 하지."

일행은 노인의 말에 의해 세 가지를 알게 되었다.

노인의 이만 누런 것이 아니라, 냄새도 지독하다.

백발 여인의 이름은 백아이다. 적어도 애칭이…….

마지막으로 노인은 혈마로 통한다. 적어도 칠십여 년간 이 혈옥에서 썩어온 인물.

'이자는 분명히 공해 때문에 혈옥에 잡혀 들어온 거야.'

소여락은 그렇게 확정 지으며 고개를 묵묵히 끄덕였다.

그때 임홍이 묻는다.

"교육의 내용은 뭐지?"

휘인에게는 웃으면서 잘만 대답을 해주던 혈마의 얼굴이 천천히 굳더니 순간 잔상만을 남기며 시야에서 사라졌다.

그리고는,

"윽!"

임홍이 배를 부여잡고는 바닥에 누웠다.

어느새 혈마가 그의 앞에 서 있었다.

그는 임홍의 머리카락을 쥐고는 머리를 뒤로 젖혔다.

"혈옥십계를 외우고 실천한다. 그게 교육의 내용이네. 제일계, 나의 말에 복종한다. 잘 알겠나?"

혈마의 말에 임홍이 피식 웃는다.

"퉤!"

그리고는 침을 그의 얼굴에 뱉었다.

"재밌군. 감히 천하의 임홍님을 건드렸겠다? 아주 제정신이 아니야, 크흐흐흐."

임홍은 미친 듯이 웃으며 혈마의 허벅지를 꽉 쥐었다. 임홍의 손이 워낙에 커 허벅지가 한 손에 절반이 넘게 쥐어졌다.

두 손으로 혈마를 번쩍 든 임홍이 그를 올려다보며 작게 중얼거렸다.

"나는 주군의 말 이외에는 그 어떤 말에도 복종하지 않는다. 알겠냐?"

쿵!

인홍은 혈미를 그대로 바닥에 내리찍었다. 던진 것이 아니고 힘을 점점 가중하며 내려찍은 것이기에 충격은 이루 말할 수 없을 정도로 크리라.

흙먼지를 일으키며 바닥에 널브러진 혈마.

그 모습을 보며 임홍이 비웃음을 흘렸다.

"크흐흐, 혈마? 이름이 아깝다. 이름이……."

임홍의 말이 끝나기가 무섭게 혈마가 꿈틀거리는 듯싶더니 또다시 시야에 잡히지 않았다. 그가 다시 모습을 보인 곳은 임홍의 앞이었다.

그 작은 체구로 임홍의 멱살을 잡아 한 손으로 번쩍 들어올리고 있었다. 임홍은 몸부림을 쳤지만, 혈마는 부동을 지켰다.

혈마의 입꼬리가 한쪽으로 올라간다.

"아이가, 힘은 좋구나?"

혈마의 달콤한 복수는 거기에서 끝이 났다.

어느새 그의 뒤로 다가온 휘인이 혈마의 뒷목을 꽉 쥐었다. 혈마의 목이 금방이라도 꺾일 것만 같았다.

턱.

혈마가 조용히 임홍을 내려놓았다.

"재밌군, 재밌어. 자네도 체술을 익혔나?"

"조금 익히기는 했지."

"조금? 그 정도로는 턱없이 부족하다네."

퍽, 퍽퍽퍽.

혈마는 팔꿈치로 휘인의 얼굴을 가격한 다음, 순식간에 주먹을 세 번 놀려 휘인의 복부를 때렸다. 거기에서 끝이 아니었다.

퍽!

앞발로 휘인의 턱을 강하게 올려 찬 후, 그대로 몸을 왼쪽으로 회전시켜 돌려차기를 목 정면에 먹였다.

휘인은 그대로 바닥에 널브러졌다.

"칠십 년. 자랑은 아니지만 칠십 년 동안 체술의 벽을 깨었네. 혈옥에 들어오기 이전에 배운 신법 몇 개가 도움이 되기도 했지. 특히 은신술만큼은 예술의 경지라네. 자네는 내게 덤비려면 칠십 년은 멀었다는 말이라네."

휘인의 모습을 보는 일행의 감정은 복잡했다.

지금껏 그들은 단 한 번도 휘인이 쓰러져 있는 모습을 본 적이 없었다. 항상 그는 고개를 꼿꼿이 들고는 바른 자세를 유지했다. 그의 자세를 무너뜨린 자는 지금껏 단 한 명도 없었다.

하지만 역시 내공이 없는 휘인도 평범한 사람일 뿐이었나

보다.

사실 그들은 조금 기대를 하고 있었다.

백아라 불리는 여인을 물리치는 휘인의 모습에 어딘가 의존을 하고 있었다. 하지만 그의 체술은 거기에서 끝인 듯싶다.

내가의 무인이라면 체술을 깊이 익히지 않는다. 휘인이라고 별반 다르지 않은 듯싶다.

"그럼 교육을 시작하도록 할까?"

혈마의 미소가 악마의 것과 교차된다고 느껴지는 건 임홍뿐이 아니었다.

"아직이지."

그때 혈마의 움직임과 똑같은 방법으로 휘인이 몸을 한번 떨더니, 사라졌다. 아니나 다를까, 다시금 그의 모습을 보게 되었을 때는 바로 그가 혈마의 멱살을 쥐고 있을 때였다.

"어, 어떻게?!"

혈마는 마치 지옥의 야차와 마주하고 있는 듯한 얼굴로 휘인을 내려다보고 있었다.

"어떻게 네 체술을 따라 했냐고? 체술은 몸만 깨달으면 쉽게 따라 할 수 있지. 물론 몸은 머리가 없으니 깨닫는 게 아니라 익숙해지는 것이지만. 어쨌든 꼭 피땀을 흘려 몸에 익게 할 필요도 없는 게, 내력이 있으면 몸이 머리의 말을 그대로 따르지. 결국 그대의 칠십 년은 헛되이 보낸 셈이군."

“내력을 회복했다고?”

혈마는 믿을 수 없다는 듯이 되물었다.

“생각보다 쉽게 풀어지더군. 혹시 혈의 위치를 바꿀 수 있는 방법이 존재한다는 사실을 아는가?”

“아무리 혈의 위치를 바꿔도 정작 점혈된 혈은 내공이 없다면 풀 수가 없다.”

“물론 그렇지. 점혈된 혈의 위치를 바꾼다고 그 점혈된 상태가 사라지는 것은 아니니까. 무리해서 혈의 위치를 바꾸면 혈도의 압력이 커진다. 한계에 도달하면 그 점혈이 압력에 의해 풀어지기도 하지.”

그의 말을 듣고 있던 소여락이 반박한다.

“하지만 그렇게 하려면 혈의 위치를 바꾸는 데 익숙해져 있어야 한다. 오랜 수련을 한 무인이라도 한번 혈의 위치를 바꾸는 데 심혈을 기울인다. 오랜 시간이 걸리기도 한다. 오랜 시간이 걸리면 압력이고 뭐고, 무용지물이 된다.”

“만약 필요한 만큼 빠르게 혈의 위치를 바꿀 수 있다면?”

“……”

소여락의 입이 닫혔다.

불가능하다라 말하려 했지만, 그렇다면 애초에 휘인의 혈이 풀렸을 리가 없었다.

“그, 그래도 불가능하다!”

혈마는 얼굴이 시뻘게진 채로 바득바득 몸부림까지 치며

휘인의 말에 반박했다.

"압력이고 자시고, 그건 혈도에 내력이 흐를 때의 일이지, 지금처럼 내공이 점해져 있을 때는 압력이라는 게 절대로 생기지 않는다."

"……."

일행은 바보가 된 기분이었다.

특히 소여락은 더했다.

내공이 점해진 상태에서 압력은 무슨. 내공이 없는 혈도에 압력이 있다고 우기는 것은, 텅텅 빈 도로에 마차가 많아 과포화 상태를 이루고 있다고 우기는 것과 똑같다고 볼 수 있었다.

휘인은 그럼에도 불구하고 여유를 가지고 있었다.

그리고 그럴 만한 충분한 이유 역시 갖고 있었다.

"물론, 내력이 있다는 가정 하에서 하는 이야기다."

"……."

그렇다면 자신의 말이 허풍이라는 것인가? 아니면 정말 자신이 내력을 가지고 있는 상태였단 말인가? 모두가 모순이었다.

휘인은 허풍을 떠는 사내가 아니었다.

그렇다고 내력을 가지고 들어올 수 없는 게, 내공이 점해지지 않았던가.

"……."

일행은 멍하니 휘인을 바라봤다.

"외부의 기를 끌어다 쓸 수 있다는 말을 들어봤나?"

"원래 자연의 기를 자신의 몸에 맞춰 단전에 저장하는 게 내공의 시작이 아닌가."

"그렇지. 하지만 굳이 단전을 거치지 않아도 자연의 기를 바로 사용할 수도 있지. 애초에 끌어당기는 단계를 수정하면 몸이 자연의 기를 그대로 사용할 수 있는 상태로 만들어진다."

"……."

임홍은 솔직히 말해서 '무슨 개소리야' 라고 소리치고 싶은 심정일 정도로, 휘인의 말이 눈곱만치도 이해가 가지 않았다.

평생 이해가 갈 것 같지도 않았다.

"그래서 그 자연의 기로 압력을 생성시켜 점혈을 풀었다는 이야긴가?"

휘인이 묵묵히 고개를 끄덕인다.

"그런 지고한 경지가 있다는 이야기만 들었지 이룩한 자가 있다는 말은 들어본 일이 없다네. 어쨌든 자네의 이론은 훌륭했네."

그때 마법과도 같은 일이 일어났다.

휘인의 손에서 혈마의 몸이 스르르 녹는 것만 같았다. 거기에서 끝이 아니었다.

휘인과 이 장 밖의 거리에서 혈마가 나타났다.

손으로 그의 멱살을 잡고 있던 휘인도 믿지 못하는 눈치였다.

휘둥그레진 눈으로 자신을 바라보고 있는 휘인에게 혈마가 짙은 미소를 띠어 보인다.

"확실히 점해진 혈을 풀었다는 사실은 놀라워. 칠십여 년간 그 방법을 알아낼 수 없어서 포기할 수밖에 없었네. 물론 자네의 방법은 노부가 사용하지는 못하겠지만 말이야. 하지만 대신 노부는 새로운 종류의 무술을 익혔네. 체술의 한계를 뛰어넘어 새로운 무술을 창조했다, 이 말이네."

"……."

멍하니 혈마를 바라보고 있는 휘인 일행.

임홍이 곽소천에게 딴에는 작게 귓속말로 말한다.

"무슨 말인지 이해가 가냐?"

곽소천이 그것도 모르냐는 얼굴로 그에게 핀잔을 주듯 말했다.

"연체동물이 되었다는 이야기잖아."

"……."

터무니없는 대답에 비해 너무도 당당한 곽소천의 모습에 혈마가 멍하니 그를 쳐다본다.

혈마의 시선을 느낀 곽소천이 '아니야?' 라는 얼굴로 무언의 표시를 보였다.

혈마가 그런 그를 보며 무슨 말을 하리오.

"몸의 구조를 재구성할 수 있는 무술을 터득했다는 말이네. 눈으로 봤으니 알지 않겠나. 뼈를 연하게 만들어 상식적으로 불가능한 움직임을 보일 수 있네. 노부의 아래에 들어오면 이 무술을 가르쳐 줄 수 있는데, 어떻게 생각하나?"

"수하가 되라는 말이냐?"

역시나 임홍이 반발한다.

"어차피 이 혈옥에서 버티려면 그것밖에 방법이 없잖은가."

"……."

임홍은 머리를 긁적였다. 혈마의 말은 계속해서 그의 머리를 괴롭히는 것이 있었다.

"내가 머리가 나빠서 그런데, 그 독특한 체술이라는 것을 배우지 않으면 이 혈옥에서 버틸 수 없는 거냐? 왜 그렇게 강요하지? 혹시 이 혈옥에 괴물이라도 살고 있는 거냐?"

"……."

임홍의 말을 듣고 있던 혈마는 자신이 아주 중요한 사실을 망각하고 있다는 것을 깨달았다. 그리고는 자신의 입장과 그들의 입장이 명확해졌다.

임홍이 다시 말을 이었다.

"내가 잘 안 쓰는 머리를 조금 더 써봤거든? 아까 그 백아라는 여자가 말해줬는데, 네가 여기 대장이라면서? 신참을 잘 교육해서 이 감옥 생활을 편하게 보내는 게 네 목적이겠지? 그런데 말이야, 우리 주군님께서 무진장 강하시거든? 내공도 멀쩡하고 말이야. 그런데도 우리가 그 체술이라는 걸 배워야 해? 그 어떤 위험 때문에?”

“…….”

안 그래도 혈마의 뇌리에 그 정보가 스치고 있던 찰나였다.

극한의 체술을 익혔다지만 역시 체술에는 한계가 있었다. 아무리 체술을 깊게 공부해도 내공의 힘에는 상대가 되지 않았다.

특히 휘인과 같은 고강한 무인에게는.

그때 무엇인가가 떠오른 듯한 얼굴을 한 혈마가 입을 열었다.

“내공을 회복한 이는 저놈뿐이라는 것으로 아네. 저놈은 어떻게 할 수 없다고 해도, 나머지는 어떻게 할 생각이지? 과연 저놈이 너희 모두를 보호해 줄 수 있을까? 노부의 체술을 무시하면 섭섭하다네. 무엇보다도 우리의 수는 꽤 많다네.”

혈옥에서 자신의 명령을 따르는 이들이 적지 않음을 은근히 과시하는 혈마였다.

“……!”

그때 혈마의 넋을 빼놓는 장면이 연출되고 있었으니, 그 장면은 바로 휘인이 나머지 일행의 점해진 혈을 풀어주고 있는 모습이었다. 점해졌던 혈이 갑자기 풀리면 억압되었던 기가 터져 나와 거칠게 흐른다. 점해졌던 시간이 길수록 그 기의 파동은 크다. 물리적인 힘을 가할 정도로 크지는 않지만, 적어도 혈마가 느낄 수 있을 정도로 크다.

"이, 이럴 수가!"

칠십 년.

정확하게 칠십 년하고도 일 개월 십칠 일.

혈마는 점해진 혈을 푸는 방법을 생각해 내지 못했다. 강산이 일곱 번 변하는 동안 그가 해온 일이라고는 은신술과 체술을 극한으로 익히는 방법을 체득한 일밖에 없었다.

일곱 시진.

휘인이 점해진 혈을 푸는 데 걸린 시간이었다.

참으로 상대적이었다.

혈마의 표정이 가관이었다.

하늘이 무너지는 장면을 직접 보고 있는 그러한 이의 표정이었다.

한마디로 그냥 보며 즐기기에는 너무도 아까운 표정이라는 뜻이다.

그때 임홍이 동굴의 입구를 막아서며 씨익 웃었다.

"어째 상황이 바뀐 듯싶다. 이 형아가 기분이 상당히 안 좋거든? 머리를 박고 사죄하면 조금 기분이 좋아질 듯싶은데 어떻게 할래?"

"……."

혈마의 표정이 급격히 굳었다.

"네놈들이 한 가지 간과하고 있는 게 있다네. 적어도 노부가 자네들에게 어떤 해를 끼치지는 못하겠지만, 그래도 도망하고자 마음먹는다면 그대들 중 그 어떤 자도 나를 막아설 수 없네. 노부의 제술은 아까 보다시피 그 어떤 장애물도 쉽게 통과할 수 있다네."

작은 틈을 흐느적거리며 미끄러져 내려오는 그의 모습은 확실히 놀라웠다. 또한 그의 등장처럼 벽을 가르며 나온 형상은 쉽게 잊기 어려웠다.

그런 혈마였다.

무학의 이치로는 쉽게 설명될 수 없는 체술을 익힌 혈마를 막아서는 일은 어쩌면 불가능할지도 모른다.

임홍이 포기한 채 동굴의 입구에서 벗어나려는 순간이었다.

휘인이 임홍을 제지했다.

"……?"

임홍이 의문을 표한다.

그런 임홍의 의문을 무시한 휘인이 혈마에게 말했다.

"착시를 아나?"

뜬금없는 화제에 일행이 휘인을 이상한 눈으로 쳐다본다.

혈마도 그런 일행의 시선과 크게 다르지 않았지만, 어딘가 모르게 불안해 보인다.

"시각적인 착각 현상 말인가?"

"일정 요인과 외부 환경이 알맞게 어우러지면 착시가 일어나 상식 밖의 일처럼 시각이 그 정보를 받아들이지. 한 가지 예를 들어보도록 하지. 이런 협소하고 어두운 동굴에서는 시각이 평상시보다 훨씬 부정확하다. 그 말은 즉 사람의 사각과 유난히 빠른 움직임을 정확하게 계산하여 움직이면 쉽게 착시 효과를 일으킬 수 있다는 말이지."

"이론적으로 미흡하기 짝이 없는 이야기네. 이론적으로도 미흡하기 짝이 없는 이치를 실현시킬 수 있다고 생각하는가?"

혈마의 반박은 타당했다.

휘인의 일행으로 하여금 고개를 끄덕이게 하였으니 옳다고 할 수 있었다.

그럼에도 불구하고 혈마의 안색은 좋아 보이지 않았다.

"그렇지만 완전히 불가능하다고는 안 하는군."

"……."

그렇다.

혈마는 미흡하다고만 했지 불가능하다는 말은 하지 않았다. 그 누구를 붙잡고 휘인이 했던 말을 했다면 하나에서 열까지 모두가 불가능한 일이라고 했을 터인데, 이상하게도 혈마는 그 일에 대해 가능성을 열어두었다. 그 말은 즉 혈마가 무공에 대한 이치가 상당히 깊은 무인일 수도 있고, 직접 그 이치를 실현한 무인이라고도 할 수 있었다.

휘인은 후자에 무게를 두는 모양이었다.

"내가 듣기로는 내공과는 별개로 근육 훈련의 한계를 넘어서게 되면 체내에 일정의 기가 쌓인다고 한다. 훈련에 훈련을 거듭히면 할수록 상식적으로는 불가능할 정도로 큰 파괴력, 속력을 보인다. 선천적으로 단전의 구조가 좋지 못하거나, 후천적으로 단전이 파괴된 이들이 체술을 익히는 것은 그 이유에서이지?"

"……."

혈마는 대답을 하지 않았다.

휘인도 대답을 바란 질문은 아니었나 보다.

휘인이 금방 말을 이었다.

"게다가 칠십 년이면, 그 체술에 어느 정도 새로운 역사를 쓰기에는 충분히 가능한 시간일 테고……."

혈마의 입이 굳게 닫힌 채로 열릴 줄을 몰랐다.

지금의 상황을 이해하지 못하는 일행은 멀뚱히 이 상황을 지켜보기만 했다. 궁금증이 터진 임홍이 혈마에게 말했다.

"그래서 결론이 뭐야? 그 흐느적거리는 게 모두 가짜라는 말이야? 그 벽에서 나온 신법은 또 뭐고?"

"흐느적거리는 건 눈속임이라는 거다. 교묘한 빠른 움직임으로 눈을 속여 착시를 일으키는……. 그리고 혈마의 은신술은 이미 견식해 본 적이 있다. 강희가 그런 은신술과 비슷한 무공을 익히고 있었지. 아마 혈마는 도둑으로 이 혈옥에 잡혀 들어온 모양이다."

임홍의 입장에서는 복잡한 휘인의 설명을 애써 이해하려 노력하던 임홍이 머리를 절레절레 흔들며 쉽게 결론을 내렸다.

"그러니까, 별로 신경 쓸 놈은 못 된다 이거지?"

참으로 쉽게 결론을 내는 임홍의 모습에 휘인은 두 손 두 발을 다 들었다는 얼굴로 고개를 묵묵히 끄덕였다.

"……."

혈마의 마음은 심란하기 그지없었다.

자신의 무공이 하루아침에 까발려진 것도 모자라, 그 근원까지 단번에 알아차리는 괴물 같은 놈을 만난 이 하루는 정말 악몽과도 같았다.

그때 유난히 휘인의 말 중에서 걸리는 부분이 있었다.

"도둑이 아니라 대도! 대도라는 말이 엄연히 존재하는데, 도둑 같은 상스러운 말을 쓰다니!"

"……."

소여락이 묘한 표정으로 혈마를 노려본다.

굳이 그녀의 묘하기 짝이 없는 표정을 묘사하자면 '도둑이나 대도나! 꼴에 자존심은 있어가지고' 라고 할 수 있을까?

혈마도 그런 소여락의 표정을 읽었다.

"이 몸을 좀도둑 따위로 치부해 버리는 건 마치 용과 뱀을

똑같이 보는 것이요, 하룻강아지와 범을 비교하지 못하는 것
과 똑같은 이치라고 할 수 있네."

"휴우."

소여락이 한숨까지 쉬어 보인다.

"노부는 말일세, 지금은 이런 신세가 되었지만 그래도 밖
에서 활동할 때만 해도 하늘도 탐할 수 있었던 그런 천하제일
대도였다네."

"지금 이런 신세라는 건, 혈옥에서 오랫동안 적응한 결과
와 함께 도둑 시절의 잔기술들을 조금 더 발전시켜 이곳 수감
자들을 속여 수장의 노릇을 해온, 그런 신세를 말하는 거겠
지?"

"……."

소여락의 말에는 가시가 돋쳐 있었다.

소여락이 가장 경멸하는 인간이 있다면, 그건 바로 무공이
떳떳하지 못한 무인이었다. 무인으로서의 자존심이 남아 있
다면 적어도 무공을 속이는 일은 있어서는 안 된다. 혈마의
경우에는 눈속임, 그러니까 자신도 분간해 낼 수 없는 치밀한
속임수였지만, 역시나 소여락에게 속임수는 속임수에 지나지
않는다.

혈마는 묵묵히 그녀의 독설을 받아내었다.

어떻게 보면 소여락이 원하는 만큼 혈마가 문제 삼지 않았
다.

자신의 행동을 당당하게 여기나 보다.

아니나 다를까,

"노부에게 있어서는 최선의 방법이었네. 그 어떤 환경에서라도 적응을 해야 할 필요가 있네. 그 방법이 어떻든 간에. 속임수라 생각할지는 몰라도, 체술 그 자체로도 경이롭지 않은가? 실제로 이 체술을 혈옥의 수감자들에게 일부 전수하기도 했네. 그들은 꽤 만족하기도 했고. 따지고 보면 나의 이런 체술은 환술에 속한다고 할 수도 있지."

소여락을 제외한 휘인의 일행은 혈마의 말에 수긍을 하는 듯한 반응이었다. 수긍을 하기보다는 신경을 쓰지 않는다는 것이 더욱 옳겠지만, 적어도 소여락처럼 민감하게 반응하는 이는 없었다.

"환술? 지금 환술이라고 했나? 웃기고 있군. 지금 속임수를 환술로 치장하는 건가? 실재하지 않는 것을 실재하는 것처럼 꾸민다는 맥락에서는 속임수나 환술이나 다를 바가 없지만, 환술은 정통 무공에 속하고 속임수는 그야말로 시정잡배들도 흉내 낼 수 있는, 그야말로 무공을 비하하는 것이다."

"……."

소여락의 거창한 독설에 할 말을 잃은 것은 오히려 휘인의 일행 쪽이었다. 어떻게 보면 대수롭지도 않은 부분을 계속해서 긁고 있는 소여락이었다.

"참으로 무공에 대한 열정이 강한 소저로군. 그렇게까지 말하는데 노부가 수긍해야지, 그럼 어떻게 하겠나. 그렇지만 혈옥처럼 위험한 곳에서는 꼭 규율이 서야 하네. 그런 규율을 세우기 위해서는 남들보다 압도적인 존재를 필요로 하고, 내공이 모두 점해진 가운데 육체 이외의 특성을 인정받기 위해서는 어쩔 수 없었다고만 해두지."

대수롭지 않은 어투로 말하려고 신경을 쓰는 듯한 혈마. 그렇지만 그의 말에 담긴 말은 그의 어투와는 상반되었다. 그는 굳이 계속해서 변명을 해대고 있었다. 마치 무엇엔가 찔리는 듯이.

소여락은 그 정도로 만족했다.

대충 그녀와의 분란이 정리되자 혈마는 주위를 둘러보며 물었다.

"이제는 어떻게 할 생각이지? 노부를 가둬놓을 생각인가? 아니면 또 다른 생각이 있는가?"

자연스레 일행의 시선은 휘인에 맞춰지게 되었다.

심지어 혈마의 것도…….

"가둘 생각도, 놔줄 생각도 없다."

"……."

잠시 어안이 벙벙해진 얼굴을 한 혈마. 그는 피식 웃으며 말했다.

"그렇다면 어떻게 하자는 건가? 노부와 말장난이라도 하자는 건가?"

"글쎄……."

휘인의 어정쩡한 대답을 들은 혈마는 짜증이 섞인 어투로 내뱉었다.

"지금 자네들이 한 가지 간과하고 있는 게 있는데……."

순간 혈마의 몸이 떨리는 듯싶더니 그의 형상이 사라졌다. 일행이 황급히 주위를 둘러봤다. 혈마는 어느새 임홍의 커다란 등짝 뒤에 숨어 있었다.

"눈속임도 꽤 유용하게 쓰인다네. 속임수라고 너무 무시하지 않았으면 좋겠네."

그렇다.

속임수라는 것을 판명했어도, 자신이 직접 그 속임수를 파헤칠 수 없다면, 그 사람에게 있어서 그건 속임수가 아니라 실질적으로 하나의 기술로 유용하게 사용될 수 있었다.

그 예로 임홍은 쉽게 자신의 등을 내주게 되었다. 등만을 내준 것이 아니라, 혈마의 손에 번쩍이는 단검이 쥐어 있는 것으로 봐서 생존권까지 내준 셈이 되었다.

"자아, 이제는 어떻게 할 건가?"

소여락은 분한 표정으로 혈마를 노려보고 있었다.

될 대로 되라는 식의 표정을 한 곽소천은 임홍이 죽든 살든 별로 신경을 안 쓰고 있었지만, 소여락은 문제가 조금 달랐다.

물론 곽소천과 마찬가지로 임홍을 걱정하고 있는 것은 아니었다.

단지 자신이 한없이 깎아내린 속임수에 어쩔 도리가 없다는 사실에 이렇게 무력함을 느낄 수가 없었다. 자신이 비웃은 대상조차 어떻게 하지 못하는 순간이 올 줄 꿈엔들 알았을까.

그때 소여락이 입술을 질끈 깨물고 발을 놀렸다.

아무런 기척도 없었나.

그녀는 귀신처럼 앞으로 쭉 미끄러져 나갔다.

어느새 그녀의 손에는 검이 들려 있었다.

혈마의 허를 찌를 심산이었다.

"……!"

소여락은 자신의 눈을 믿을 수 없었다.

또다시 혈마가 눈앞에서 사라졌다. 잔상조차 그녀의 눈에 잡히지 않았다.

그때 곽소천이 외쳤다.

"위!"

소여락은 미세한 예기가 느껴지는 곳을 향해 검을 휘둘렀다.

캉!

혈마는 어느새 소여락의 위에서 단검을 휘두르고 있었다. 만약 곽소천이 미리 그의 위치를 일러주지 않았더라면 반사신경이 미처 반응을 하기도 전에 머리를 내주어야 했을지도 모른다.

소여락은 입술을 잘근 깨물었다.

분통했다.

무공에서 진 게 아니라서 그런지 더욱 분하고 억울했다.

"놀라워."

일행과 어느 정도의 거리에서 그들을 경계하고 있던 혈마가 갑자기 중얼거린다.

"……?"

일행이 의아한 눈으로 그를 응시했다.

혈마는 마치 실성한 사람처럼 혼자서 웃으며 조용히 중얼거렸다.

"……!"

일행은 그 이유를 금방 알게 되었다.

어느새 휘인이 혈마의 뒤를 점하고는 그의 목을 향해 검을 겨누고 있었다.

아무도 뒤편에 서 있던 휘인이 어떻게 혈마의 뒤까지 도달하게 되었는지 알아차리지 못했다.

심지어 혈마까지…….

그때 휘인의 목소리가 들려온다.

"인간의 시야는 생각만큼 넓지 않다. 그만큼 사각의 틈이 꽤 넓은 편이라고 할 수 있지. 특히 이런 어둠에 익숙지 않은 인간의 눈은 유난히 사각이 넓어진다. 그 사각의 지점을 정확히 알고 있다면, 그 상대에게만큼은 귀신으로 느껴질 수도 있다."

말이야 쉬운 거지, 일행은 대수롭지 않게 말하는 휘인의 모습에 질린 표정이었다.

혈마라고 다를쏘냐.

"하지만 무인은 시각만을 속인다고, 기척까지 감출 수 있는 긴 아니시 않은가."

이전의 상황이었으면 모른다.

휘인은 분명 일행의 점해진 혈을 풀어주었다. 기감이 회복되었단 말이다. 그런데도 휘인의 움직임을 알아차리는 이는 없었다.

"그건 그쪽에게도 해당되는 부분일 텐데?"

"지금 대도를 무시하는 건가? 발소리를 죽이고, 심지어는 숨소리마저 완전히 죽일 수 있는 게 대도다! 사람의 흔적을 감춘다는 면에서 살수와 비슷하지만 엄연히 다르기도 한 게 우리, 대도! 자네와 노부가 같다고 할 수는 없지 않은가."

혈마가 지적하는 부분은 바로 기도이다. 무인인 이상 기도가 존재하기 마련이다. 엄청난 고수라면 마치 평범한 인간과 같은 그런 기도를 가지게 되어 고수와 일반인을 분간하기 힘들지만, 그래도 기도를 가지게 된다. 느낄 수는 있다는 말이다.

그런데 휘인은 달랐다.

그에게는 그 어떤 기도도 느껴지지 않는다. 혈마는 기감이 망가져 있는 상태라 별 생각 없이 물은 것이었지만, 혈마의 물음을 들은 일행의 표정은 달랐다.

"……!"

경악 그 자체였다.

"아무런 느낌도 없어."

무인으로서의 느낌뿐만 아니라, 사람으로서의 느낌도 전혀 없었다.

소여락의 말을 들은 혈마가 의아한 표정으로 그녀를 본다.

임홍이 그때 입을 열었다.

"무인으로서, 아니 인간으로서 일종의 기도가 존재해야 하고, 느껴져야 하는데 휘인에게서는 그런 게 느껴지지 않는다. 처음에는 이렇지 않았는데……."

임홍은 휘인과 합류했을 때를 떠올렸다. 분명 휘인에게는 범상치 않은 기도가 느껴졌다. 너무도 평범하기에 범상치 않은, 그런 기도가 말이다.

그런데 마치 존재하지도 않는 양 기도가 느껴지지 않는다. 그뿐만 아니라 살수나 도둑들처럼 고된 훈련을 거쳐 인기척을 지우는 수련까지 익힌 인물처럼 느껴졌다.

뒷목에 칼이 겨눠진 혈마를 제외한 나머지 일행은 일제히 어느 특별한 대답을 원하는 듯 휘인에게 시선을 주었다.

물론 휘인은 그런 무언의 물음을 깡그리 무시했다.

"묻고 싶은 게 있다."

"도대체 이 상황에서 묻고 싶은 게 뭐란 말인가."

혈마는 의욕이 상실되어 있는 얼굴이었다.

모든 것을 잃은 도박사의 얼굴과 크게 다르지 않았다.

"이 혈옥에는 몇 명의 수감자들이 수옥되어 있지?"

혈마가 피식 웃는다.

"노부가 그 물음에 내답할 것이라고 생각하나?"

혈마의 표정은 어떻게 보면 비장해 보이기까지 했다.

서경!

그때 휘인이 검을 한번 휘두른다.

후두둑.

그나마 남은 뒷머리가 반듯하게 잘려 바닥에 떨어지고 있었다.

"아이고, 알았네, 알았어. 거참 젊은이가 성질은 급해 가지고!"

"……."

사람이 완전히 달라져 고분고분해진 혈마를 보고는 입을 다물지 못하는 일행. 혈마라는 이름과 함께 꽤 분위기있게 생겨 어느 정도 위압감을 느꼈던 일행이었는데, 이렇게 사람이 달라지자 그야말로 할 말을 잃었다.

'원래 이런 사람인가?'

어느 정도 중후한 분위기에서 지나치게 가벼운 분위기로 돌변하니 일행은 적응을 못하는 얼굴들이었다.

"몇 명."

유일하게 무덤덤한 이는 휘인이었다.

“약 오십 명. 하나같이 극악무도하고 이름만 대도 기겁을 하는 그런 이들이지. 예를 들면……."

“거기까지.”

휘인은 말을 퍼부으려던 혈마를 제지했다. 혈마의 어투를 봐서, 별 영양가 있는 말은 나올 것 같지 않았다.

그때 소여락이 휘인에게 물었다.

“나도 질문을 하나 할까 하는데?”

소여락치고는 꽤 정중한 부탁이라 할 수 있었다.

휘인은 묵묵히 고개를 끄덕였다.

소여락은 매서운 눈빛으로 혈마를 노려보았다. 기선을 제압하는 모양이었다.

하지만 혈마는 그렇게 호락호락하지는 않았다.

혈마는 왼쪽을 한번 보다가, 오른쪽을 보고는 재미가 들렸는지 계속해서 시선을 좌우로 왔다 갔다 한다. 그 모습이 웃겨 임홍이 킥킥거린다.

심문할 분위기를 만들려는 데 방해를 하는 임홍에게 싸늘한 눈길을 한번 주고는 다시 혈마를 보고 묻는 소여락이었다.

“혈옥의 수장은 누구지?”

소여락의 물음이 끝나기 무섭게 일행이 그녀에게 눈길을 모았다.

그들의 눈은 모든 똑같은 물음을 표하고 있었다.

‘미쳤어?’

혈마에게 혈옥의 수장이 누구인지 묻는 것은 마치, 휘인에게 무림공적이 누구냐는 물음을 하는 셈이라 할 수 있었다.

소여락은 그들의 눈에 아랑곳하지 않고 혈마의 대답을 기다렸다.

일행과 똑같은 눈으로 소여락을 쳐다보던 혈마는 그녀가 의외로 진지하자 손가락으로 코를 파며 대수롭지 않게 답했다.

“노부가 알기로는, 본인이 혈옥의 수장인 듯한데? 백아가 말해주지 않았나?”

전혀 진지하지 않은 혈마의 모습에 소여락이 눈살을 찌푸렸다.

“혈마가 혈옥의 수장이라는 말을 해준 적은 있었지만, 노인네가 혈마라는 말을 해준 적은 없었어.”

당연한 말에 혈마마저 고개를 끄덕이며 수긍의 뜻을 보였다.

“노부가 혈마가 아니라는 말도 한 적이 없고…….”

혈마의 말에 소여락이 피식 웃는다.

“그렇지만 혈마가 어떤 인물인지에 대해서는 잘 설명을 해주고 갔지. 혈마의 나이에서부터 선호하는 색깔 등등등. 그중에 내가 물을 말은 한 가지. 노인네의 나이는 몇이야?”

당연히 백아는 혈마에 대해 자세한 내용을 말하고 간 적이 없었다.

다만 소여락은 현재 혈마에게 유도 심문을 하는 중이었다.

눈치가 빠르다면 소여락의 의도를 알아차리겠지만, 운이
좋다면 소여락은 그녀의 목적을 달성할 수 있을지도 모른다.

묘한 정적이 흐르는 가운데, 혈마가 입을 연다.

"팔십 이후에는 나 자신을 잊게 되는 경지에 오르다 보니,
그 이상은 헤아리지 않았네."

"……."

너무도 뻔한 거짓말이었지만, 소여락은 반박할 말을 찾지
못했다.

대신 그녀는 색다른 질문을 했다.

"그럼 그 팔십 이후에 올랐다는 경지는 이 혈옥에서 맞이
했어?"

소여락의 심문은 점차 흥미롭게 진행되어 가고 있었다. 어
떻게 보면 소여락이 유리하게 흘러가고 있는 듯싶기도 했다.

하지만 소여락의 표정은 영 신통치 않았다.

혈마의 태연한 모습 때문이었다.

"당연히 이곳에 들어오기 전이네. 내공이 없이는 마음의
공부 이외에는 아무것도 할 수 없다네. 몸과 마음이 똑같은
수준으로 성장해야 정상적이라 할 수 있다. 그러니 몸에 제동
이 걸리는데 마음이라고 다르겠느냐."

소여락의 이마에 힘줄이 솟는다.

뻔뻔하기 그지없는 노인네였다.

그렇다면 나이가 몇이라는 건가!

그렇다고 그 질문을 할 수 없는 게, 이미 혈마가 나이에 관한 부분은 질문할 수 없도록 철저하게 막아놓았다.

정말 머리가 기막히게 돌아가는 노인네였다.

소여락은 어쩔 수 없이 숨겨둔 수를 꺼낼 수밖에 없었다.

"정말 이 혈옥에서 칠십 년을 썩었어?"

혈마가 소여락의 눈을 마주한다.

무엇인가를 찾아내려는 눈이다.

"그렇네."

혈마의 대답에 소여락이 비웃었다.

"혹시 십 년 이상, 아니 삼십 년 이상 감옥에서 지내온 수감자들을 직접 본 일이 있어? 아니 있겠지. 이 혈옥에 몇 명은 그 정도로 오래 있었겠지. 그래서 하는 말인데, 그들의 모습은 어땠어?"

"……."

소여락이 그런 질문을 하는 의도를 잘 몰라서인지, 아니면 너무도 잘 알아서인지 혈마는 쉽게 대답하지 못했다.

소여락은 기세를 몰아 다시 물었다.

"보통은 실성하기 마련이야. 아무리 마음의 공부를 열심히 했어도 이 혈옥의 환경을 고려해 보면 딱 실성하기 좋지. 외부와의 교류는 일체 없어. 미래에 대한 희망도 전혀 없어. 이

웃사촌이라고 해봐야 하나같이 자존심이 세고, 극악무도한 흉악범들뿐. 그들이 사교적일까? 마음의 문을 열 수 있는 친구 한 명 찾을 수나 있을까? 수감자들이 오십 명이라고 했나? 자신에게 있어서 그들은 외로움을 나눌 수 있는 동지가 아닌, 서로가 서로를 헐뜯고 어떻게라도 이 지옥에서 조금 높은 위치를 차지하려고 박 터지게 싸우겠지. 이런 환경에서 칠십 년이라……. 정말이야?"

소여락의 말은 하나같이 혈마를 옭매었다.

보통 감옥은 외부 인생이 있는 간수들이 있기 마련이다. 간수들이 있으면, 수감자들은 간접적으로라도 외부와의 끈이 이어져 있다고 볼 수 있었다.

그러나 혈옥은 달랐다.

간수들은 없었다.

개인 공간이 보장되는 창살도 없었다.

말 그대로 약육강식의 세계가 펼쳐진 새로운 세상, 지옥 같은 세상이다.

멀쩡한 정신으로는 버틸 수 없는 세계이다.

안락함이라고는 눈곱만치도 없는 비정한 세계.

"그리고 보통 감옥이라고 해도, 몇 년만 지나면 수감자의 냄새가 배. 자신도 모르는 새에 말이야. 그런데, 그거 알아? 노인네에게서는 그런 냄새가 나지 않아. 오히려 갓 들어온 신참내기의 냄새가 나. 그거 이상하지 않아?"

이번 질문에도 혈마는 답하지 않았다.

다만 코 파기에 열중하고 있었다. 유난히 하나가 딱 달라붙어 빠지지를 않는지, 한구석을 심하게 긁어대고 있었다.

"……"

소여락은 분명 혈마를 궁지에 몰아넣고 있었지만, 어째 꼭 그런 것 같지도 않았다.

"아아!"

혈마의 입에서 터져 나오는 쾌감의 탄성!

드디어 크게 애먹이던 코딱지를 파내는 데 성공한 혈마였다.

"……"

그의 모습에 소여락은 물론, 임홍, 곽소천마저 입을 떡하니 벌린다.

아무리 안하무인이라 해도 저런 안하무인이 존재할 수는 없는 일이었다.

그제야 굳게 닫혔던 혈마의 입이 열렸다.

"아아, 미안하네. 이 코가 막히면 만사가 불편해. 알고 있나? 이 코딱지가 말일세, 보기에는 볼품이 없어도 별자리와 연관이 되어 있어. 코가 막히면 별자리도 막힌 것이지. 별자리가 막히면 인생이 막힌 거고, 인생이 막혔으면 그야말로 노부는 끝난 셈이지. 그렇기에 코 파는 게 이리도 중요한 게야. 자네들도 그렇게 생각하지 않나?"

"전혀."

소여락이 생각만 해도 끔찍한지 고개를 절레절레 흔든다.

"그런가? 유감이군."

'전혀!'

아무리 말해도 알아들을 위인이 아닌 듯싶다.

"소저의 이론은 꽤 완벽하네."

좀 전처럼 가벼운 어투가 아니다.

소여락의 눈에 이채가 스쳐 지나간다.

"소저의 결론은 혈마가 따로 있다는 말이지? 노부는 너무 동안이라서 혈마가 아니고."

아니, 좀 전처럼 가벼운 어투다.

"내 말을 어떻게 알아들었으면 그런 결론이 나오는 거지?"

어처구니가 없다는 게 그녀의 얼굴에 쓰여 있었다.

"혈옥에서 오래 썩은 인물이기에는 너무도 싱싱하다면서? 그게 동안이라는 소리 아닌가?"

소여락은 말을 아끼기로 했다.

그녀의 모습에 혈마가 웃는다.

"허허허, 역시 어린 소저라 반응이 다채롭네. 이 혈옥에 잡혀오는 것들은 너무 재미없단 말이야. 모두가 하나같이 잔인하고 마음이 검게 물들었으니…… 쯧쯧. 소저 같은 수감자가 들어와서 다행이야. 이 혈옥에도 볕 들 날이 있구나!"

소여락이 검을 혈마의 미간에 겨눴다.

검끝에서 예기가 뿜어져 나온다.

혈마가 이마에서 식은땀을 흘리며 힘겹게 말했다.

"예쁜 처자가 성격도 급하지! 소저, 혹시 그거 아나? 꼭 감옥이라 해서 수감자가 미쳐야 한다는 법이 따로 있는 게 아니라는 사실을."

다시 한 번 혈마의 어투가 진지해진다.

자신도 모르게 그의 이야기에 빠져드는 모습을 발견한 소여락은 정신을 차렸다. 언제 그가 뒤통수를 칠지 모른다.

"나 자신을 잊는다는 게 무슨 의미인 줄 아나? 세상에서 자신의 위치를 잊고, 세상에 얽매인 그 어떤 끈도 모두 끊어버린다. 그런 상태에 이르게 되면 이 혈옥에서 미치지 않고 견딜 수 있지."

"그게 무슨 뜻이지?"

소여락의 무학에 대한 열정이 타오르는 순간이었다. 무학에 있어서 모르는 부분이 나오면 절대로 지나치지 않는다.

"왜 사람들이 감옥에서 실성하는지, 그 원인은 알고 있나?"

"……?"

소여락은 경청의 자세를 보였다.

"바로 바깥의 세상을 갈망하기 때문이지. 그렇기에 바깥으로 나가기를 바라는 희망이 존재하게 되는 것이고, 그 희망이 이루어졌을 때의 달콤함을 꿈꾸지. 그 달콤함에 빠질수록 결

국에는 자신의 상황이 얼마나 비참한지를 깨닫게 될 테고, 그
차이가 심해질수록 정신은 버티지 못하고 붕괴되어 버린다.”

“그러니까 노인네는 그 세상에 대한 갈망을 없앴다는 건
가? 그런 게 가능한가?”

혈마가 고개를 끄덕인다.

“그러니까 노부가 정상이지, 그렇지 않고서 정상일 수가
있겠나?”

“…….”

혈마의 정신 상태가 정상인지에 대해서만큼은 소여락은
수긍하지 못했지만, 자신을 잊는다는 면에서는 어느 정도 인
정해 줄 수 있었다.

“소저, 노부는 매우 솔직한 사람이라네. 그렇기에 노부는
혈옥의 모든 이들에게 솔직하라고 세뇌를 시켰지. 노부는 분
명 혈마라네. 소저의 말처럼 속임수로 이들을 부려왔지. 하지
만 노부가 아니었다면 이 혈옥에 규칙은 없었을 테고, 규칙이
없었더라면 소저의 말대로 수감자들의 정신에는 이상이 생겼
겠지.”

사람은 사회에 적응된 동물이다.

그 사회가 무너지면 그 사람도 무너진다.

새로운 사회가 만들어지지 않으면 그 사람이 어느 정도로
무너질지는 아무도 예측할 수 없다.

혈마는 그러한 점을 지적하고 있었다.

“내공이 없는 상태에서는 속임수도 하나의 힘으로 분류할 수 있네. 이 동굴에서밖에 안 먹히는 그런 잡기이겠지만, 그래도 꽤 유용하지 않나? 등 뒤에 있는 괴물 같은 놈 빼놓고는 자네들을 모두 무릎 꿇릴 수 있는 기술이네. 그렇게 생각하지 않나, 자존심 강한 소지?”

소여락은 입술만을 깨물어 보였다.

소여락은 확신하고 있었다.

자신의 논리로 그를 무너뜨릴 수 있다고 생각했다. 그렇지만 결국에 드러난 것은 그녀의 무력함뿐이었다.

그녀는 혈마의 말에 수긍할 수밖에 없었다.

“이제 내가 좀 물어도 될까?”

대충 소여락과의 일전이 정리되자 혈마가 조용히 뒤돌아보며 휘인에게 물었다.

“이미 묻고 있군.”

농담 아닌 농담에 혈마가 피식 웃었다.

“허락을 묻는 것도 묻는 것은 맞지. 허허허. 자네 같은 인물이 어쩌다 이 혈옥에 갇힌 게지? 노부에게 자네와 같은 능력이 있었다면 이 혈옥에 갇힐 이유가 없었을 것 같네.”

휘인은 잠시 머뭇거렸다.

그렇지만 잠시였다.

“최선의 방법이었으니까.”

“……?”

전혀 이해가 되지 않는 표정의 혈마였다.
굳이 그에게 이해를 시킬 의도도 아니었다.
“나에게도, 그녀에게도, 세상에게도.”

제10장

이자대면(二者對面)

　잠잠한 두 기세가 한중앙에서 만났다. 그 기세는 서로 갈 길을 가려 했으나, 서로가 막아섰다. 서로를 비켜가기에는 너무도 오랫동안 굶어왔다. 같이 가기에는 눈앞의 떡이 너무도 크다. 손만 뻗으면 잡을 수 있는데, 경쟁자가 있다는 사실이 이같이 미울 수가 없었다.

　마교와 북해빙궁의 상황이었다.

　백리천, 백리연화, 단가후, 뇌운비가 서로를 마주 보고 있었다.

　그들 넷만 수풀에 있는 게 아니었다. 수천의 무리가 각각의 뒤편에 포진해 있었다. 그들이 흘리는 기세는 숨 막히는 긴장감을 조성하였다.

"마교!"

백리천이 말했다.

"북해빙궁……."

단가후가 맞받아쳤다.

둘은 서로를 마주 보며 한숨을 쉬었다.

하필이면, 오늘! 이 시각, 바로 지금!

상대가 나타나서 이런 절묘한 시간에 만나게 되다니, 그야 말로 하늘을 원망해야만 했다.

'비등비등한 전력이다.'

백리천과 단가후의 뇌리를 동시에 스치는 생각이었다.

'곧 증원이 온다. 지금 당장 부딪쳐서는 안 된다.'

역시나 둘의 생각은 같았다.

'그렇지만 신승의 일행이 먼저 도착할지, 증원이 먼저 도 착할지는 알 수 없다. 만약 신승이 천라지망을 이끌고 무림맹 에 들어선다면!'

백리천과 단가후의 얼굴이 동시에 찌푸려진다.

그런 서로의 표정을 보다, 둘은 한 가지 사실을 깨닫게 되 었다.

'호락호락하지 않은 놈!'

먼저 정적을 깬 것은 뇌운비였다.

"일단은 후퇴하지? 어차피 여기서는 서로 쌈박질할 상황이

못 되고, 그렇다고 같이 무림맹에 쳐들어갈 생각도 아니잖아?
떡을 사이좋게 나눠 먹을 정도로 사이가 좋지도 못하고 말이
야. 우리끼리 한번 이 상황에 대해서 이야기를 나누는 게 좋
겠어.”

　날카로운 뇌운비의 눈매가 백리천을 훑는다.

　백리천은 잠시 그의 눈을 마주 봤다.

　그리고는 이내 고개를 끄덕였다.

　“후퇴한다.”

　백리천이 먼저 지시를 내렸다.

　“우리도!”

　그러자 단가후가 이어 지시를 내렸다.

　떡을 코앞에 놓고 조용히 물러가야만 하는 초유의 사태가
일어났다.

　사자와 용은 침만을 삼키고는 물러섰다.

　작전상 후퇴라는 전문적 용어가 사용될 수 있는 그런 상황
이었다.

　해가 중천에 걸려 있는 대낮이었다.

　조용한 방을 잡은 넷은 상당히 상반되는 모습을 띠었다.

　백리천과 백리연화는 백옥과도 같은 백의를, 단가후와 뇌
운비는 흑옥과도 같은 흑의를 반듯하게 차려입고 있었다.

　각 무리는 서로를 매섭게 노려봤다.

경쟁자는 언제나 달갑지 않은 존재였다.

떡을 코앞에 놓고 물러나야만 했던 입장은 달갑다 못해 혈관 속에 독극물을 집어넣은 기분이었다. 아직도 그 장면이 눈에서 아른아른거린다.

무서운 기세 싸움을 깬 것은 뇌운비였다.

"이렇게 서로를 쳐다보기만 하면 회담의 끝이 나겠나? 우리는 지금 협상을 해야 한다. 그쪽의 요구 조건은?"

뇌운비는 상당히 직설적이었다.

질질 끄는 것만큼 그의 신경을 건드리는 건 없었다.

"마교가 물러서 주기를 바란다."

백리천이 답한다.

그럴 줄 알았다는 듯, 뇌운비는 금방 화답했다.

"불가."

백리천이 피식 웃으며 물었다.

"마교의 요구 조건은?"

백리천의 의도를 파악하고는 뇌운비 역시 피식 웃었다. 두 마리 고양이가 하나의 생선 앞에 꼬인 이유는 한 가지다. 이렇게 해서는 절대로 끝을 볼 수 없다.

그들은 단번에 그 사실을 깨달았다.

"해결책은 빨리 결정해야 한다. 신승이 오고 있다."

신승은 두 쪽 모두에게 껄끄러운 존재이다.

무림에 발을 디뎠을 때부터 각오해 왔던 일이지만, 그래도 매는 나중에 맞으려 하는 게 상식이 아닌가. 게다가 먼저 무림맹을 정리하고 나서 신승을 맞이하는 게 훨씬 유리하다고 할 수 있었다.

그들은 한시바삐 무림맹을 정리해야 했다.

그때 처음으로 백리연화가 입을 열어 상황을 정리했다.

"저희 북해빙궁의 입장을 알려 드리겠습니다. 마교와 마찬가지로 북해빙궁은 조금도 물러설 생각이 없습니다. 물러설 생각이 없음은 물론, 동맹을 결성할 생각도 없습니다. 북해빙궁에서는 충분히 무림맹을 해체할 수 있는 저력을 가지고 있습니다. 새외무림을 규합했고, 북해빙궁의 주력은 아직 오지도 않은 상황입니다. 저희가 이끌고 온 무리들은 북해빙궁 외의 규합 세력 소속입니다."

우리는 본신이 아닌데도 이 정도다.

일종의 과시였다.

이번에는 단가후가 그녀의 말을 받아 마교의 입장을 그들에게 알려주었다.

"마교는 현재 천마혈검대의 전부와 원로원의 일부가 선발대로 왔다. 그 새외무림인가 뭔가와는 차원이 다른 강자들이다. 마교 역시 그대들과 무림맹을 양보하기는커녕 동맹 역시 결성할 생각이 추호도 없다. 혹시 그대들이 무보수 노동을 자처한다면 모를까, 그렇지 않다면 그 어떤 도움도 받고 싶지 않다."

상황은 전혀 진전이 되지 않았다.

각자의 요구 조건은 너무도 똑같으면서도 달랐다.

내용은 똑같았지만, 서로가 서로에게 원하는 조건은 완전히 달랐다.

그렇기 때문에 해결될 수가 없었다.

각자를 노려보며 흐른 시간은 반 시진이었다.

해결책이 나올 리가 없었다.

지금같이 다급한 상황에는 반 시진도 백 시진으로 느껴질 수 있을 정도였기에, 각자의 인내심이 점점 바닥을 보이기 시작했다.

그때 뇌운비가 파격적인 제안을 했다.

"이렇게 되면 서로 간에 피를 볼 수밖에 없다. 맞지?"

백리천이 무거운 표정으로 고개를 끄덕였다.

"그렇지만 우리는 지금 무림맹 이외의 세력 때문에 힘을 소모해서는 안 되지? 이 대의를 위해 몇백 년을 노력해 왔는데, 일에 차질이 생겨서는 안 되지. 그렇지?"

이번에도 역시 고개를 끄덕인다.

"그럼 그 피를 최소화하도록 하지."

"……?"

쉽게 이해가 가는 말은 아니었다.

뇌운비는 옅은 미소를 보이며 말을 이었다.

"우리가 공식적인 비무를 치르는 것이다. 무림맹 쟁탈권을

걸고. 지는 쪽은 깨끗이 상대의 요구 조건을 들어준다. 문서
화하자고. 어차피 피는 흘려야 하고, 흘려야 하면 그 정도가
작을수록 좋잖아?”

불신의 기색이 백리천을 스치고 지나갔다.

그 사실을 인지한 뇌운비가 말을 덧붙였다.

“어차피 해결책은 없다. 서로를 신뢰할 수밖에 없다. 나는
널 믿는다. 아니 믿기로 하겠다. 어때? 구미가 당기는 제안이
지?”

“…….”

백리천은 쉽게 대답하지 못했다.

그는 백리연화와 시선을 교환했다. 백리연화가 고개를 한
번 끄덕여 보인다.

백리천이 한숨을 쉰다.

“휴우, 좋다. 문서화하도록 하지.”

진천악은 북쪽에서 남하하고 있는 백리연화 일행을 발견
할 수 있었다. 그들을 발견하고부터 쭉 미행해 왔다.

진천악은 그들을 미행하면 할수록 점점 화린에게서 멀어
지고 있다는 느낌을 받았다.

느낌에서 끝나는 게 아니라, 정말로 화린의 모습은 찾아볼
수가 없었다. 주위를 수색하려 마음먹기도 했으나, 이런 큰
도시에서 화린을 찾기란 불가능에 가까웠다.

화린을 찾으려면 있는 곳을 아는 사람에게 캐물어야 할 텐데, 현재 진천악은 그렇게 행동할 만한 입장에 있지 않았다.

북해빙궁이다.

혼자서 북해빙궁을 상대할 수는 없는 노릇이잖은가.

진천악은 결국 계획을 수정해야만 했다.

다시금 휘인을 찾기로 했다.

만약 그가 명성처럼 대단한 인물이라면, 그리고 화린을 걱정하는 마음이 조금이라도 있다면, 그가 큰 도움이 될 것이라고 진천악은 생각했다.

휘인을 찾는 문제 역시 수월하지 않았다.

진천악은 무려 다섯 시진 만에 그 사실을 새삼 실감하게 되었다.

"도대체 혈옥은 어디에 있는 거야!"

진천악은 그 혈옥을 찾는 데 고전을 면치 못하고 있었다. 무턱대고 무림맹 내에 침입하는 것까지는 좋았다. 워낙에 무림맹이 복잡하게 돌아가다 보니, 진천악 정도 되는 고수의 침입을 막아낼 저력이 남아 있지를 않았다.

심히 걱정이 될 정도로……

진천악이 무림맹을 수색하며 발견한 사실이 몇 가지 있다면,

첫 번째, 지하 감옥이 무진장 많다.

두 번째, 무진장 넓다.

마지막, 마치 미로 같다.

한마디로 혈옥의 정확한 위치를 알고 있지 않다면 절대로 혈옥을 찾을 수 없었다.

"휴우."

햇볕이 쨍쨍 내리쬐는 가운데 백의의 남녀와 흑의의 남남이 서로를 마주 보고 있었다. 적막감이 흐르는 가운데 그들은 의미심장한 눈빛을 교환했다.

그때 뇌운비가 입을 열었다.

"규칙은 간단하다. 수단과 방법을 막론하고 상대에게서 항복을 얻어내면 승부가 갈린다. 합공 역시 가능하고, 개인 대 개인의 비무여도 큰 상관은 없다."

백리천과 백리연화가 알아들었다는 듯, 묵묵히 고개를 끄덕였다.

그때 뇌운비가 주먹을 들어올린다.

그에 맞춰 단가후가 그의 마검을 꺼내 들었고, 백리천과 백리연화도 각자의 손바닥과 검을 들어올린다.

단가후와 뇌운비가 서로에게 눈빛을 보낸다.

그리고는 묵묵히 고개를 끄덕인다.

시작이었다.

단가후와 뇌운비가 일제히 백리천과 백리연화를 향해 달려들었다. 번개와도 같은 빠르기로 거리를 단축한 둘은 동시에 주먹과 검을 상대에게 휘둘렀다.

뇌운비와 단가후의 주먹과 검에서 무서운 기세가 느껴진다.

쿠르르쾅쾅!

그들이 주먹과 검을 막아내는 백리천, 백리연화.

한 수를 나눔과 동시에 백리천은 단가후에게, 뇌운비는 백리연화에게 달려들었다. 더 이상 협공이 용이치 않게 되자 각자는 본신의 힘에 의지하며 서로의 목숨을 탐하기 시작했다.

백리천은 북해빙장을, 백리연화는 북해빙궁 특유의 연검류를 수련하였다. 백리천은 그 수련하기 어렵다는 북해빙장을 구 성까지 익혔고, 백리연화는 빙백검을 십 성까지 익혔다.

북해빙장의 지독한 한기가 사방으로 터지며 단가후의 몸을 때렸다. 그의 손바닥을 막아낼 수는 있어도, 사방에서 터지는 빙기는 어쩔 수 없이 고스란히 몸에 맞아야만 했다.

순식간에 십여 합을 받아낸 단가후. 절묘한 검리로 효율적으로 백리천의 장법을 막아내는 듯하지만, 점점 무뎌지는 검은 그의 충격을 대변해 주고 있었다.

뇌운비의 상태는 단가후에 비해 조금 여유로운 편이었다.

뇌운비의 권법은 파괴적이다.

백리연화의 검법은 연검류이기에 섬세하다.

그런 섬세함이 백리연화에게는 오히려 독이 되었다. 빙장처럼 빙기가 주위를 넓게 둘러싼 게 아니라, 검날에 응축되어 있다 보니, 막아내어서 흘러나오는 빙기가 전무하다시피 했다.

그러니까 요령껏 막아내기만 하면 보통의 검을 상대하는 것과 별반 다르지 않다는 말이다.

오히려 검면을 때리는 뇌운비의 권법에 연검이 크게 영향을 받아 제대로 조절을 할 수 없어 백리연화가 겪는 낭패스러움은 적지 않았다.

연신 뇌운비의 공세에 밀리게 되자, 백리연화는 회심의 수를 꺼내야만 했다.

'빙일천!'

무려 천 번이나 휘두른다는 일천빙검. 일검 일검에 짙은 빙기가 서려 있어 몸에 들어가는 즉시 피를 얼려 버렸다. 심하면 몸에 마비를 일으킬 수 있어, 천 검 중에서 일 검만 맞아도 치명적일 수 있는 검법이었다.

휙휙휙!

백리연화가 마치 수십 개의 검을 사용하고 있는 듯한 착각이 일어날 정도로 빠르게 검을 찔러 들어왔다.

그때 뇌운비의 발길에서 검은 연기가 피어올랐다.

그리고 그의 몸이 부르르 떨기 시작하는 찰나, 어느새 그는 이 장 밖의 거리에 있었다. 백리연화의 일격은 그렇게 수포로 돌아갔다.

그렇게 쉽게.

뇌운비는 그렇게 짧은 찰나에 빙일천의 특성과 약점을 파악하여 효과적인 대응책을 펼쳤다. 단순히 운이 좋은 건지, 아니면 실제로 그렇게 노련한 것인지는 잘 모른다.

'이제 확인해 보면 되겠지.'

백리연화의 검세가 바뀌는 순간이었다.

그녀는 특유의 신속한 움직임으로 검을 빠르게 변화시키며 뇌운비를 향해 돌진해 들어갔다. 뇌운비는 천천히 그녀의 검로를 파헤쳤다. 놀랍게도 파고 들어갈 틈이 조금도 없었다.

뇌운비에게는 뒤로 물러서는 것 이외의 방법이 없었다.

물론 뇌운비는 자존심상 두 번 물러서는 것을 좋아하지 않았다.

순간 뇌운비의 눈동자가 풀리면서 머리가 물결처럼 일렁이기 시작했다. 태산과도 같은 기세의 마기가 터져 나오며, 그의 주먹을 감쌌다.

'오랜만!'

실로 오랜만에 능력을 발휘하는 뇌운비. 예전에 시전했을 때보다 한층 더 강한 기세가 느껴진다.

캉캉캉!

비상식적인 마찰음을 내며 백리연화의 연검은 힘없이 팅겨져 나갔다. 불가항력이었다.

그 모습이 꽤 마음에 드는지 뇌운비가 씨익 웃는다. 야차의 형상이다.

　백리연화는 검을 고쳐 잡았다.

　생각만큼 쉽게 풀릴 것 같지는 않았다.

　그렇다고 걱정을 하는 모습도 아니었다.

　'빙검십칠수!'

　백리연화는 오히려 강하게 밀어붙이기 시작했다. 눈꽃이 한 송이 두 송이 생기는 듯싶더니, 강한 폭발을 일으키며 지독한 빙기를 뿜어낸다.

　그때마다 뇌운비의 몸이 움찔거린다.

　정말 두 번 다시는 체험하고 싶지 않은 경험이다.

　하지만 안타깝게도 뇌운비의 눈동자에는 눈꽃이 벌써 수십 송이 보인다.

　"제기랄."

　뇌운비에게 있어서도 그렇게 쉽지 않은 상황이었다.

제11장

혈옥괴물(血獄怪物)

　혈마는 휘인 일행과 같이 두 시진가량의 시간을 보내었다. 누가 일부러 그를 붙잡지도 않았는데, 그는 동굴의 구석에 앉아 시간을 때우고 있었다.

　그가 시간을 때우는 방법은 상당히 간단했다.

　"호오? 무림공적이라고?"

　끊임없는 질문을 한다.

　혈마는 유난히 휘인에게 관심을 보였다. 얼마나 많았는지, 두 시진가량 동안에 계속 물었음에도 불구하고, 어디서 질문이 샘솟듯 생각나는지 계속해서 새로운 것을 묻는다.

　귀찮아 할 법도 하지만 휘인은 그런 질문에 일일이 답해주었다.

휘인이 고개를 끄덕였다.

"자네라면 무림맹이라는 곳도 꽤 애를 먹었겠군."

혈마는 칠십여 년을 이 혈옥에서 지내온 초로의 수감자였다. 그런 그가 오십여 년 전에 창맹한 무림맹이 어떤 곳인지 자세히 알 리는 없었지만, 그래도 무림을 다스리는 집단이니 그 규모는 어느 정도 추측할 수 있었다.

"아까 홀로 무림에 나왔다고 했던가? 그럼 일행은 어떻게 구했지? 폭력으로 다스렸나?"

두 시진가량 이어지는 질문에 휘인은 아무렇지 않을지 몰라도 일행의 경우는 달랐다. 듣기만 해도 짜증이 치민다.

"거참, 질문도 많네. 영감, 안 가? 혈옥의 수장이라면서? 수하들이 기다릴 거 아냐."

성질이 급한 임홍이 쏘아붙였다.

혈마는 어깨만을 으쓱여 보인다.

"수장이라고는 하지만 하는 일은 없다네. 혈옥은 생각보다 평화로운 곳이거든. 그 평화를 깰 만한 요인은, 서로 간의 분쟁이나 혈괴의 발작이 있을 때? 그런 때만 아니면 각자가 할 일을 하지."

"혈괴?"

새로운 사실에 대한 호기심은 인간의 본능이었다. 휘인이 가장 먼저 반응을 보였다.

"그런 것도 있나?"

"내가 들어오기 이전부터 혈옥에서 지내왔던 놈이네. 그러니까 가장 먼저 혈옥에 수옥된 자라고 할 수 있을까? 그러고 보니 엄청 늙었겠군. 그런데도 노부가 그를 처음 봤을 때와 별다른 점이 없으니……. 신기한데? 한 번도 생각 못해본 부분이군. 도대체 어떻게 생겨먹은……."

다시 성질이 급한 임홍이 껴들었다.

"본론, 본론! 나이가 들어도 젊어 보인다는 건 알아들었으니까, 도대체 그 녀석이 어떤 녀석인지 설명 좀 해봐."

"거참 사내 녀석이 인내심이 없군그려. 지긋이 앉아 듣고 있으면 어련히 말해주지, 안 말해줄 것 같나?"

아직도 본론이 나오지 않자 임홍은 무조건 수긍을 해 보였다.

"알았다니까! 빨리 이야기나 좀 해봐."

혈마는 눈을 얇게 뜨며 '내가 봐줬다'는 식의 표정을 한번 짓고는 말을 이었다.

"혈옥의 중심에는 유난히 뜨거운 염옥이 자리하고 있네. 이 단단한 암벽이 물렁물렁거릴 정도이니 말 다 했지. 내공이 없는 우리…… 아니 자네들은 예외로군. 어쨌든 노부는 감히 그곳에 발을 디딜 엄두조차 못 내네. 처음에는 호기심에 멋모르고 들어갔다가 깊은 화상을 입고는 절대로 근처에도 안 들어가지. 그 화상이 얼마나 깊었는지 한 달이 지나도 낫지 않

는 게야. 특히 직접적으로 그곳의 암벽에 닿은 내 발의 흉터
는 아직도 낫지 않았네.”

혈마는 그의 발바닥을 일행에게 보여주었다.

마치 불에 심하게 그슬린 흉터. 상당히 흉측한 흉터였다.

“지금도 그 뜨거운 암벽의 속삼이 느껴지는 듯하네. 어쨌
든 그 염옥의 중심에는 커다란 바위가 있네. 그리고 그 바위
에는 그 혈괴가 묶여 있지. 그 뜨거운 염옥에서도 녹지 않는
특수한 쇠사슬을 겹겹이 묶어서 몸을 크게 흔들 수도 없게 되
어 있네. 그런 극악한 환경인데도 그 혈괴는 살아 있네. 유난
히 그 염옥의 온도가 급상승할 때가 있는데…….”

혈마의 말에 의문이 생겼는지 휘인이 중간에 끼어든다.

“먹지도, 마시지도 않고 살 수 있나?”

아무리 무공에 조예가 깊은 인물이라고 해도 영양분이 공
급되지 않으면 죽게 되어 있다. 사람마다 죽음에 도달하는 기
간의 차이는 있겠지만, 결국에는 죽음에 이르게 된다.

“노부도 그게 궁금해서 며칠간 그를 관찰한 적이 있네. 염
옥에서 뿜어져 나오는 열기가 강해서 조금 먼발치에서 지켜
봤네만은, 그가 묶여 있는 바위가 특별한 것인지, 푸른 이끼
가 하루마다 자라네. 놈은 하루에 한 번 그 이끼를 뜯어 먹네.
영초가 아닌가 생각은 하네만, 어쨌든 대단한 괴물 놈이지.”

생각만 해도 끔찍한 생활에 임홍이 몸을 부르르 떤다.

‘고기가 없는 세상이라.’

지옥이다.

그때였다.

찰캉!

어디선가 쇠의 마찰음이 들린다.

툭!

그리고는 무엇인가가 바닥에 떨어지는 소리.

임홍이 벌떡 일어났다. 혈마의 이야기에 집중을 하다 보니 혹시 그 혈괴라는 녀석이 풀려난 게 아닌가 걱정이 되는 모양이었다.

"벽곡단인가 보군. 원래는 한 달에 한 번씩 정규적으로 들어오네. 오늘은 그날이 아니지만, 자네들이 합류해서인지 특별히 또 들어오는군. 아, 참고로 여벌의 옷은 일 년에 한 번만 들어오네. 알아두면 좋겠네."

새삼 감옥에 들어왔다는 게 실감난다.

자유가 억압받는 감옥.

혈마가 다시 혈괴에 대한 이야기를 이었다.

"염옥의 온도가 갑자기 급상승할 때가 있는데, 그때는 혈괴의 피부가 녹을 정도로 뜨겁네."

"영감이 거기 처음에 들어갔을 때 살갗이 녹을 정도로 뜨거웠다면서? 뭐가 다른 거지?"

임홍이 오랜만에 날카로운 지적을 한다.

"아차, 이걸 설명 안 했군. 그 혈괴 놈은 특수한 녀석이네.

어떤 특별한 외공을 익혔는지, 몸이 무진장 단단하네. 임홍 자네보다 덩치가 좋기도 하고. 어쨌든 평상시에는 그냥 발갛 게 달아오른 정도인데, 그가 괴성을 지를 때는 피부가 타는 것도 아니고 녹아내리네. 흰 뼈가 드러날 때까지도 계속.”

“…….”

상상이 가는지 일행의 표정이 좋지 못했다. 그것도 그럴 것 이 피부가 타 들어가는 느낌은 절대 상큼하지 못했다. 칼에 베이는 것보다도 끔찍한 느낌!

“도대체 어떤 죄를 지었기에 그런 큰 형벌을 이렇게 오랜 시간 동안 받는 거지?”

임홍은 상상조차 가지 않았다.

혈마도 모르겠다는 듯이 고개를 절레절레 흔들었다.

“노부에게 누가 알려준 적도 없고, 그렇다고 노부가 직접 물어볼 수 있는 상황도 아니었잖은가.”

확실히 그랬다.

일행 간에 묘한 정적감이 흘렀다.

혈괴의 이야기는 듣기만 해도 소름이 끼쳤다.

그 적막감은 오래 지나지 않아 깨졌다.

“크아아아아아아악!”

갑자기 혈옥이 미세하게 진동하기 시작하고, 귀청이 터져 나갈 정도로 큰 소리가 들리기 시작한다. 그 괴성은 너무도 날 카로워 내공을 끌어올리지 않고는 견딜 수가 없을 정도였다.

내공을 회복한 휘인 일행은 눈살만 찌푸렸다.

의외로 혈마 역시 귀를 막지 않았다.

아마도 내성인가 보다.

칠십여 년간 들어왔으니, 내성이 생길 법도 하다.

"크아아아아아!"

괴성은 끊이지를 않았다.

문득 혈마의 이야기가 떠오른다.

살이 녹아드는 장면이 머릿속을 스쳐 지나간다.

"……."

일행의 표정은 편치 않았다.

머릿속에 상상되는 것보다도, 혈괴의 괴성은 소름 끼치는 부분이 있었다. 마치 악령의 비명인 듯, 한이 맺혀 있다고나 할까?

어쨌든 상당히 불쾌하다.

"크아아아아아!"

혈괴의 괴성이 점점 커져만 간다.

그때 휘인이 자리를 털고 일어섰다.

"안내해."

"……?"

일행은 물론 혈마 역시 의아한 눈으로 휘인을 올려다본다.

"혈괴한테 안내하라고."

혈마는 알아듣지 못하겠다는 얼굴로 눈동자만을 연신 굴

려댔다.

"빨리."

휘인의 목소리가 신경질적으로 변했다.

그제야 그가 진지하다는 사실을 깨닫고는 혈마가 자리에서 일어났다.

"염옥을 노부의 발로 직접 가게 될 줄이야……."

아마도 다시는 그곳에 발을 디디지 않기로 결심을 내린 혈마였나 보다.

그런 혈마의 말에도 불구하고 휘인의 표정은 결연하기만 했다.

"휴우……. 노부의 팔자가 이렇다네."

휘인을 제외한 일행에게 푸념을 하는 혈마. 일행은 그의 심정을 십분 이해할 수 있었다. 그들 본인 역시 휘인이 왜 이런 선택을 하는지 이해할 수 없었다.

그렇지만 그들 역시 일어났다.

이상하게도 휘인이 가는 곳에는 자신들 역시 따라가야 한다는 습관이 붙었다.

소여락 역시 마찬가지였다.

가장 앞에 선 혈마가 일행을 돌아보았다.

"각오하는 게 좋을 거네."

혈옥은 상상만큼 기상천외한 지하 감옥이었다. 듣도 보도 못한 심오한 절진들이 시도 때도 없이 목숨을 노린다. 게다가 그 어떤 미로보다 복잡하게 길이 만들어져 있기에, 잠시라도 딴생각을 하면 눈앞에 있던 일행을 놓치게 된다. 긴장을 한시도 늦출 수 없는 상황이었다.

"무슨 감옥이 이리도 살벌해?"

역시나 임홍이 투덜거린다.

가장 앞에서 길을 안내하는 혈마가 친절히 답해준다.

"이 세상에서 인간보다도 위험한 존재는 없네. 혈옥의 설계자들은 그 사실을 누구보다도 잘 인지하고 있었기에 굳이 이런 장치들을 해놓았지. 사람이라는 동물은 일단 편함을 주면 안 되네. 한번 편함의 쾌감을 느끼면 더욱 강렬한 자극을 원하게 되네. 선한 쪽으로 그런 쾌감을 좇으면 좋지만, 안타깝게도 선한 쪽보다는 악한 쪽으로 그런 쾌감을 얻기가 더 쉬우니……. 그런 사람은 끝도 없이 악하게 되네. 하지만 이런 생명을 위협하는 장치들이 있으면 그런 편함은 주어지지 않지. 그런 편함이 주어지지 않으면 잡념도 지워지게 되고. 그러니까 선해지지는 않지만, 그렇다고 더욱 악해지지도 않는, 이 혈옥의 설계자들이 가장 이상적으로 생각할 만한 환경이 조성된다, 이 말이네."

휘익!

기관도 설치되어 있는 모양인지, 화살 하나가 임홍의 귓가를 스친다.

“제기랄, 돈도 많이 들어가는 이런 것들을 겨우 수감자들의 정신 건강을 위해서 만들었다고? 돈 지랄이야 아주……..”

당연히 임홍은 그런 설계의 목적을 좋아할 리가 없었다.

혈마는 단순한 임홍의 반응에 피식 웃고 만다.

“크아아시아아악!”

점점 커지는 혈괴의 괴성이 속을 뒤집는다. 점점 그와 가까워진다는 뜻이다. 그때 일행은 새로운 사실을 알게 되었다.

멀리서 들었을 때와 다른 점이 한 가지 있었다.

“내공이 담겨 있어?”

소여락이 의문을 표했다.

그녀의 의문에 혈마가 답해준다.

“혈괴는 애초에 내공이 점해진 상태가 아닌 듯싶었네. 그러니 음성만으로도 이 혈옥 전체를 울리게 만들 수 있는 것 아니겠나? 게다가 그 뜨거운 염옥에서 버틸 수도 있는 거고.”

슬슬 달아오르는 공기가 느껴진다.

내공으로 체온을 조절하지 못하는 혈마는 벌써 땀으로 몸이 흠뻑 젖었다.

숨마저 가쁘다.

“내공이 있는 상태에서도 과연 그의 형벌을 버텨낼 수 있을까?”

근래에 들어 임홍이 예리한 지적을 많이 한다.

직접 보지는 않았지만, 분명 혈마는 피부가 녹는 열기라고 했다.

그건 무림인이라 해도 버텨낼 재간이 없었다.

혈마는 임홍을 돌아보며 미소를 지었다. 어딘가 모르게 섬뜩해 보인다.

"어쨌든 그 혈괴는 버텨내고 있지 않은가."

"……."

듣고 보니 또 그렇다.

임홍은 호기심이 커져만 갔다.

그러는 한편 불안감도 커진다.

누군가가 자신의 마음에다 대고 속삭이는 것만 같다. 절대 접근하지 말라고. 위험하다고. 지금 당장 되돌아가라고.

임홍만 그런 게 아니었다.

일행 모두에게 그런 불안감이 점점 자라고 있었다. 단지 내색을 하지 않을 뿐이지…….

약 반 각을 더 걸은 일행은 주변 환경이 크게 바뀌었다는 사실을 쉽게 알아차릴 수 있었다.

일단 숨이 막힌다.

산소가 희박한지 숨이 점점 가빠온다. 내공과는 별개의 문제였다. 또 암벽의 색깔이 조금 달랐다. 누군가가 뜨겁게 달군 것처럼 붉었다. 색깔 자체가 다른 게 아니라 더 연한 모양이었다.

무엇보다도 크게 바뀐 것은 온도였다.

한여름에도 이렇게 덥지는 않다.

이건 마치 화마에 뒤덮인 전각 속에 있는 기분이었다. 애써 내공으로 다스리지만, 상당히 불쾌한 느낌이 그들을 계속 괴롭혔다.

그때 파리한 안색의 혈마가 걸음을 멈췄다.

그의 앞에는 꺾어지는 길목이 있었다. 그 길목은 유난히 밝은 빛으로 뒤덮여 있었다. 그 꺾어지는 부분에 무엇인가 발광체가 있는 모양이었다.

"노부는 여기가 한계라네. 안타깝게도 내공이 받쳐 주지 않아서 말이네."

내공이 부족한 게 아니라, 지금은 아예 없는 상황이니 혈마의 반응은 당연했다.

사실 지금까지 버틴 것만 해도 초인적이라 할 수 있었다.

"예상은 하겠지만, 저 길목에 바로 그놈이 묶여 있을 거라네."

"크아아아아아아!!"

굳이 그가 상기시켜 주지 않아도 혈괴의 괴성만을 듣고도 알 수 있었다.

꿀꺽!

임홍이 침을 삼켰다.

왜 여기까지 따라왔나 후회하는 감정마저 생길 정도로 그는 긴장했다. 곽소천의 표정도 크게 다르지 않았으며, 소여락은 그 표정을 지우기에 열심이었지만 그녀의 속내도 그대로 드러났다.

안타깝게도 휘인은 뒤도 돌아보지 않고, 척척 아무런 망설임 없이 앞으로 발을 내디뎠다.

너무도 주저없는 발걸음에 한숨부터 쉬는 일행이었지만, 내공을 극성까지 일으키며 따라붙는 그들이었다.

'젠장, 주군을 잘못 만나서……'

한 걸음 한 걸음.

한 걸음은 반 장도 안 된다. 반 장을 더 걸었다고 해서 환경이 크게 달라질 리가 없는 게 현실이거늘, 혈옥에서는 그러한 당연한 이치가 통하지 않았다.

한 걸음 걷는 게 그 어떤 일보다도 힘들다.

발걸음이 무거워지고, 후끈거리는 열기에 눈을 제대로 뜨기 힘들었다.

아직 길목에도 도착하지 않았는데 버티기 힘들었다.

더 이상 가기 싫었다.

하지만 가야만 했다.

처음과 마찬가지로 자신감있는 걸음으로 걷고 있는 휘인을 보면 포기할 마음이 사라진다. 포기하고 싶어도 부끄러워서 그럴 수가 없었다.

일행은 이를 악물고 휘인에게 뒤처지지 않기 위해서 노력했다.

그리고…….

드디어 길목에 들어섰다.

후끈하다 못해 뜨거운 열기가 직접 흘러나오는 입구의 정면에!

느낌이 달라도 한참 달랐다.

차원이 다르다는 말이 새삼 실감난다.

휘인과 그의 일행은 그 길목의 안쪽으로 들어섰다. 잠시 동안 눈이 제 기능을 상실했다. 어두운 부분에서 갑자기 밝은 부분으로 들어설 때 일어나는 현상이었다.

그뿐만 아니라 그 열기에 안구에 차 있는 습기가 모두 증발해 버리는 것만 같아 건조한 느낌까지 든다.

한마디로 인간이 버텨낼 수 없는 그런 극악한 환경이란 말이었다.

놀랍게도 그런 환경에서도 적응의 동물 사람의 눈은 금세 제 기능을 찾는다.

“……!”

그들은 자신들의 눈을 믿을 수 없었다.

“우리는 오늘만을 기다렸다.”

흑의의 청년이 밤의 차가운 바람을 맞으며 스산하게 중얼거렸다. 그 중얼거림은 내공에 의해 퍼져 모든 이의 귓속에 뚜렷이 들렸다.

청년의 숭고하게마저 느껴지는 음성이 다시 한 번 울려 퍼진다.

"천 년. 무려 천 년을 기다려 온 순간이다. 북해빙궁의 무리도 우리를 막아서지 못했다. 우리가 어떻게 기다린 천 년인가. 우리는 목적은 단 하나……."

청년의 예리한 눈빛이 수천의 무리를 훑고 지나간다. 마치 모두와 일일이 눈을 교환하듯.

"마도천하!"

청년의 잔잔한 음성은 마치 불씨와도 같았다.

무리의 가슴속에 숨어 있던 야망을 활활 타오르게 만드는 불씨.

마도천하.

가슴을 두근거리게 하는 단어다.

"천마혈검대 일, 사, 오, 칠대는 서쪽으로, 나머지는 동쪽으로 흩어진다. 나와 원로원은 정면으로 들어가겠다."

다시 한 번 청년의 눈빛이 무리를 훑는다.

청년의 결연한 눈빛이 무리에게 옮겨지는 것만 같았다.

"명심해라."

고요한 밤이었다.

"우리는 마도천하를 이루기 위해서 왔다. 천 년을 기다려 왔다. 그 사실을 망각하지 마라. 그 사실을 뼛속에 새기며, 한 명이라도 더 죽여라. 그만큼 마도천하에 가까워진다. 한 명!

칼이 박혀도 죽이고, 화살이 박혀도 죽여라. 독이 심장을 침범하기 시작해도 죽여라. 망설이지 마라. 우리는 마도인이다. 우리에게 두려움이란 존재하지 않는다. 두려움이 없는 이는 망설이지 않는다. 알겠나!"

"존명!"

무리의 외침이 우렁차게 퍼졌다. 그들은 이미 무림맹의 시선을 신경 쓰지 않았다. 그들은 알고 있었다. 무림맹이 이미 빈집이라는 사실을.

"그럼 가라! 마도의 아들들아!"

"존명!"

그와 동시에 그들은 일제히 퍼지기 시작했다.

큰 무리가 움직이는데도 불구하고 발걸음 소리가 일체 들리지 않는다.

청년, 뇌운비는 가만히 서서 그들이 모두 무림맹으로 들어서는 장면을 지켜봤다.

그러면서 실소를 머금었다.

단가후가 죽은 이후 뇌운비가 모든 권력을 물려받았다. 그에 대한 반발은 상당히 강했다. 비록 서열 이위로 인정을 받기는 했으나, 그것은 오로지 단가후에 의해서만이었다.

그렇기에 꽤 많은 이들이 그런 뇌운비를 향해 이를 갈고 있었다.

물론 더 이상 그런 이들은 없었다.

뇌운비가 태상교주를 꺾은 이후로는 아무도 그에게 도전을 하지 못했다. 특히 태상교주가 반항 한번 제대로 못해보고 죽은 것은 충격이다 못해 뇌운비에 대한 경외심이 들게 할 정도였다.

마교는 철저한 강자존의 세계.

비록 외부인이라고 하지만 마공을 배웠다면 남이 아니었다.

뇌운비는 그렇게 쉽게 마도인들에게 받아들여졌다.

어쩌면 유난히 정권의 교체가 심한 마교이기에 가능한 일일지도 모른다.

순간 뇌운비의 안색이 흐려진다.

하루아침에 마교의 힘을 얻은 이의 표정이라고 생각하기에는 힘들었다.

사실 뇌운비에게는 단 하나의 비리가 있었다.

조금 떳떳하지 못한, 그런 비리…….

뇌운비는 청운에게서 무영혈수침을 받았다. 그 무영혈수침은 휘인이 단가후를 꺾었을 때 청운이 그 몰래 발견한 것이었다.

무영혈수침은 친절하게도 그 해독약과 제조법, 설명서가 부착되어 있었다.

청운은 무영혈수침 여럿을 뇌운비에게 건네주며 일렀다.

"단가후가 하루아침에 사라지면 그들이 의심할 것이고 상당히 불안해할 것입니다. 특히 대의를 앞두고는 더욱 불안정한 상태일 것입니다. 그때 마교를 장악하세요. 공식적으로는 서열 이위니 자연스레 마교의 교주가 되실 겁니다. 당신을 곱지 않게 생각하는 태상교주가 시비를 걸지 모르니 가지고 계세요. 무영혈수침이라는 물건입니다. 실명서를 부착해 놓았으니, 유용하게 쓰시기 바랍니다."

무영혈수침은 단가후가 무림맹주를 죽였을 때 사용한 천하의 마물이었다.
아무리 태상교주라 해도 살아남을 수 없었다.
뇌운비는 무영혈수침의 무서움에 몸서리를 쳤다.
"휴우."
뇌운비의 한숨이 고요한 밤의 허공을 떠돌았다.
물론 그 고요한 밤은 이제 더 이상 고요한 밤이 아니었다.
유난히 보름달이 커 보이는, 그런 보랏빛의 밤하늘이었다.

믿을 수가 없었다.
북해빙궁의 무리는 좌절과 실망에 휩싸여 힘없이 북상하고 있었다. 이틀 거리의 임시 분타에 가는 길이었다. 북해빙궁의 증원이 합류하기로 한 지점이었다. 물론 그 합류라는 게, 지금의 무리가 무림맹 안을 정리하고 있을 때 이루어지기로 한 것이었지만, 불가피한 사정에 의해 그 계획은 수정되어야만 했다.

백리연화가 죽었다.

차기 궁주로 알려진 백리연화였다.

뛰어난 무공을 지닌 소궁주였기에, 선발대장이라는 중요 직책을 지닐 수 있었다.

그런 뛰어난 무공을 지닌 소궁주가 마교의 교주도 아닌 부교주에게 죽었다.

천하를 꿈꾸는 소궁주가 말이다.

물론 꼭 손해를 본 것은 아니었다.

단가후 역시 죽었다.

그렇다.

단가후가 죽었다.

암흑대제 단가후!

천마를 잇는 극악무도한 마교의 교주로서 수많은 전설을 일궈낸 당사자. 또 다른 소궁주 백리천이 단가후를 죽이는 쾌거를 이뤄냈다.

경사가 아닐 수 없었다.

만약 백리연화만 죽지 않았어도, 금의환향할 수 있는 이들이었다.

안타깝게 됐지만, 그렇다고 포기할 시점은 아니었다.

증원이 오면 다시 한번 천하무림을 노릴 수 있었다.

단가후를 죽인 이후 거의 탈진하다시피 하여 백리연화를

죽인 뇌운비에게 패배한 백리천의 등은 절대 초라하지 않았다.

비록 새외무림의 무사들이었지만 지금은 북해빙궁에 속해 있는 무사들은 선망의 눈빛으로 앞서 걷는 백리천을 쳐다봤다.

톡 치면 쓰러질 것만 같이 힘이 없는 백리천임에도 불구하고 그는 애써 힘을 내 걷고 있었다. 당당하게 앞장서서 걷고 있었다.

백리천에 대한 절대적인 신뢰가 생기는 순간이었다.

그들이 혹여나 알까?

백리천이 그 백리천이 아니라는 사실을…….

"……!"

살갗을 태우는 열기는 큰 문제가 되지 않았다. 신경이 다른 데에 쏠리게 되면 자연스레 그런 사소한 사실은 무시하게 된다.

거인이 큰 바위에 묶여 있었다.

실로 거인이었다. 일행 중에서 가장 큰 키와 덩치를 지닌 임홍이 아이처럼 여겨질 정도로 혈괴의 몸집은 거대했다.

혈괴의 가슴팍에밖에 안 올 듯한 임홍. 게다가 뼈마디도 굵은지 팔뚝이 임홍의 허벅지만했다. 그의 주먹은 바위도 통째로 부숴 버릴 만큼 단단해 보였다.

혈괴는 평범한 방법으로 묶여 있지 않았다. 온몸이 흉측한 사슬에 동여매져 있었다. 자세히 살펴보면 커다란 옥쇄들이 그의 어깨에 박혀 바위와 이어져 있었다.

그의 두 어깨와 허벅지의 살가죽을 통과해 바위에 박힌 옥쇄의 힘에 혈괴는 그 커다란 몸이 바위에 매달려 있었다.

"크아아아아아아아!"

혈괴의 괴성이 염옥을 뒤흔들었다.

일행은 얼떨결에 귀까지 막았다.

너무도 고통에 찬, 그런 괴성이었다.

치이이이!

지금껏 단 한 번도 구경 못해본 광경에 일행의 눈이 휘둥그레 떠졌다.

바위가 갑자기 시뻘겋게 달아오르더니 혈괴의 피부가 녹아내린다. 자세히 살펴보면 바위에 피부가 흘러내린 흔적이 이미 있었다.

살이 타는 냄새에 소여락이 눈살을 찌푸렸다.

생각보다 역겨운 모습에 곽소천이 시선을 돌렸다.

"……."

임홍의 표정은 그야말로 천지개벽을 목격한 이의 것과 같았다.

휘인은 생각이 복잡한 듯해 보였다.

그때 그들은 그 장면보다도 기상천외한 현상을 목격하게

되었다.

"……!"

휘인이 가장 놀랐다.

입이 떡하니 벌어질 정도로…….

한 차례의 열기가 지나가자 혈괴의 상처가 아물기 시작했다. 그러니까, 인간의 범주로는 도저히 상상조차 못할 정도로 빠른 속도로 아물기 시작했다.

새살이 돋는 게 눈에 보인다.

"정말 괴물이다, 괴물."

임홍이 질렸다는 듯이 고개를 절레절레 흔들었다.

곽소천은 멍한 눈으로 그 장면을 뚫어져라 쳐다봤고, 소여락은 연신 눈만 비벼대었다. 그 누구라도 믿을 수 없는 장면이었다.

반 각이 지나자 혈괴의 괴성이 잦아들었다.

그의 상처 역시 완전히 아물어져 있었다.

"저런 놈은 여기에 묶여 있는 게 당연해."

저런 거인이 무림을 활보한다고 생각하면……,

생각만 해도 가슴이 답답해진다.

"……!"

그때 또다시 경악할 만한 일이 일어났다.

휘인이 염옥 안으로 터벅터벅 들어갔다. 과연 그가 들어가는 곳이 염옥인가 하는 의문이 들 정도로 그는 평온해 보였고, 걸음 속도는 일정했다.

"주군! 어디 가!"

어딘가 모순이 있는 임홍의 어투.

휘인은 그를 뒤로하고 혈괴를 향해 나아가기 시작했다.

임홍은 기겁을 하며 휘인을 따라 들어갔다. 그를 끌고 나올 심산이었다.

치이이이!

물론 마음뿐이었다.

염옥 안으로 한 걸음 디딜 뿐이었는데, 발바닥이 녹으려 한다. 처음으로 발바닥에 연기가 나게 해본 임홍은 헐레벌떡 우스꽝스런 모습으로 달려나왔다.

"아뜨, 아뜨! 열라 뜨거워."

이미 임홍의 발은 얕은 화상을 입어 시뻘겋게 달아올라 있었다. 안타깝게도 임홍은 혈괴와 덩치만 살짝 비슷했지, 재생력은 닮지 않았다.

임홍은 바닥에 털썩 앉았다. 발로 서 있기가 불편했다.

"젠장, 저 주군 놈도 괴물이라니까."

어떻게 저렇게 뜨거운 곳에 아무렇지도 않은 얼굴로 들어가는지 절대 이해할 수 없는 임홍이었다. 무엇보다도 그가 이해할 수 없는 건 휘인이 왜 염옥에 들어갔느냐라는 것이다.

임홍은 곽소천을 올려다보며 물었다.

"설마 저 괴물 녀석을 풀어주려는 건 아니겠지?"

그냥 불현듯 떠오른 생각에 내뱉은 말이었다. 절대로 의혹을 바탕으로 한 말은 아니었다. 그냥 혹시나 해서.

곽소천은 여전히 멍한 눈이었다.

"아마도 그렇겠군."

임홍은 잠시 사신이 잘못 들은 건 아닌가 했다.

도대체 무슨 근거로 곽소천이 그렇게 호언장담을 하는지 모르겠다.

곽소천은 이미 그런 임홍의 의문을 알았는지 휘인을 가리켰다.

지금껏 곽소천을 올려다보고 있던 임홍은 애써 싹트는 불안감을 억누르고 천천히 염옥 안을 쳐다봤다.

"그 검으로 뭘 하려고!"

임홍이 기겁하여 외쳤다.

그 특유의 묵빛을 발산하는 검이 휘인의 손에 들려 있었다.

"죽이려는 걸 수도 있지."

소여락은 냉정하게 생각했다.

그녀의 말을 듣고 보니 그럴 수도 있다는 생각을 한 임홍은 불안한 마음을 감추지 못하며 계속해서 휘인의 행동을 주시하고 있었다.

휘인이 다가서자 혈괴가 감고 있던 눈을 떴다.

그가 휘인의 존재를 알아차린 것이었다.

"흐음."

휘인은 적잖게 놀랐다.

혈괴는 대단한 존재감을 지니고 있었다. 흉흉한 혈광에서 쏟아져 나오는 살기는 발걸음을 멈추게 하였다. 거대한 폭포 수의 아래에 선 느낌……. 휘인은 잠시 그의 위압감에 압도되었다.

'근육이 비상식적으로 불려져 있다. 그럼 근육이 쉽게 뒤틀리기 마련인데, 그의 몸은 이미 이 상태에 적응이 되어 있다. 원래는 일시적으로 힘을 폭발시키는 모양이지만, 혈옥에서의 고통 덕에 적응을 하게 되었는지도 모르지.'

몸에서 끊임없이 거부 반응을 보여도, 만약 새로운 자극이 주어지면 그 거부 반응을 그만두고, 새로운 자극에 대해 반응을 한다. 특히 생명을 위협하는 자극일수록 이전의 거부 반응은 버리고, 생명을 보존하려는 보호 반응을 시작하게 된다.

결론적으로 혈괴는 독특한 약을 먹고 무림의 안녕에 위협을 끼치는 도중, 여기로 끌려오게 되어 기연을 만난 셈이었다. 적어도 휘인의 생각에는 그러했다.

'생각보다 복잡할 수도 있지.'

무림맹 이전 혈옥의 과거가 불투명한 지금 그 어떤 경우의 수도 열려 있었다. 물론 그 경우의 수를 줄이는 방법이 있었다. 그것도 아주 결정적인 방법이.

'직접 물어볼 수밖에.'

"그대의 이름은?"

혈괴는 휘인의 물음에 답하지 않았다. 그가 유일하게 보인 반응은 커다란 함성이었다.

"크아아!"

귀청이 터질 정도로 큰 함성이었다.

휘인은 눈살 하나 찌푸리시 않고 혈괴를 한참 올려다보고 있었다.

"그대의 이름은?"

휘인은 똑같은 질문을 반복했다.

"크아아!"

역시나 돌아오는 대답은 똑같았다.

휘인은 잠시 생각에 빠졌다.

"이름이 크아아인가?"

"풋."

뒤에서 듣던 소여락이 웃음을 터뜨렸다. 너무도 어이가 없어 웃음마저 새어 나온다. 처음으로 웃음 비슷한 행동을 보인 소여락을 임홍과 곽소천이 의아한 눈으로 보자 다시 싸늘한 표정을 되찾는 그녀였다.

"크아아아!"

휘인이 자신을 놀린다는 사실을 인지했는지, 조금 더 크게 소리를 지르는 혈괴.

휘인은 이마를 탁 쳤다.

"크아아아라고? 아가 하나 더 붙는군."

“…….”

혈괴는 멍하니 휘인을 내려다보기만 했다. 자신의 입장이 초라해 보이는 모양이었다.

그 순간이었다.

“크아아아아아!”

이번의 괴성은 휘인에 대한 분노의 표출이 아니었다. 바위가 시뻘겋게 달아오르는 듯싶더니, 일 장 밖의 휘인에게도 그 화로보다 뜨거운 열기가 느껴질 정도로 염옥의 온도가 뜨거워졌다.

그 열기의 원천인 바위는 아마 그 아래에 분출구를 갖고 있는지, 상상 이상으로 뜨거워졌다.

치이이이!

그와 함께 혈괴의 피부가 녹기 시작했다.

휙!

캉!

휘인이 검을 한번 휘둘렀다. 물론 혈괴를 죽임으로써 평안을 주려는 건 절대 아니었다. 그가 검을 가볍게 한번 휘두르자 얇은 검기가 혈괴의 어깨에 박혀 있는 옥쇄에 맞았다.

그것뿐이었다.

검기로는 흠집도 나지 않았다.

‘흐음.’

휘인은 다시 한 번 검을 휘둘렀다. 이번에는 찬란한 빛과 함께 굵은 검강이 뿜어져 나왔다. 검기와는 달리 아주 세밀한 조절이 불가능한 검강이라 옥쇄를 동강 낼 수 있을지는 몰라도, 그렇게 되면 혈괴의 살점 역시 떨어지게 된다.

물론 휘인은 혈괴의 재생력을 믿었다.

캉!

"……!"

이번에도 옥쇄는 잘라지지 않았다. 아까와 다른 점이 하나 있었다면, 이번에는 흠집이 생겼다는 것 정도? 전혀 반갑지 않은 변화였다.

혈괴를 동여매고 있는 쇠사슬은 분명 검강으로 잘려져 나갈 듯싶었다. 그렇지만 혈괴의 살을 뚫은 옥쇄는 그 쇠사슬과는 크게 다른 모양이었다.

"주군, 얼른 나와! 그런 괴물을 왜 풀어주려고 안달이야!"

임홍은 휘인이 걱정되었다.

염옥의 열기가 상상 밖으로 뜨거워졌다. 천하의 휘인도 살갗이 그슬려 검게 변하고 있었다. 밖에서 느껴지는 열기도 버티기 힘들 정도인데 휘인은 그 열기를 정면으로 받아내고 있었던 것이다.

휘인은 들은 척도 하지 않았다.

휘인이 눈을 지그시 감았다.

그리고는 검을 한번 휘둘렀다. 검기도 검강도 뿜어져 나오지 않았다. 그 열기 속에 미풍만이 살짝 일렁거릴 뿐이었다.

"……."

일행은 그런 휘인을 멍하니 쳐다보고 있었다.

뭔가 거창한 것을 보여줄 것만 같았던 휘인의 모습이었다.

"……!"

그때 정말 거창한 무엇인가가 일어났다.

찰캉, 찰캉.

옥쇄가 거짓말처럼 동강이 났다. 비록 여전히 혈괴의 어깨에 박혀 있었지만, 빼내려고 노력하면 못 빼낼 것도 없었다.

잘려 나간 것만 해도 어디인가.

그래도 여전히 혈괴의 두 허벅지를 뚫고 바위에 박혀 있는 두 옥쇄가 남아 있었다.

휘인은 식은땀을 흘리며 두 번 검을 휘둘렀다.

찰캉, 찰캉.

이번에도 옥쇄는 동강이 났다.

정말 무서울 정도로 예리한 검이었다. 검기도, 검강도 아닌 그런 검.

그때 혈괴가 몸부림을 쳤다.

자신이 반쯤은 풀렸다는 사실을 알아차린 그는 두 팔을 벌려 자신을 동여매고 있는 그 무식하게 굵은 쇠사슬들을 끊어버렸다.

"……!"

그렇다.

그는 순수한 힘으로, 염옥에서도 녹지 않는 그 쇠사슬들을 끊어버린 것이다. 그를 이 염옥에 가둬놓고 있는 건 옥쇄들이 었지, 쇠사슬은 아무것도 아닌 모양이었다.

"크아아아아!"

혈괴는 두 어깨와 허벅지에 박힌 옥쇄를 빼내어 바위에서 떨어질 수가 있었다. 그 굵은 옥쇄가 박혀 있던 곳들이니 근육이 크게 손상되어 있을 수밖에 없었다.

혈괴는 발로 착지도 못하고 힘없이 바닥에 쓰러졌다.

쿠르르르르!

그때 염옥에서 지진이 일어났다. 그리고 갑자기 염옥의 중심에 있던 바위가 바닥으로 푹 꺼져 버렸다.

혹시나 혈괴가 탈출을 시도할 때를 대비하여 마련해 놓은 기관진식인 모양이었다. 바위가 푹 꺼진 곳에서는 시퍼런 불이 뿜어져 나왔다.

그 불은 점점 커져만 갔는데, 혈괴와의 거리가 상당히 가까워지고 있었다.

정작 놀라운 사실은 불과 어느 정도의 거리가 있음에도 불구하고 혈괴의 피부가 빠르게 녹기 시작했다는 것이다. 화마가 따로 없었다.

혈괴는 바닥에서 몸부림을 쳤지만, 옥쇄에 힘줄까지 손상되었는지 자리에서 일어나지는 못했다. 기어가려고도 했으나 불에 의한 고통에 의해 시도도 못하고 있었다.

그런 혈괴를 휘인이 황급히 부축했다.

그리고 전혀 어려움없이 염옥을 빠져나오는 휘인.

휘인의 모습은 우스꽝스럽기 그지없었다. 가장 얇은 눈썹이 타 들어가기 시작했고, 얼굴은 새까맣게 타가지고는 시골에서 올라온 촌놈과 다를 바가 없었다.

그런 휘인을 보는 일행의 눈빛은 묘했다.

자신을 희생하면서까지 혈괴를 구하는 휘인의 모습을 보며 무엇인가를 깨닫는 그들이었다.

생명은 아무런 이유 없이도 구할 만한 가치가 있는, 그런 것이었다.

비록 괴물의 생명이라 해도…….

그렇게 생각하지 않았더라면 휘인이 혈괴를 구하는 모습에 숙연해질 그들이 아니었다. 자신들도 휘인의 모습을 보며 어느새 응원을 하고 있었고, 힘을 보태고 싶어했다.

인간의 본능이었다.

생명을 아끼는 마음은.

제12장

무림맹파(武林盟破)

武

무림은 평화로웠다.

지금까지 유일하게 무림의 평화에 위협을 끼친 인물은 무림공적이었다. 그 무림공적은 혈옥에 갇혀 있었다. 즉 더 이상 무림의 안녕에 위협을 끼칠 만한 요인은 없어졌다는 뜻이다.

아직도 새외무림이 심상치 않다는 이유로 천라지망이 유지되고 있었지만, 그들이 현재 신승에 의해 귀환하고 있다는 소문이 파다했다.

무림인들은 주청학이 죽은 이후 사라졌던 평화가 다시 한 번 찾아왔다고들 말했다.

바로 오늘 말이다.

무림맹의 무사들이 처참하게 살육되고 있는 오늘 말이다.

한밤중에 오십여 년간 그 어떤 위협에도 끄떡없던 무림맹의 무사들은 복면에 흑의를 맞춰 입은 무리에 의해 발악도 제대로 못해보고 죽어나갔다.

무림맹의 무사들은 모두가 자질을 인정받고 입맹한 이들이지만, 정예 세력은 이미 천라지망에 합류한 상태였다. 집을 지키는 이들은 별 볼일이 없는 자들이란 말이었다.

휘인의 영향력은 그렇게 컸다.

무림맹의 정예 무사들을 총동원해야 할 정도로 휘인이 일으킨 파장은 컸다.

결국에는 그 모든 파장이 마교를 위한 것이 되어버렸다.

비천검은 눈앞에서 벌어지는 광경의 그 어떤 부분도 믿을 수 없었다.

무림맹이 무너지고 있었다.

어느 쪽을 봐도 무림맹의 무사들이 우세한 곳이 없었다. 한 곳도 없었다. 한 지점도 없었다. 한 사람도 없었다.

천하의 그 어떤 곳에서도 인정해 주는 무림맹의 무사들이, 흑의인들에게는 아무런 반항도 하지 못한다.

흑의인들이 어디의 무리인지는 묻지 않아도 쉽게 알 수 있었다.

그들은 마기를 감추지 않았다.

작정을 하고 무림맹을 침범, 침략하고 있는 것이었다.

그리고 상당히 시의 적절했다.

빈집이나 다름없으니 말이다.

"어떻게 마교가 여기까지 기어 올라온 사실을 그 누구도 몰랐지?"

세상의 눈은 많다.

그런 수많은 눈을 피하기란 여간 어려운 게 아니다. 아니 누군가에 의해서는 목격되기 마련이다. 그런데도 무림맹은 마교가 이곳에 발을 디딜 때까지 눈치 채지 못했다. 심지어는 이 무림맹 안에 발을 들여놓을 때까지도.

비천검은 알까?

마교뿐만 아니라 북해빙궁에서도 왔었다는 사실을. 비록 눈치를 조금 채기는 했어도, 그들이 이곳까지 왔다는 사실은 비천검에게 충격적일 것이다.

무림맹은 철저하게 농락당했다.

주청학이 죽고 나서 무림맹은 그 기반이 단번에 무너졌다.

철저하게 학살되고 있는 무림맹 무사들을 눈에 담으며 비천검은 눈물을 흘렸다.

자신이 사랑한 무림맹이었다.

그런 무림맹을 자신이 지키지 못했다. 자신에게 모든 책임이 넘어왔거늘, 자신은 그 책임을 지키지 못하고 더러운 마교도들에게 무림맹을 넘겨주게 되었다.

더러운 마교도들에게!

'죄송합니다. 저의 불찰입니다. 부디 저를 용서해 주시옵소서.'

비천검은 하늘을 올려다보며 눈물을 닦았다.

사기기 낀 하늘이었다.

"이 더러운 벌레 같은 녀석들! 다 덤벼라. 이 비천검이 죽지 않는 한 절대 이 무림맹을 넘겨줄 수 없다!"

결연에 차 있다 못해 숭고함까지 느껴지는 비천검의 일성이었다.

물론 조금 늦은 감이 없지 않아 있지만…….

사방의 마교도들이 비천검에게 눈을 주었다. 비천검을 모르는 마교도들은 없었다. 공식적으로나 비공식적으로나 비천검만큼 무림맹의 이름으로 마교를 괴롭힌 인물이 없었다.

마교도라면 모두 비천검에 대한 원한을 가지고 있었다.

그리고 오늘.

오늘이 그 은원을 갚을 날이었다.

은원이 전부는 아니었다.

무림맹의 장로를 죽이면 공이 생긴다. 그 공이 금전적으로는 물론 출세에 막대한 영향을 끼칠 수가 있다. 일석삼조라는 말이다.

열 명가량의 흑의인이 걸어오며 씨익 웃어 보였다. 악마의 형상이 따로 없었다.

비천검은 뜨겁게 달아오른 마음을 가라앉혔다. 제 감정에 못 이기고 날뛸 정도로 그는 멍청하지 않았다. 한때는 검에 미쳤던 비천검이었다.

비천검은 싸늘한 눈으로 달려드는 마교도들의 움직임을 분석했다.

분석을 끝낸 그는 몸을 띄웠다.

허공을 밟으며 그는 시퍼런 검강을 일으켰다. 비천검은 내공은 조절하지 않았다. 살 생각으로 싸우는 게 아니었다. 어차피 죽을 생각이었다. 아니 살아서 나갈 방법이 없었기에 자연스레 생명은 포기하게 되었다.

이 세상에서 제일 무서운 게 있다면 그건 인간이었고, 그 인간 중에서도 가장 무서운 부류가 목숨을 잊고 사는 부류라고 할 수 있었다.

날카롭게 쇄도하는 검강에 두 명이 피하지 못하고 몸이 동강났다.

비천검이었다.

무림맹의 장로 비천검.

천마혈검대의 한 개 대면 몰라도, 열 명으로는 비천검을 아무런 피해 없이 죽이는 건 불가능했다. 물론 아무런 피해 없이……

천마혈검대는 마교의 정예 중에서도 정예가 모인 단체였다.

고급 단약을 지급받고, 천마의 검법 중 일부를 수련할 수 있는 특혜가 부여되는 이들이다.

각 개인이 검귀와 같은 이들이다.

남은 일곱여 명은 하나의 진을 형성하며 비천검과의 거리를 좁혔다.

일단 진이 형성되자 비천검도 이전처럼 무작정 달려들 수가 없었다.

죽든 말든 상관은 없었지만, 무인으로서 개죽음은 사절이었다.

천하의 비천검이 겨우 천마혈검대의 열 명에게 개죽음을 당하는 건 그의 자존심이 허락하지 않았다. 겨우 천마혈검대는 아니었으나, 어쨌든 비천검은 조금 더 명예롭게 죽고 싶었다.

비천검은 진을 뜯어보았다. 천마혈검대의 진은 공격적인 성향이 짙었다. 애초에 마교도들의 성질이 급하다 보니 장기전을 싫어한다. 그렇기에 조금 무리를 해서라도 상대의 숨통을 끊는 데 열중을 한다.

비천검은 빠른 보법을 펼쳤다.

자신의 움직임에 따라 천마혈검대의 진이 어떻게, 얼마나 빨리 반응하는지 분석하려는 의도였다.

'이런.'

천마혈검대의 진은 반응을 보이지 않았다. 무반응이 바로 그들의 대응책이었다. 각자가 감각있는 검귀들이다 보니 각자가 알아서 비천검을 맞이하려는 의도였다. 재수가 나빠 비천검의 일검에 죽을지는 몰라도, 그를 감싸는 다른 천마혈검대원이 비천검을 죽일 것이다.

살을 주고 목숨을 취하겠다는 의도가 뚜렷이 드러났다.

"안타깝군."

비천검은 일생일대의 위기가 찾아왔음을 깨달았다. 벗어날 길도 없다는 사실을 알았다.

그렇다고 도망칠 정도로 비천검은 편협하지 않았다.

그의 편협함은 모두 무림맹을 위한 것이었지, 자신을 위해서는 아니었다.

비천검은 무작정 그들을 향해 달려들었다.

대책은 없다.

검이 찔러 들어오면 막고, 허점이 생기면 찌른다.

비천검이 일직선상으로 찔러 들어오자 천마혈검대의 진이 바뀌었다. 비천검을 감싸는 형상의 진으로 바뀐 것이었다. 비천검은 그 사실을 알아차렸음에도 불구하고 빠져나갈 수 없었다.

그들이 진을 바꾸는 시기를 적절하게 하여 비천검이 반응을 할 수 없도록 만들었다.

지독한 놈들이었다.

캉!

그때 천마혈검대가 일제히 비천검을 향해 찔러 들어왔다. 사방팔방 찔러오는 검들 속에 도망갈 길은 전혀 없었다.

비천검은 그때 몸을 띄워 다시 한 번 검강을 일으켰다.

비룡승천검!

승천하는 용의 모습과 닮은 그의 검강이 천마혈검대 넷의 목을 땄다.

순식간이었다.

하지만 비천검의 생명도 거기에서 끝이었다.

몸을 띄운 상태에서는 움직임에 한계가 있을 수밖에 없었다.

나는 새가 아닌 한 착륙 지점은 한정되어 있었다.

남은 천마혈검대원들이 일제히 검을 놀려 비천검의 몸에 박았다.

"커헉!"

비천검의 동공이 서서히 풀리기 시작했다. 바닥에 널브러진 그의 육신이 조금씩 떨리기 시작했다. 근육 경련이었다.

천마혈검대원들은 그런 비천검을 내려다보며 만족스러운 미소를 흘렸다.

비천검 이청학의 육신은 천천히 식어가기 시작했다. 심장이 평생 해왔던 운동을 쉬어가고 있었고, 혈압 역시 급속도로 줄어들었다.

생명의 끈이 점점 얇아지고 있었다.

살아온 인생이 빠르게 뇌리를 스쳐 지나간다. 생각해 보면 그의 욕심은 참으로 부질없었다. 결국에는 이렇게 죽을 텐데 뭘 그렇게 바쁘게 살아왔는지…….

죽음이 이렇게 슬픈 건지 처음 알았다.

무엇보다도 가슴 아픈 건 자신의 기억 중 그 어떤 것도 행복한 게 없었다. 심지어는 따뜻한 기억 하나 없었다. 아아……!

무림맹의 비천검.

무림맹을 위해 한 인생 다 바쳐 봉사하다, 적의 손에 명예롭게 죽다.

무림맹 무사들의 수는 점차 줄어들고 있었다. 처음보다 그 수가 훨씬 빠르게 줄고 있기도 했다. 일이 이렇게까지 빠르게 진행될 수가 없었다.

"지금쯤 끝났겠군요."

주군을 잃은 소소는 현재 임시 부궁주 직을 맡고 있었다. 직속상관이 죽었고 유일한 수하이다 보니 사정상 그녀가 염황사자대를 이끌었다.

물론 인재가 급한 전시이다 보니 궁주가 남하하면 공식적으로 그녀를 소궁주로 임명할 것이다.

"……?"

백리천이 그녀를 돌아본다.

“지금쯤이면 마교도들이 무림맹을 장악하고도 남았을 거라고요.”

소소는 못 미더운 눈으로 백리천을 노려보고 있었다. 실제로 백리연화의 시체를 그녀가 직접 목격한 적이 없었다. 백리연화가 살아 있을 가능성도 있다는 소리였다.

그리고 소소는 그녀가 살아 있을 것이라 생각하고 있었다. 그녀의 상관은 절대 쉽게 죽지 않을 사람이었다. 일단은 그렇게 믿고 싶었다.

시체가 없다는 사실이 확신의 근거가 돼주었다. 물론 근거는 더 있다. 백리연화의 죽음 부분을 대충 처리하는 백리천의 태도. 무엇인가가 분명 미심쩍은 일이 있었다.

‘소궁주님은 절대 그렇게 죽으실 분이 아니야.’

‘그렇게’ 라는 건 마교의 부교주에게 죽임을 당하는, 그러니까 보통의 무림인들에게는 당연한 일이지만, 소소는 백리연화에 대한 절대적인 신뢰가 쌓여 있었다.

‘그럼 도대체 어떤 일이 있었단 말인가.’

마교의 교주와 부교주, 북해빙궁의 두 소궁주가 비공식적으로 담판을 짓는 건 모두가 알고 있었지만, 정말 무슨 일이 벌어졌는지는 당사자들밖에 몰랐다. 정말 단가후가 죽었는지, 그리고 백리연화가 죽었는지는 확언할 수 없다. 결정적으로 시체가 없으니까⋯⋯.

“소소라고 했던가?”

백리천이 처음으로 반응을 보인다.

자신의 이름을 확인하는 백리천의 말에 자연스럽게 핏줄이 서는 소소였다.

"지금 장난하십니까?"

백리천이 씨익 웃는다.

"상관에 대한 예우는 예전에 팔아먹었군."

소소도 같이 웃어 보였다.

"저는 상황에 따라 유동적으로 변하는, 그러니까 감각있는 무인이어서요."

"하하하."

재치있는 소소의 답변에 백리천이 호쾌하고 웃었다. 백리천이 이렇게 웃는 모습을 처음 본 소소는 잠시 멍하니 그를 지켜보기만 하였다.

"그렇게 재밌어요?"

"그럼! 당연하지. 나 웃기려고 한 말이 아니었나?"

"……."

어째 사람이 바뀐 것만 같다. 처음에는 편협하고도 얍삽한, 약삭빠른 능구렁이 같은 놈으로 알고 있었다. 그런데 이제 보니까, 넋 나간 미친놈이었다.

"소궁주님은 원래 얼굴이 여러 개입니까?"

가볍게 던진 질문이었다.

아무런 생각 없이 한 질문이라는 말이다.

그런데 이상하게도 백리천은 머뭇거리고 있었다. 이상했다.

일단 자신의 질문을 진지하게 생각하는 백리천의 태도. 그는 지금껏 단 한 번도 자신의 질문을 심각하게 받아들인 적이 없었다. 그런데 이상하게도 마교도들과의 담판 이후에는 자신의 질문에 답을 해순다. 이 세상에서 자신과 동급이 아니면 절대로 상종하지 않는, 자아도취 환자 백리천이 말이다.

그때 백리천의 입이 열렸다.

"모든 사람들도 마찬가지 아닐까?"

"……?"

소소는 잠시 그가 하는 말의 뜻을 놓쳤다.

"모든 사람들이 하나의 얼굴로만 사는 건 아니잖아?"

소소가 잠시 고개를 갸웃거린다.

호소를 하는 듯한 백리천의 목소리에 잠시 어안이 벙벙한 것이었다.

그랬다.

어딘가 호소를 하는 목소리였다.

소소는 백리천의 얼굴을 천천히 뜯어봤다.

분명히 백리천의 얼굴이 확실했다. 그런데 분위기는 상당히 달랐다.

무슨 정신적인 충격이 있었던 것일까?

"그건 그렇죠……."

소소는 어딘가 힘없는 목소리로 답했다. 의아함이 크게 자리하고 있는 그녀였다.

"그렇지?"

크게 좋아하는 백리천.

어딘가 넋이 나간 표정의 그가 말을 다시 이었다.

"똑같은 사람이라도, 부모를 대하는 태도, 철천지원수를 대하는 태도, 친구를 대하는 태도, 상관을 대하는 태도, 후임을 대하는 태도. 여기서 더 자세하게 들어가면, 어머니를 대하는 태도, 아버지를 대하는 태도, 친한 친구를 대하는 태도, 인사만 하는 친구를 대하는 태도, 이렇게 각양각색이잖아. 사람들은 자기 몸의 얼굴만 똑같지, 마음의 얼굴은 너무도 달라. 차라리 몸의 얼굴이 다르고, 마음은 같은 게 훨씬 나아. 그렇지 않아?"

백리천은 무엇인가를 자신에게 이해시켜 주려는 모양이었다.

"그렇죠. 속만 다른 인간들보다는 그런 사람이 낫겠죠. 그런데 그런 사람이 어디 있어요. 다 똑같은 얼굴에 마음은 다른 속이 시커먼 놈들만 있죠."

백리천은 그제야 우수에 가득 찬 눈을 지우고 기쁨에 어린 아이와 같은 순수한 미소를 지었다.

"……."

소소는 그런 순수하고도 예쁜 미소를 처음 봤다.

소소는 한참이 지나고 나서야 자신의 추태를 알아차렸다.

백리천을 빤히 쳐다보며 침을 질질 흘리는 그런 자신의 추태를 말이다.

"크흠. 죄송합니다."

얼굴이 시뻘겋게 달아오른 채 쑥스럽게 사과를 하는 소소였다.

그런 소소에게 백리천은 미소만을 띠어 보였다.

소소를 넋 나가게 만든 그 미소 말이다.

'내가 미쳤지, 미쳤어.'

어제만 해도 그렇게 싫어하던 인물이었다.

아니 방금 전의 대화를 나누기 이전만 해도 끔찍이 싫어했던 인물이다.

"마교의 일은 정말 뜻밖이었어."

"……?"

화제가 갑자기 바뀌어 순간 그가 무슨 말을 하는지 이해 못한 소소.

"지금쯤 마교가 무림맹을 쑥대밭으로 만들었을 거라면서?"

그제야 소소는 이마를 탁 치며 자신이 꺼낸 화제를 상기했다.

'이렇게 넋을 놓고 있을 수가.'

소소는 자신을 책망하며 고개를 절레절레 흔들었다.

"마교가 그 순간에 나타날 줄 누가 알았겠어요. 손아귀에 있던 무림맹을 통째로 빼앗긴 기분이란……. 휴우.”
소소는 그때 한 가지를 깨달을 수 있었다.
자신의 어투가 상당히 친근해졌다.
자신이 백리연화를 대하는 그런 태도로 지금 백리천을 대하고 있었다.
‘……’
그 사실을 새삼 알게 된 소소는 온몸이 굳을 수밖에 없었다.
낯을 심하게 가리는 자신이 벌써 백리천을 마음 한구석에 들여놓았다.
완전한 남을 이렇게 깊이 사귀기도 힘든데, 지금까지 싫어하다 못해 증오한 인물을 하루아침에, 아니 한 번의 대화로 친해졌다.
‘이상해.’
무엇인가가 달라졌다.
그건 소소의 확신이었다.
백리천의 얼굴을 살피던 소소는 눈에 의심의 빛이 가득했다.
‘나를 이용하려는 건가?’
만약 사람과 금세 친해지는 게 그의 능력이고, 그가 그 능력을 처음으로 자신에게 썼다면, 자신은 그를 경계할 필요성이 있었다.
그 부분에까지 생각이 미치자 소소의 온몸은 전율로 떨렸다.

　'엄청난 친화력! 지금까지는 나를 대수롭지 않게 여겨 아무렇게나 대했지만, 이제는 나에게 필요성을 느껴 잘해주는 거라면?

　"사람을 바로 앞에 두고 무슨 생각을 해? 그거 실례 아니야? 후후."

　소소는 그제야 자신들이 대화 중이었다는 사실을 깨달았다.

　"그냥, 잠시 딴생각을……. 죄송해요. 마교가 무림맹을 먹든 말든, 우리는 빨리 본 세력과 합류를 해서 대책을 세워야겠죠. 아무리 마교라 해도, 준비를 끝마친 우리를 어찌하지 못할 거예요."

　황급히 얼굴을 붉히며 말을 마친 소소는 또 한 가지를 깨달았다.

　'이미 내 마음속 깊은 곳에 들어와 있다.'

　밀어낼 수가 없었다.

　경계를 한다고 생각은 하고 있었지만, 정작 그가 말을 거니까 당황하는 자신을 볼 수 있었다. 참으로 어처구니가 없는 일이었다.

　소소는 다시 한 번 백리천의 무서움을 상기하며 고개를 획 돌렸다. 그리고는 백리천을 뒤로하고 발걸음을 빨리했다.

　이겨낼 수 없다면 피하는 수밖에 없었다.

　백리천은 소소의 뒷모습을 보며 피식 웃었다.

자신은 백리천이 아니었다. 그렇지만 남들은 그렇게 알고 있다.

그 사실이 자신에게 얼마나 큰 지장을 주는지 아무도 모른다. 자신의 정체를 의심하게 되고 또 누군가가 알아차리게 되면, 일은 상당히 곤란하게 진행되게 된다.

그렇지만 사람들은 닫힌 고정관념을 지녔다.

고정관념을 벗어나는 일들은 일체 생각하지도 않으며, 가끔 눈으로 직접 목격해도, 잠시 헛것을 봤다며 고개를 한번 절레절레 흔들고는 그 사실을 쉽게 잊어버린다.

중요하게 여기지 않는다는 뜻이었다.

'일이 순조롭게 되고 있어.'

소소는 백리천을 애초에 잘 몰랐다.

같은 북해빙궁의 소속이라고는 하지만, 워낙에 일하는 분야가 달라 직접적으로 교류를 할 일은 별로 없었던 것이다.

그렇기에 백리천을 흉내 내는 청운, 아니 굳이 흉내 내려 노력하지 않은 그였지만, 소소는 그 점을 이상하게만 생각했지, 사람이 바뀌었다고는 추호도 의심치 못했다.

고정관념을 벗어나는 일이기 때문이다.

'저기군.'

산 위로 중소문파에 속하는 하나의 문파가 자리하고 있었다.

물론 그 속은 문파가 아닌 북해빙궁의 안가(安家)였지만…….

'과연 궁주를 속일 수 있을지 모르겠군.'

일전에 화산파의 전휘가 청운의 둔갑을 꿰뚫어 봤다. 어떤 독특한 심안 혹은 혜안을 터득한 고수들에게는 눈과 기감을 속이는 자신의 둔갑도 소용이 없다.

청운은 에씨 대연해했다.

만약 눈치를 채이면 도망치면 될 일이었다.

문파에 다가가게 되자, 몇몇 무림인이 나와 그들의 신분을 확인했다.

물론 북해빙궁의 무인들이었다.

궁주가 도착했다는 그 무인의 말을 들으며 청운은 천천히 문파 안으로 걸어 들어가기 시작했다.

'호랑이를 잡기 위해서는 호랑이 굴 안으로 들어가야지. 위험을 감수하지 않고서는 큰 이득을 얻을 수 없다!'

청운은 차분히 마음을 식혔다.

『무림공적』 6권에 계속

다세포 소녀 원작 만화 출간!!

초등학생이 반드시 읽어야 할 좋은 책 49권

각 학년별로 초등학생이 반드시 읽어야할 좋은 책을
선정하여 통합논술의 기본이 되는 '올바른 독서법'을
일깨워 줍니다.

교과서와 함께하는
초등학교 통합논술

초등1학년 | 값 12,000원 / 초등2학년 | 값 9,500원 / 초등3학년 | 값 11,000원 / 초등4학년 | 값 9,500원 / 초등5학년 | 값 9,500원 / 초등6학년 | 값 11,000원

♣ 혼자 할 수 있어요.

엄마가 책 읽는 방법을 가르쳐 주어도 좋아요.
독서지도하는 선생님이 가르쳐 주어도 좋답니다.
"초등 교과서와 함께하는 **통합논술 시리즈**"는
아이 스스로 독서할 수 있도록 꾸며진 책이에요.
엄마와 선생님은 요령만 가르쳐 주시면 된답니다.

♣ 교과서의 중요한 내용이 총정리되어 있어요.

각 학년별로 중요한 교과 내용이 함께 수록되어 있어요.
초등학생은 교과서 내용을 충실하게 공부해야 합니다.
아울러 그와 병행한 독서가 대단히 중요하지요.
"초등 교과서와 함께하는 **통합논술 시리즈**"는
두가지 방법 모두 알려준답니다.

♣ 이 책은 훌륭하신 선생님들이 함께 쓰신 책이랍니다.

동화작가 선생님들이 쓰셨어요. 소설가 선생님도 쓰셨답니다.
국어 논술독서지도 선생님들도 함께 쓰셨지요.
"초등 교과서와 함께하는 **통합논술 시리즈**"는
엄마의 마음으로 모든 선생님들이 함께 꾸민 책이랍니다.